TOM TRAVELLER

UND

Die Entführung des Pharaos

Wer ist Frank Stieper?

Hallo, ich bin Tom. Tom Traveller. Ich soll hier etwas über meinen Autor Frank Stieper sagen. Na ja, mittlerweile ist er schon ein Grufti, satte vierzig Jahre alt. Er lebt in der Lüneburger Heide. Da, wo die Schafe herkommen. Verheiratet ist er auch. Und er hat zwei Söhne. Aber vor allem hat er ständig irgendwelche Flausen im Kopf. Daraus macht er dann Bücher für Kinder und Jugendliche. Aber, pssst, nicht weitersagen: Eigentlich schreibt er die Bücher nur, damit niemand merkt, dass er in Wirklichkeit total verrückt ist . . .

TOM TRAVELLER
UND

Die Entführung des Pharaos

Ein Abenteuer-Spiele-Buch
von Frank Stieper

Mit Bildern
von Silvia Christoph

In neuer Rechtschreibung

1. Auflage 2001

Einband und Illustrationen: Silvia Christoph
Gesamtherstellung: Westermann Druck Zwickau GmbH
ISBN 3-401-05192-X

Inhalt

Hallo, ich bin Tom

Genauer gesagt, Tom Traveller. Das ist mein Spitzname. Klingt cool, oder? Den hab ich mir übrigens selbst ausgedacht. Mein richtiger Name ist Thomas Müller. Ziemlich langweilig, nicht? Aber meine Abenteuer sind spitze. Und ich bin sozusagen der Held in diesem Buch. Aber . . . pssst. Komm mal näher heran: Natürlich nur, wenn du mir dabei hilfst.

Das hier auf dem Bild bin ich! Netter Kerl, oder? Ein richtiger Mädchentyp. Stimmt, meine Haare sehen aus, als hätte ich eine verkorkste Dauerwelle, aber die Locken sind echt. Und wie du siehst, Sommersprossen hab ich auch. Nicht dass du denkst, mir hätte jemand Kakao ins Gesicht gespritzt. Übrigens, damit keine Missverständnisse auftreten, das sind keine Segelohren. Die hab ich absichtlich so hinoperieren lassen. Auf Silikon hab ich aus Gesundheitsgründen verzichtet. War ziemlich teuer der Spaß. Aber du glaubst nicht, wie gut ich damit jetzt hören kann. Wäre stark, wenn ich damit auch fliegen könnte.

Meine Hobbys sind: Lesen, lesen und . . . lesen. Meine Eltern sagen, ich wäre besessen vom Lesen. Sehe ich etwa so aus? Ja? Na ja, wenn ich ehrlich bin, haben sie Recht. Fantasy- und Abenteuerromane finde ich absolut megamäßig.

Kann es sein, dass du bereits ein alter Hase in punkto Zeitreisen bist? Dann kannst du die nächsten beiden Kapitel beruhigt auslassen. Du weißt sicher bereits, wie ich zu meiner Zeitmaschine gekommen bin. Auf jeden Fall solltest du unbedingt ab Kapitel »So machst du Eintragungen im Zeitreisen-Logbuch« weiterlesen, denn in unserem Ägypten-Abenteuer mit Seth, dem Gott der Unterwelt, mit wandelnden Mumien, giftigen Wüstentieren, wilden Nubiern und einer Menge Gefahren für Leib und Leben gibt es Neuigkeiten, die du unbedingt wissen solltest.

Ach, übrigens . . . Ich habe eine neue Freundin. Sie heißt Jessica und geht in meine Klasse. Sie sieht auch klasse aus. Letzte Woche hatten wir unsere erste Verabredung. Wir haben gemeinsam in ihrem Zimmer eine CD mit den neuesten Hits aus den Charts gehört. Jessica und ich haben den gleichen Musikgeschmack. Nur Winnie, mein Kumpel, war tierisch genervt. Er hätte lieber mit mir hammerharten Rock bei voller Lautstärke im Partykeller seiner Eltern gehört. Mit echten Lichteffekten, wie in der Disco. Wäre auch nicht schlecht gewesen, aber Winnie ist nun mal nicht Jessica.

So habe ich die Zeitmaschine entdeckt

Die einzige Zeit, in der ich meine Nase nicht in Bücher stecke, sind die Sommerferien. Seit dem Tod meines Opas vor einigen Jahren ist meine Oma ziemlich einsam. Sie wohnt in einem gemütlichen Dörfchen auf dem Land. Jedes Jahr in den großen Ferien besuche ich sie für ein paar Wochen. Sie ist meine Lieblingsoma, mit ihr kann ich über alles reden, sogar über Jessica. Was man von meinem Freund Winnie nicht behaupten kann. Unsere Unterhaltungen beschränken sich auf Computerspiele, Naturkatastrophen und Invasionen Außerirdischer.

Mein Opa, Theodor Müller, war Erfinder. Er hat viele irre Sachen gebaut. Obwohl ich bei einigen der herumstehenden Maschinen immer noch nicht so richtig weiß, wie sie funktionieren, geschweige denn, wofür er sie überhaupt erfunden hat. Manche Teile sind aber gar nicht so übel. Opas Erfindungen stehen alle auf dem Dachboden in seiner Erfinderkammer und verstauben. Meine Oma war schon ewig nicht mehr da oben. Sie schafft es nicht mehr, gefahrlos die steile Treppe hinaufzusteigen. Aber sie lässt mich gern hinaufklettern und freut sich, wenn ich Opas Erfindungen ausprobiere.

Im letzten Jahr erzählte sie mir, dass Opa seit einem nass-kalten Novembernachmittag vor vielen Jahren wie ausgewechselt war. Opa hatte wohl gerade im Garten eine seiner neuen Erfindungen ausprobiert, als Oma hörte, wie er sich lautstark über das plötzlich hereinbrechende Gewitter aufregte. Wenige Sekunden später sah sie, wie Opa in nasser Regenkleidung die steile Treppe zu seiner Kammer hinaufstürzte. Er hatte es so eilig, dass er mehrere Stufen auf einmal nahm. In der Hand hielt er einen seltsam rot leuchtenden Kasten. Oma dachte, er hätte einen Radiowecker gefunden. Es musste aber etwas anderes gewesen sein, denn von da an verbrachte Opa unzählige Stunden in seiner Erfinderkammer.

Er sprach kein Wort über das, was er dort tat, auch nicht wenn Oma ihn danach fragte.
Ich musste diesem Geheimnis auf die Spur kommen, es ließ mir einfach keine Ruhe. Also durchstöberte ich Opas Kammer, ohne recht zu wissen, was ich eigentlich suchte. Dann entdeckte ich etwas, verborgen unter einer alten verstaubten Decke: eine Art Raumschiff. Ich zitterte vor Neugierde und vorsichtig, ganz vorsichtig öffnete ich die an der linken Seite angebrachte Klappe – es schien eine Einstiegsluke zu sein. Die Innenwände der Maschine waren mit Korkplatten verkleidet. Überall hingen handgeschriebene Notizen. Darauf sah man Skizzen von fremdartigen Gegenständen und seltsame Symbole. Andere Zettel waren mit Ortsnamen, Uhrzeit und Datum versehen. Jede dieser Aufzeichnungen enthielt merkwürdige Zahlenkombinationen. Auf dem Boden der Kiste stand ein ausrangierter Kinosessel und vor einer Art Windschutzscheibe, die schwarz gefärbt war, befand sich eine Schalttafel mit Leuchtanzeigen, Navigationsinstrumenten und einer Vielzahl Schalter. Die Innenausstattung erinnerte mich an das Cockpit eines alten Propellerflugzeugs, wie man das aus alten Filmen so kennt. Und was meinst du, was in großen Buchstaben über der Schalttafel neben diesem radioweckerähnlichen Gerät stand? ZEITMASCHINE. Ist doch irre, oder?

Du bist mein Begleiter

Also, heute trete ich meine zweite Zeitreise an. Und du begleitest mich. Das tust du doch, oder? Ich werde in die Zeit der großen Pharaonen reisen und dort hoffentlich ein aufregendes Abenteuer erleben. Allerdings musst du mir vorher noch versprechen meinen Eltern niemals auch nur ein Sterbenswörtchen zu verraten. Wenn sie

herausbekämen, dass ich mich in der Vergangenheit herumtreibe, würden sie die totale Krise und ich bis ans Ende meiner Tage Einzelhaft kriegen. Heb mal die rechte Hand und sprich mir nach: Ich schwöre bei meinen Großeltern, Eltern, Tanten, Onkel, Brüdern und zickigen Schwestern, Toms Eltern niemals zu verraten, dass ihr einziger und deshalb liebster Sohn Tom im Alter von zwölf Jahren durch die Zeit reist, dabei allerlei fiese Typen trifft und sich unter Umständen mit ihnen heldenhaft in Zweikämpfen prügelt! Falls ich mich versehentlich verplappere oder es seinen Eltern absichtlich verrate, bekommt er mein Taschengeld auf Lebenszeit, meinen Pentium-Computer, alle meine Computerspiele, meine Barbiepuppe, meine Lieblingsbücher samt Bücherregal und . . . hast du eigentlich auch die water proofed Power-Watch-Armbanduhr mit Zeitansage und wasserfestem Polyacrylgehäuse? Äh, du hast Recht, das müsste reichen?
Wie gehen wir vor? Dieses Buch wird nicht wie ein Roman Seite für Seite durchgelesen, sondern das Abenteuer ist in nummerierte Abschnitte aufgeteilt. Aber halte dich fest, das Schräge an diesem Buch ist, dass du mich durch das Abenteuer führst und mir bei Kämpfen, bei der Lösung von Rätseln, genauer gesagt, in allen Situationen, in die ich während des Abenteuers gerate, hilfreich zur Seite stehst. So entscheidest du nicht nur, welchen Weg ich einschlagen soll, sondern ob ich mit Personen sprechen oder mit Gegnern kämpfen, ob ich herumliegende Gegenstände nehmen oder auf dem Basar etwas kaufen, Magie- oder Heilpulver anwenden oder mich mit Obst stärken soll. Sei vor allen Dingen wachsam, denn nicht jede freundliche Gestalt meint es gut mir. Andererseits könnten mir scheinbar böse Gestalten freundlich gesonnen sein. Es ist ganz allein deine Entscheidung, ob du mich mit anderen sprechen oder mich lieber weiterziehen lässt. Manchmal ist es auch wichtig, was ich auf Fragen antworte oder welche Gegenstände ich an mich nehme. Achte sorgfältig da-

rauf, jeden neuen Gegenstand in das Logbuch einzutragen oder verloren gegangene bzw. aufgebrauchte Dinge wieder herauszustreichen. So hast du immer einen aktuellen Stand über den Inhalt meines Rucksacks. Denn der Inhalt des Rucksacks sowie alle deine Entscheidungen beeinflussen ebenfalls den weiteren Verlauf der Geschichte. So können wir gemeinsam und sooft du magst zurück in das Reich der großen Pharaonen reisen. Nie wird das Abenteuer sein wie beim vorherigen Mal.

So machst du Eintragungen im Zeitreisen-Logbuch

Während des Abenteuers erhalte ich Gegenstände, verliere sie oder verbrauche ihren Inhalt. Es gibt Magiepulver, die ich bei Kämpfen gegen Ägypter oder Götter der Unterwelt anwenden kann. Heilpulver verwende ich zur Heilung von Wunden, die mir durch gefährliche Tiere und bei Kämpfen zugefügt wurden. Auch meine Stärke und meine Gesundheit ändern sich ständig während des Abenteuers. Das liegt daran, dass ich laufen, kämpfen oder andere anstrengende Dinge machen muss, um weiterzukommen. Und da es ganz schön schwierig ist, sich alles zu merken, solltest du alle Gegenstände, die ich in meinem Rucksack aufbewahre oder verliere, meine Magie- und Heilpulver, meine Stärke und meine Gesundheit in das Zeitreisen-Logbuch eintragen. Das Logbuch findest du am Ende des Buches. Am besten, du reißt dir eine Seite heraus und legst sie neben das Buch. So kannst du bequem alles Wichtige notieren.

Die Tabelle »Toms Rucksack«

Dort wo das Symbol »Toms Rucksack« zu sehen ist, kann ich den daneben bezeichneten Gegenstand in meinen Rucksack aufnehmen, ihn benutzen, neu füllen bzw. leeren. Die Anzahl dahinter bezeichnet die Menge.

| »Amulett, +1«

Schreibe in die erste Spalte mit der Überschrift »Gegenstand« den Namen des Gegenstands, der neu dazukommt. Ab der zweiten Spalte mit der Überschrift »Anzahl/Inhalt« trage jeweils die Anzahl (z. B. eine »1« für ein Amulett) oder die Anzahl des Inhalts eines Gegenstands (z. B. eine »12« für den Inhalt des ledernen Geldbeutels mit 12 Deben) ein. Jeder Gegenstand bekommt eine eigene Zeile in der Tabelle.

Erhalte ich einen Gegenstand, der sich bereits in meinem Rucksack befindet, oder wird der Inhalt in einem meiner Gegenstände aufgefüllt, trage die neue Anzahl in die jeweils nächste freie Spalte ein. Geht ein Gegenstand verloren, dann trägst du eine »0« ein; so weißt du, dass sich dieser Gegenstand nicht mehr in meinem Rucksack befindet. Streiche wegen der besseren Übersicht die ganze Zeile des nicht mehr vorhandenen Gegenstands von der ersten bis zur letzten Spalte durch. Eine »0« als Anzahl kann aber auch bedeuten, dass ein Gegenstand leer ist (z. B. ein leerer Geldbeutel). Streiche hier aber nicht die Zeile durch, denn eventuell kann ich den Gegenstand wieder auffüllen.

Die Tabelle »Toms Magie- und Heilpulver«

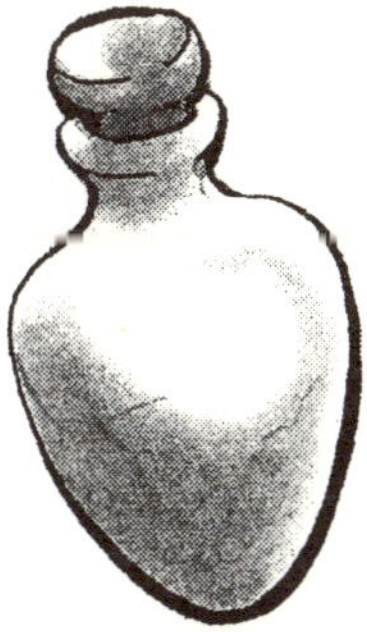

Magie wird mir durch Magiepulver wie »Gedankenverlust« oder »Skarabäenglück« verliehen. Diese erhalte ich bei einem ägyptischen Magier. Heilpulver wende ich zur Heilung von Krankheiten oder Wunden an. Die Heilpulver erhalte ich bei einem ägyptischen Arzt. Richtig, auch im alten Ägypten gab es Ärzte. Wenn ich also Magie- oder Heilpulver erhalte oder die Möglichkeit besteht, diese anzuwenden, erscheint das Symbol »Toms Magie- und Heilpulver«. Schreibe in die erste Spalte die Art des Pulvers (z. B. »Magiepulver« oder »Heilpulver«), in die zweite Spalte die Art der Magie oder Heilung (z. B. »Gedankenverlust« oder »Kobrabissheiler«) und ab der dritten Spalte für jedes Steinfläschchen pro Spalte eine 1. Nach jeder Anwendung eines Magie- oder Heilpulvers streichst du jeweils eine der Einsen mit einem Kreuz durch, bis alle Steinfläschchen verbraucht sind. In diesem Fall streiche die gesamte Zeile aber *nicht* durch, denn wir können uns ja jederzeit beim Arzt oder Magier Nachschub besorgen. Vorausgesetzt, ich habe ausreichend Deben dabei.

Die Tabellen »Toms Stärke« und »Toms Gesundheit«

Toms Stärke

Toms Gesundheit

Wenn ich während des Abenteuers laufe, mit Ägyptern kämpfe oder andere anstrengende Aufgaben zu bewältigen habe, geht mir manchmal ganz schön die Puste aus. Das heißt, ich verliere an Stärke. Auch wenn mir Wunden zugefügt werden oder ich Durst habe, leidet meine Gesundheit. An verschiedenen Stellen des Abenteuers habe ich die Möglichkeit, meine Stärke durch den Verzehr von Obst wieder aufzubauen oder meine Gesundheit durch Heilpulver wieder herzustellen. Deshalb solltest du darauf achten, dass ich immer ausreichend mit Obst, Wasser und verschiedenen Heilpulvern eingedeckt bin.
Wenn du also Stärke oder Gesundheit aus dem Logbuch zuzählen oder abziehen musst, erscheint das Symbol »Toms Stärke« oder »Toms Gesundheit« und daneben die Anzahl der hinzuzuzählenden oder abzuziehenden Stärke- bzw. Gesundheitspunkte.

| »–5«

| »–5«

Die Anzahl der abzuziehenden oder anzufügenden Punkte ist neben dem Stärke- bzw. Gesundheitssymbol angegeben und die Ergebnisse müssen in die jeweils nächsten freien Spalten der Tabellen »Toms Stärke« und »Toms Gesundheit« eingetragen werden.
Die niedrigste Punktzahl für Stärke und Gesundheit ist 0, die höchste ist 100. Wenn du während des Abenteuers Stärke oder Gesundheit zuzählen musst und das Ergebnis höher als 100 ist, trage trotzdem nur 100 Punkte in die nächste freie Spalte der Tabelle ein. Ist das Ergebnis beim Abziehen von Punkten niedriger

als 0, dann trage hier die niedrigste Punktzahl, also 0 Stärke- bzw. Gesundheitspunkte ein. Natürlich habe ich ab und zu an verschiedenen Stellen die Möglichkeit, mich auszuruhen oder mich mit Heilpulvern zu heilen. Wenn ich also geschlafen oder Obst gegessen oder ich mich mit Heilpulvern geheilt habe, komme ich natürlich wieder zu Kräften oder werde gesund und erhalte Stärke- sowie Gesundheitspunkte. Habe ich dagegen 0 Stärke- bzw. Gesundheitspunkte, ist das Abenteuer leider beendet und wir müssen einen neuen Versuch starten.
Die vorgedruckten Logbuchseiten findest du im Anhang des Buches. Falls du noch Fragen zum Logbuch hast, lies das Kapitel »Fragen und Antworten zum Zeitreisen-Logbuch«. Die erste Seite der Logbuchseiten dient nur als Beispiel. Für deine Abenteuer benutze die anderen, nicht ausgefüllten Formulare!

So führen wir Kämpfe durch

Wenn ich die Möglichkeit habe, einen Zweikampf durchzuführen, erscheint das Symbol Zweikampf.

| »Wandelnde Mumie, Stärke 2«

Die Zahl neben dem Symbol bezeichnet die Stärke meines Gegners und zeigt, wie viele Male du für mich höhere Augenzahlen würfeln musst, damit ich ihn besiegt habe. Wenn mein Gegner die höhere Augenzahl hat, gewinnt natürlich er den Zweikampf. Bei leichten (Stärke 2), mittleren (Stärke 4) oder schweren Gegnern (Stärke 6) muss entweder ich oder mein Gegner zwei-, vier- bzw. sechsmal die jeweils höhere Augenzahl gewürfelt haben, um zu siegen. Jeder Kampf dauert so lange an, bis der Sieger ermittelt ist. Der Ausgang eines Kampfes entscheidet über den weiteren Verlauf des Abenteuers.

Würfle immer erst für mich und dann für meinen Gegner. Trage die Augenzahlen Zug um Zug in die Kampfliste ein. Erst in die Spalte für mich (»Tom«) und danach in die Spalte für meinen Gegner (»Gegner«). Markiere pro Zug die jeweils höhere Augenzahl mit einem »+«. Du kannst sie aber auch einkringeln oder unterstreichen. Ganz egal, Hauptsache, du siehst pro Zug, wer die höhere Punktezahl gewürfelt hat. Mit dieser Markierung bekommst du einen Überblick darüber, wann der Kampf beendet ist. Ein Zug gilt dann als unentschieden, wenn beide Seiten die gleiche Augenzahl gewürfelt haben.

Benutze für Zweikämpfe die vorgedruckten Kampflisten aus dem Anhang des Buches. Die erste Kampfliste ist nur ein Beispiel. Verwende die nicht ausgefüllten Formulare für deine eigenen Eintragungen.

Mit Göttern kämpfen

Im alten Ägypten gibt es neben den vielen guten Göttern auch den einen oder anderen bösen Gott. Bei einem Zweikampf mit Seth, dem Gott der Unterwelt, solltest du mich rechtzeitig mit ausreichend Magiepulver ausstatten. Seth hat zu Beginn des Abenteuers eine Zauberkraft von 100. Magiepulver, die bei anderen Gegnern auf eine gewisse Weise wirken, wie ihr Name andeutet, haben bei diesem Gott nicht dieselbe Wirkung, sondern fügen ihm nur an seiner Zauberkraft Schaden zu. In der Tabelle »Gott Seths Zauberkraft« musst du nach jeder Anwendung eines Magiepulvers Seths verbleibende Zauberkraft in die nächste freie Spalte eintragen.

Der Würfel entscheidet

Erscheint das Symbol »Der Würfel entscheidet.«, ist dein Glück gefragt. Hier entscheidet die erwürfelte Augenzahl über den Fortgang des Abenteuers. Du darfst aber nur einmal würfeln. Ein Beispiel:

? | »Der Würfel entscheidet.«

➡ Augenzahl 1 oder 2: 101
➡ Augenzahl 3 oder 4: 102
➡ Augenzahl 5 oder 6: 103

Wenn du eine 1 oder 2 würfelst, geht es bei Textabschnitt 101 weiter. Würfelst du dagegen eine 3 oder 4, lies bei Textabschnitt 102 und bei den Augenzahlen 5 oder 6 bei Textabschnitt 103 weiter. Noch ein Beispiel:

? | »Der Würfel entscheidet.«

➡ Augenzahl 1, 2, 3 oder 4: 201
➡ Augenzahl 5 oder 6: 202

Wenn du eine 1, 2, 3 oder 4 würfelst, geht es bei Textabschnitt 201 weiter. Würfelst du dagegen eine 5 oder eine 6, lies bei 202 weiter.

Rätsel lösen

Achte auf alle Wörter, die in Hieroglyphen geschrieben sind. Die übersetzten Buchstaben brauchst du, um das durcheinander gewürfelte Hieroglyphenalphabet im Logbuch zu vervollständigen. Es ist äußerst wichtig, denn es hilft uns, die verschiedenen Rätsel während des Abenteuers zu lösen. Die Rätsel sind mit einem Fragezeichen und einem Namen, wie zum Beispiel »Holzkästchen«, gekennzeichnet. Nur ein richtig gelöstes Rätsel ergibt die Zahl des Textabschnittes, bei dem das Abenteuer fortgesetzt wird. Hast du das Rätsel richtig gelöst, findest du beim erratenen Textabschnitt ein Ausrufezeichen und zur Kontrolle noch einmal den Namen des Rätsels. Hast du die Rätselaufgabe dagegen nicht richtig gelöst, befindet sich bei dem Textabschnitt somit auch kein Ausrufezeichen.

Heißer Tipp: Besonders wichtig ist die vollständig übersetzte Tabelle spätestens dann, wenn wir es geschafft haben, zu Ramses in den Tempel vorzudringen. Denn nur mithilfe des Alphabets werden wir in der Lage sein, ihm die Namen aller Entführer zu nennen. Also, immer schön die Augen offen halten!

Wir bereiten uns vor

Komm ruhig rein! Das hier ist die Erfinderkammer meines Opas. Und hier ist sie – die Zeitmaschine. Sieht cool aus, oder?
Zunächst solltest du dir einen Bleistift und einen Würfel an die

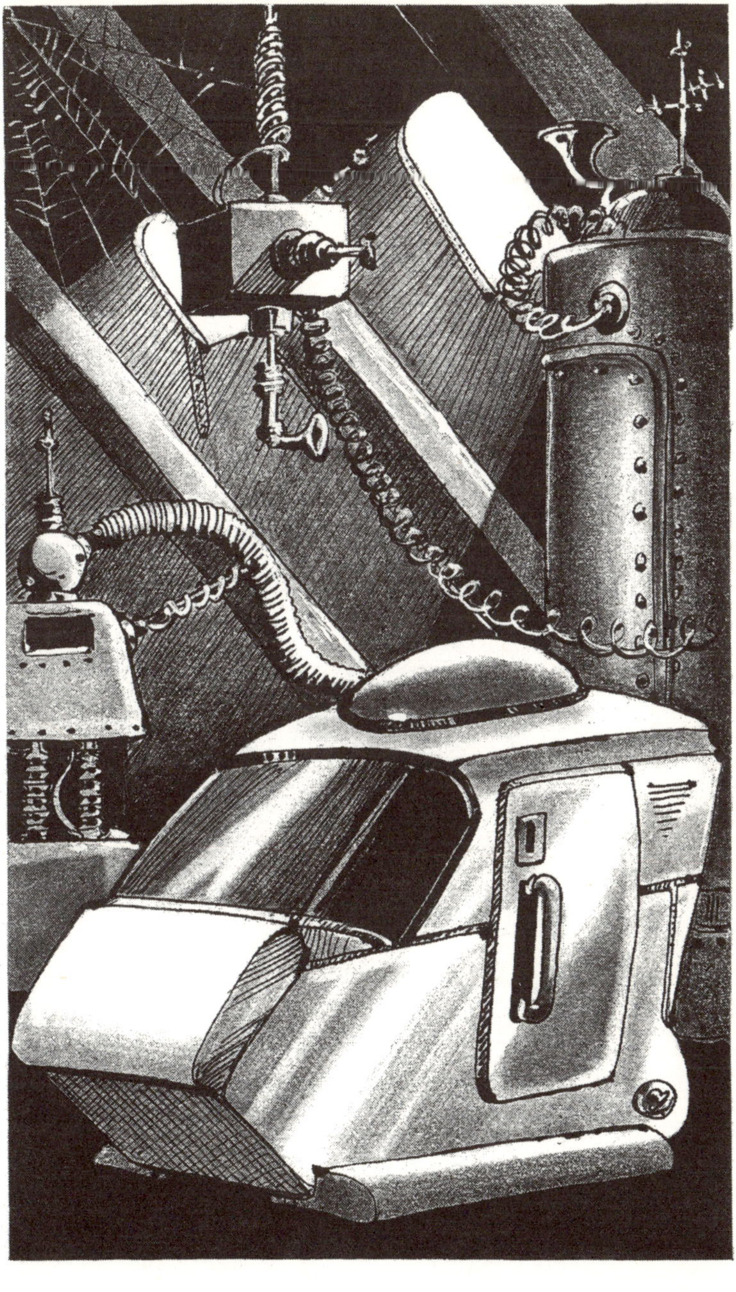

Seite legen. Du weißt ja, für das Logbuch. Falls du keinen Würfel zur Hand hast, benutze den Würfel, der jeweils auf den linken und rechten unteren Ecken der Buchseiten abgebildet sind. Um zu würfeln, blättere die Seiten wie bei einem Daumenkino durch und stoppe an einer beliebigen Stelle. Aber nicht schummeln!

Schrumpfrucksack

Der Schrumpfrucksack ist die coolste Erfindung meines Opas. Als ich mir den Rucksack vor einiger Zeit genauer angesehen habe, stellte ich fest, dass er diese außergewöhnliche Fähigkeit besitzt. Er lässt sich nämlich samt Inhalt zur Größe einer Streichholzschachtel schrumpfen.

War ja klar, dass es kein normaler Rucksack sein konnte, schließlich habe ich ihn hier in der Zeitmaschine meines Erfinder-Opas gefunden.

Ein kleiner Nachteil ist, dass ich den Schrumpfrucksack immer wieder entschrumpfen muss, bevor ich etwas herausnehmen oder hineinlegen kann. Schade, dass Opa nicht mehr lebt. Sicher hätte er auch dafür eine Idee gehabt.

So, jetzt kommt die Qual der Wahl. Welche der sechs Grundaus-

stattungen soll ich mitnehmen? Wenn du dich nicht entscheiden kannst, nimm einen Würfel zur Hilfe und lass die Augenzahl entscheiden. Bei einer 1 nehme ich Grundausstattung 1 mit auf die Zeitreise usw. So einfach ist das.
Folgende Gegenstände sind in jeder Ausstattung enthalten und sind bereits im Zeitreisen-Logbuch eingetragen: Spracheübersetzer, Notizblock, Bleistift, Sichtbarkeitspulver und Zeitmaschinenkompass.

Die sechs Grundausstattungen:

Lederner Geldbeutel (leer), 1 Entseuchungstablette, Streichholzschachtel mit 5 Streichhölzern, Feldflasche mit 100 Schluck Trinkwasser

Lederner Geldbeutel (leer), 2 Entseuchungstabletten, Streichholzschachtel mit 3 Streichhölzern, Feldflasche mit 75 Schluck Trinkwasser, 2 Vitaminpillen, 1 Halstuch

Lederner Geldbeutel (leer), 3 Entseuchungstabletten, Streichholzschachtel mit 5 Streichhölzern, Feldflasche mit 50 Schluck Trinkwasser, 1 Vitaminpille

Lederner Geldbeutel (leer), 1 Entseuchungstablette, Streichholzschachtel mit 3 Streichhölzern, Feldflasche mit 100 Schluck Trinkwasser, 2 Vitaminpillen, 1 Halstuch

Lederner Geldbeutel (leer), 2 Entseuchungstabletten, Streichholzschachtel mit 3 Streichhölzern, Feldflasche mit 50 Schluck Trinkwasser, 1 Vitaminpille

Lederner Geldbeutel (leer), 3 Entseuchungstabletten, Streichholzschachtel mit 3 Streichhölzern, Feldflasche mit 75 Schluck Trinkwasser, 2 Vitaminpillen, 1 Halstuch

Trage nun schon mal die Gegenstände in das Logbuch ein. Ich werde sie währenddessen im Rucksack verstauen. Du weißt ja, die Logbuchseiten zum Herausreißen findest du im Anhang des Buches.

So, jetzt schnell den Rucksack hinter dem Sitz verstauen und die Luke schließen. Hoppla, das ist ja ganz schön dunkel hier drinnen. Na, wenigstens ist das Display der Steuerkonsole beleuchtet. Bevor ich starte, will ich mir aber noch einen kleinen Überblick über die vielen Schalter verschaffen. Auf diesem Hebel steht Tür. Mal sehen, was passiert. Das kleine rote Lämpchen über der Einstiegsluke leuchtet jetzt grün. Die Luke zischt, als würde die Zeitmaschine luftdicht verschlossen. Mit der kleinen Taschenlampe, die neben der Konsole in einem Ablagefach liegt, leuchte ich die Wand ab. Ich schnappe mir eine der vielen Notizen, die mein Großvater mit Stecknadeln in das weiche Holz der Wand gepinnt hat.

Wir sollten uns die Informationen auf dem Notizzettel gut einprägen. Das Zahlungsmittel der alten Ägypter waren die Deben. Und wundere dich nicht, denn zu damaliger Zeit war es üblich, jeden zu duzen, ob Alt, ob Jung, ob Arm oder Reich.

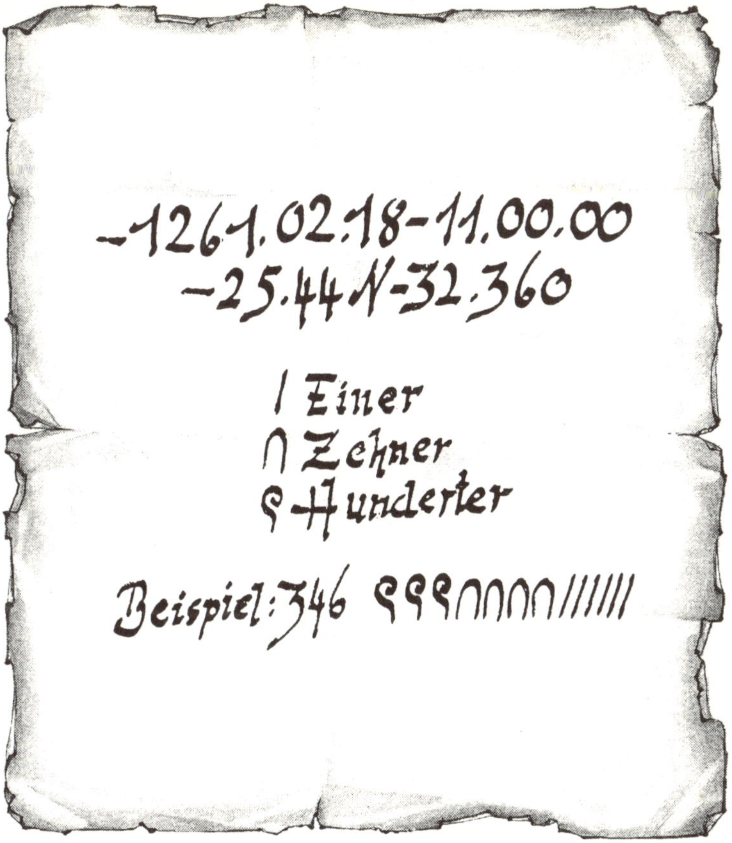

Diese lange Zahlenreihe »–1261.02.18.–11.00.00–25.44N–32.360« besteht aus Zielkoordinaten, die in das Display der Digitalanzeige eingegeben werden müssen. Ohne die gibt's keine Zeitreise, deshalb werde ich das gleich mal machen.

Jetzt leuchten die Zieldaten auf der oberen Digitalanzeige wie beim Radiowecker auf dem Nachttisch meiner Eltern. Ich bestätige meine Eingabe. Fertig! In der zweiten Anzeige leuchten das Datum und die aktuelle Uhrzeit auf. Die benötige ich bei meiner Rückkehr, damit ich wieder genau zu dem Zeitpunkt zurückkehre, an dem ich losgereist bin. Also, ich bin startklar. Wenn du auch bereit bist, drücke jetzt den roten Startknopf. Festhalten!

Die Entführung des Pharaos

1

Wie? Habe ich mein Ziel schon erreicht? Es hat gar nicht lange gedauert. Auch nicht schlecht, denn die Maschine hat ganz schön gerappelt. Wie ein altersschwacher Aufzug. Hab schon Angst gehabt, dass mir das Ding auseinander fliegt. He, das rote Lämpchen neben dem Zeitdisplay blinkt immer noch. Hier scheint tatsächlich Endstation zu sein. Ob ich wirklich im alten Ägypten gelandet bin? Wäre echt scharf, oder? Also schleunigst raus hier und nachsehen. Halt, zuerst muss ich eine Notiz in das elektronische Bordbuch sprechen: »Ich, Zeitreisender Tom Traveller, besser bekannt als Tom der Zeitreisende, befinde mich wahrscheinlich im alten Ägypten. Genauer gesagt im Jahre 1261 vor Christus. Hups, das ist ja . . . einen Moment . . . fast dreitausenddreihundert Jahre vor meiner Zeit. Ich kipp in Ohnmacht. Äh . . . nun gut, hier wollte ich ja schließlich auch hin. Somit müsste laut Anzeige auf dem Zeitdisplay der 18. Februar, 11 Uhr morgens sein. Ach ja, das ist auch wichtig. Ich musste, um tatsächlich im alten Ägypten zu landen, noch weitere Daten eingeben. Ich lese sie dir vor: 25. Breitengrad 44 Minuten Nord und 32. Längengrad 36 Minuten Ost. Hoffentlich habe ich alles richtig gemacht. Aber das wird sich ja gleich herausstellen. Ende!«

Jetzt aber nichts wie raus hier. Kein Mensch kann sich vorstellen, wie mulmig mir zu Mute ist. Was, wenn die Zeitmaschine während meines Aufenthalts kaputtgeht? Welch grauenvoller Gedanke.

Vorsichtig öffne ich die Luke und steige leise aus der Zeitmaschine. Mein Zielort ist ziemlich dunkel, aber es ist angenehm schattig und kühl hier. Eines ist sicher, das ist nicht mehr Opas Erfinderkammer. Der sandige Fußboden ist festgetreten. Ich bin in einem Haus ge-

landet. Mal horchen, ob jemand da ist. Nichts zu hören. Soll mir nur recht sein. Ich werde mich einfach mal umsehen. Das Licht, das durch die fenstergroße Öffnung in der Wand unterhalb der Decke fällt, reicht aus. Irre, das ist bestimmt ein echtes ägyptisches Haus aus der Zeit der großen Pharaonen. Vor lauter Neugierde würde ich am liebsten sofort hinauslaufen und mich auf der Stelle davon überzeugen. Doch ich sollte besser vorsichtig sein. Außerdem bin ich nicht gerade passend gekleidet. Vielleicht wäre es angebracht, mir ein paar entsprechende Kleidungsstücke zu beschaffen. Wäre doch gelacht, wenn ich nichts Geeignetes fände. Doch bevor ich mich genauer umsehe, sollte ich die Zeitmaschine in Sicherheit bringen. Soweit ich mich erinnere, hat mein Opa sie mit einer Funktion ausgestattet, mit der man sie unsichtbar machen kann. Mal sehen, ob ich alles Notwendige dabeihabe. Also, Sichtbarkeitspulver ist da . . . und Zeitmaschinenkompass auch. Jetzt bin ich aber gespannt, ob man sie wirklich unsichtbar machen kann.

> Tom steigt noch einmal in die Zeitmaschine und drückt den Schalter, mit dem er die Zeitmaschine unsichtbar machen kann.

He, ist ja irre! Ich kann sie nicht mehr sehen. Und fühlen kann ich sie auch nicht mehr. Sie hat sich in Luft aufgelöst. Nur, was mache ich, wenn sie ganz weg ist und ich sie nicht mehr sichtbar machen kann? Hilfe! Wo ist der Kompass? Schnell her damit. Wahnsinn, wie der Zeiger ausschlägt. Und das Pulver? Wo ist es? Ah, da. Rasch streue ich eine kleine Prise in die Luft.

> Tom streut eine Prise Sichtbarkeitspulver in Richtung der Zeitmaschine.

Doch es passiert nichts. Oje, weshalb rührt sich nichts? Nein, bin ich vielleicht doof! He, was ist das? Cool, da ist sie ja wieder.

> Toms Zeitmaschine wird wieder sichtbar.

Meine geliebte Zeitmaschine! Prima, es funktioniert. Dann kann ich mich ja endlich ins Abenteuer stürzen. Halt, zuerst muss ich sie natürlich wieder unsichtbar machen.

Tom macht seine Zeitmaschine wieder unsichtbar.

Erledigt. Übrigens, den Zeitreisenkompass und das Sichtbarkeitspulver habe ich in der linken der beiden kleinen Taschen an der Vorderseite des Rucksacks verstaut. Nicht dass sie mir im Eifer des Gefechts versehentlich aus der Tasche fallen. Jetzt schnell noch mein Cap fester ziehen, damit der Spracheübersetzer nicht versehentlich aus dem Ohr flutscht. Halt, was ist das? Schritte. Das Geräusch kommt von einem der vorderen Räume. Ein lautes Klappern dringt zu mir herüber. Was mache ich nur? Und ich dachte, es wäre niemand da. Hilfe! Hier hinter der Wand, der kleine Nebenraum. Er hat zwar keine Tür, aber ich kann mich darin gut verstecken. Es scheint eine Art Vorratskammer zu sein. Zum Glück ist es hier etwas dunkler. Ein gutes Versteck.

An den Wänden stehen außer einigen nach unten spitz zulaufenden Steinvasen ein paar geflochtene Körbe mit Deckeln. Es duftet lecker nach süßen Früchten. Inmitten dieser Vorräte, auf einer Flechtmatte, steht ein kleiner Teller mit Feigen und getrockneten Datteln. Ich schiebe einen der Körbe etwas von der Wand weg, um mich dahinter zu verstecken. Hups, ich sollte mich beeilen. Die Schritte kommen näher. Mist, muss das ausgerechnet jetzt sein? Mach bloß keine Geräusche, Tom Traveller! Am besten nicht einmal atmen. Vielleicht hilft es, wenn ich meine Augen schließe und zur Sicherheit auch noch die Hände vor das Gesicht halte. Winnies kleine Schwester macht das auch immer so. Achtung, jetzt bloß kein Pups lassen. Nicht dass jetzt jemand denkt, ich habe vor lauter Angst in die Hose gemacht, nee. Aber wenn das hier so aufregend weitergeht, wünschte ich mir schon ein paar trockene Sachen zum Wechseln.

Vielleicht habe ich Glück und die Person verschwindet gleich wieder. Im gleichen Moment spüre ich eine Hand an meinem Kinn. Mein Körper krampft sich ängstlich zusammen. Langsam öffne ich erst das eine Auge, dann das andere. Und was sehe ich? Das von der Wüstensonne braun gebrannte Gesicht einer jungen ägyptischen Frau, die mich freundlich anlächelt. Sie hat für meinen Geschmack übertrieben geschminkte Augen und ihre künstlichen Augenbrauen sind nur durch einen kräftigen Strich schwarzer Farbe angedeutet. Sie sieht mich zu meiner Verwunderung eher erfreut als erschrocken an.

»Bist du es wirklich?«

Wie? Wurde ich etwa erwartet?

»Du bist es. Wiedergekehrt als kräftiger Jüngling, unserem geliebten Pharao – er lebe, sei heil und gesund – die Namen der sündigen Verräter zu nennen? Oh, wie ich mich freue! Sei willkommen in meinem bescheidenen Haus. Sag mir, wie ist dein Name? Ich bin Iset.«

»Äh . . . ich . . . ich bin Tom . . . Tom Traveller.«
»Das ist ein ungewöhnlicher Name. Die Götter müssen unsere Gebete erhört haben, dass sie dich sandten, uns bei dieser Prüfung beizustehen. Welch unschätzbarer Dank wird dir zu Eigen sein, dass du dich auf den Schwingen des Re-Harachte in unser Dorf begeben hast, um den Feinden Ramses', Sohn des Lichts, Einhalt zu gebieten.«
Was redet die denn da? Einspruch. Ich glaube, ich sollte hier schleunigst einiges aufklären.
»Du irrst dich. Ich bin nicht gekommen, um zu helfen.« Wo ist denn meine Straßenkarte? Verdammt, ich muss irgendwo falsch abgebogen sein.
Plötzlich fragt sie streng: »Welchen Grund gibt es dann für dich, in meinem Vorratsraum zwischen Obst und Wein vor meinen Blicken Schutz zu suchen?«
Richtig. Das sollte ich mich auch mal fragen. Welche Erklärung könnte es sonst für mein plötzliches Erscheinen in ihrer Vorratskammer geben, mit NYC-Cap, T-Shirt, kurzer Jeanshose bekleidet und einen schwarzen Rucksack in der Hand. Ich sollte froh sein, dass sie mich für ein erhörtes Gebet hält und nicht für einen Einbrecher. Es wäre taktisch klüger, darauf einzugehen. Wer weiß, was mir sonst blüht.
Iset dreht mein Gesicht erst zur Seite, dann wieder zurück und starrt mich einen Augenblick wortlos an. Dann sagt sie nachdenklich: »Du trägst keine Jugendlocke. Dennoch bist du jung. Du wirst die Kraft und den Mut haben, all diejenigen, die unseren Pharao – er lebe, sei heil und gesund – zu entführen beabsichtigen, zu entlarven und mir meinen geliebten Mann zurückzubringen.«
Wie, hab ich richtig verstanden? Oh nein, diesmal werde ich nicht so leichtsinnig sein und mir eine Rettungsaktion aufhalsen lassen. Bin ich James Bond? Sollte 'ne Art Urlaubsreise werden. Mit Pyramiden gucken, in der Wüstensonne knusprig braun werden, im

Nil schnorcheln und all so was. Weshalb habe ich denn sonst Sonnenmilch, Badelatschen und Taucherbrille eingepackt? Das mit dem Pharao kann die Gute schleunigst vergessen. Auf Wiedersehen. Wo ist denn nur das Sichtbarkeitspulver? Eben hatte ich es doch noch.

Die junge Ägypterin scheint aber nicht so leicht aufzugeben. »Aber, bedenke doch«, fährt sie fort, »wenn du die Verräter nicht entlarvst und die Entführung Ramses zu verhindern weißt, wird der Pharao sterben und Unschuldige werden des Verrats bezichtigt. Väter unzähliger trauernder Kinder. Beschützer und Versorger ihrer Familien. Die Gelehrten, Schreiber und Tempelarbeiter sind zu mächtig, um ihr Vorhaben vor den anderen zu verbergen. Sie werden keine Zurückhaltung üben, um ihre schreckliche Tat Unschuldigen anzulasten, um heuchlerisch, als wäre nichts geschehen, ihrem neuen König treu und ergeben zu dienen. Nie würden die wahren Sünder den Zorn Meretsegers zu spüren bekommen.«

Tom Traveller, bleib stark! Sieh einfach nicht in dieses traurige Gesicht. Denk nur an dich, flieg nach Hause! Wenn das schief geht, bist du doch nur der Gelackmeierte. Nein, bloß nicht in ihre traurigen Augen sehen. Nein, ich darf nicht hinsehen. Es ist zum Verzweifeln.

Langsam lasse ich das Pulver zurück in den Rucksack gleiten. Nun ja, ich kann ja mal ganz unverbindlich zuhören. Das heißt ja nicht, dass ich bereits eingewilligt habe. Wenn sie doch nur nicht so traurig wäre.

»Gut, du kannst mir ja erst einmal erzählen, worum es geht. Vielleicht bin ich gar nicht in der Lage zu helfen . . . ähem . . .«

Mit hoffnungsvoll leuchtenden Augen zieht mich Iset aus der Ecke heraus und bittet mich neben ihr auf einer der geflochtenen Matten Platz zu nehmen. Erst jetzt kann ich Iset in ihrer ganzen Schönheit bewundern. Sie scheint kaum älter als zwanzig Jahre zu sein. Unter ihrem faltenreichen Umhang trägt sie ein langes, schlichtes

hellfarbenes Kleid aus feinem Leinen. Ihre schmalen geflochtenen Zöpfe glänzen unnatürlich, als wären sie gewachst. Es ist eine Perücke, bedeckt mit einem kunstvollen Kopfschmuck.
Etwas unbeholfen setze ich mich neben sie auf die Matte. Einen Augenblick hält sie inne und sieht besorgt zu Boden. Dann beginnt sie leise zu sprechen: »Ameni, mein geliebter Mann, belauschte unbeabsichtigt eine Unterhaltung zwischen einem königlichen Schreiber und einem aufsichthabenden Vorarbeiter. Beide suchten für ihr Gespräch den Schutz vor den Ohren nicht Eingeweihter in einer Grabkammer. Ameni war beauftragt die schadhaften Stellen in den Wänden auszubessern. Seine Fähigkeiten als Maurer und Verputzer bringen ihm geregelte Arbeit und ausreichend Lohn. Nun, die beiden bemerkten nicht, dass sie belauscht wurden, und sprachen über ihr Vorhaben, Ramses zu entführen und . . . zu töten. Aufgeschreckt durch eine Kobra, verließen sie jedoch bald die Grabstätte. Dabei muss einer der beiden Ameni bemerkt haben.

Als Ameni ebenfalls weggehen wollte, fand er diesen Papyrus. Darauf sind die Namen aller Entführer zu lesen. Das war es zumindest, was er vermutete. Die Anordnung der Symbole weist auf eine Verschlüsselung hin, die nicht Eingeweihten das Lesen unmöglich machen soll. Wir sind der heiligen Schrift nicht mächtig. Deshalb können wir die Namen nicht entziffern. Nimm diesen Papyrus an dich! Wenn es dir gelingt, bis zu Ramses vorzudringen, um ihm die Namen der Entführer zu nennen, wirst du unseren König vor einem schrecklichen Schicksal bewahren.«

Tom nimmt den Papyrus mit den Namen der Verräter an sich und verstaut ihn in einer der beiden kleinen Taschen an der Außenseite seines Rucksacks.

»Papyrus, +1«

»Oh ja, es muss ein Zeichen der Götter gewesen sein, dass ausgerechnet Meretseger in Gestalt einer Kobra die beiden Verräter in Aufruhr versetzte. Obwohl Ameni so tat, als sei er viel zu vertieft in seine Arbeit, um der Unterhaltung zu lauschen, warf ihm einer der beiden Entführer einen misstrauischen Blick zu. Ameni hat sich zu Recht gefürchtet, denn er ist tags darauf von seiner Arbeit an den Grabstätten des Pharaos nicht zurückgekehrt. Die Sorge um ihn lässt mich verzweifeln.«
Die junge Frau fasst mir an die Schulter und sieht mir tief in die Augen.
»Doch die Götter haben meine Gebete erhört. Du bist hier. Bitte, finde Ameni! Mit jedem Augenblick, den wir tatenlos verstreichen lassen, schwindet meine Hoffnung, ihn unversehrt in meine Arme schließen zu können. Merke dir aber, dass es nicht genügt, Ameni wohlbehalten aus der Hand der Entführer zu retten. Wenn er frei

ist, musst du den Tempel aufsuchen und Ramses – er lebe, sei heil und gesund – von der Verschwörung in Kenntnis setzen.«
Oje, da muss ich aber erst einmal kräftig durchatmen. Das klingt nicht nach einem Ausflug ins Grüne. Allein bei dem Wort Kobra schüttelt es mich. Doch etwas verstehe ich nicht.
»Aber weshalb kann ich nicht gleich zu Ramses in den Tempel gehen und ihn warnen?«
Iset schüttelt den Kopf. »Weil auch die Tempelarbeiter Mitwisser sein könnten. Das wäre zu gefährlich für Ameni. Deine Warnung würde den Verschwörern nicht verborgen bleiben und käme mit Sicherheit einem Todesurteil Amenis gleich.«
»Also gut. Das heißt also, dass ich erst Ameni befreien müsste und dann den Pharao warnen. Aber weshalb sollte der Pharao mir überhaupt glauben, dass er in Gefahr ist?«
Jetzt guckt die junge Ägypterin besorgt und sagt mit beschwörender Stimme: »Deshalb solltest du dich bei deiner Suche nach Ameni gut umsehen. Kannst du unserem Pharao alle Namen nennen, ist er gerettet. Gelingt es nur einem einzigen der Verschwörer zu entkommen, wäre deine Mission gescheitert.«
»Aber wie soll ich in den Tempel gelangen und dann auch noch bis zum Pharao vordringen? Da kann man doch nicht einfach so reinspazieren.«
»Das ist wahrlich nicht ungefährlich. Wenn ich es recht bedenke, könnte die Suche nach Ameni sogar dein Leben kosten, denn die Verräter schrecken ja nicht einmal davor zurück, unserem Pharao Leid zuzufügen.«
Nicht nur Iset muss innehalten und einmal kräftig schlucken. Doch bevor ich überhaupt den Hauch einer Gelegenheit habe, zu diesem Punkt auch mal was zu sagen, fährt sie fort: »Ich bitte dich aus tiefstem Herzen . . .« Die Stimme versagt ihr.
Nein, bitte bloß nicht wieder weinen. Wenn ich sie so betrachte, dann bin ich wirklich ihre einzige Hoffnung. Wo bin ich da nur

wieder hineingeraten? Das glaubt mir kein Meerschwein. Da bleibt mir ja wohl nichts anderes übrig, als zu helfen. Nur zögernd nicke ich mit dem Kopf und gebe ihr damit zu verstehen, dass sie auf mich zählen kann. Wie ausgewechselt springt sie auf und sagt von neuem Mut erfüllt: »Möge Anubis dir beistehen und dich mit Gesundheit segnen, auf dass dir bei deiner gefahrvollen Mission nicht Böses widerfahre. Möge Osiris dir beistehen, dass der Verrat an unserem Pharao nicht gelingen mag.«

Iset steht auf und verlässt den Raum. Sie kehrt mit einer Perücke und einem Stück Stoff wieder.

»Du solltest dich wie einer der unseren kleiden. Nimm diesen Leinenschurz, er stammt von meinem geliebten Mann. Und kleide dich mit diesem Nemes.«

Hilfe, was macht sie denn? Sie schminkt meine Augen und rasiert meine Augenbrauen! Ich bin doch kein Mädchen. Hilfe!

Während sie mich in Sekundenschnelle von einem hellhäutigen Durchschnittsjungen in einen altägyptischen Jüngling verwandelt, bereitet sie mich auf meinen Auftrag vor und gibt mir wichtige Informationen.

»Seit mehr als zweihundert Jahren wurden keine Pyramiden mehr gebaut. Alle Pharaonen wie auch Gelehrte, königliche Schreiber oder Architekten, ja sogar geliebte Tiere werden seitdem im streng bewachten Tal der Könige begraben. Aus diesem Grund entstand das Grabarbeiterdorf Deir el-Medineh in der Nähe des Tals. Beinahe einhundert Handwerkerfamilien leben hier, ihre alleinige Aufgabe ist der Bau der göttlichen Ruhestätten. Weil sie über große Kenntnisse verfügen, was die mit reichen Schätzen versehenen Gräber betrifft, ist das Dorf von einer sieben Meter hohen Mauer umgeben. Es gibt nur einen einzigen Dorfeingang. Er liegt auf der Ostseite und wird streng bewacht. Ramses, wie auch sein Vater Sethos zuvor, hat angeordnet, jeden unverzüglich mit Pfeil und Bogen niederzustrecken, der sich nicht mit einer Pas-

siererlaubnis ausweisen kann. Nimm dieses Amulett! Es weist dich als Grabarbeiter aus und sichert dir freien Zugang ins Dorf.«

| Iset hängt Tom ein Amulett um den Hals. Es ist eine zwei Zentimeter lange Kapsel aus reinem Gold. Dieses Amulett gewährt ihm freien Einlass in das geschützte Grabarbeiterdorf Deir el-Medineh.

| »Amulett Passiererlaubnis, +1«

Iset reicht mir eine Hand voll kleiner, viereckig geschliffener heller Steine, auf denen Kartuschen mit Ramses', Namen in Hieroglyphen eingraviert sind. »Diese Deben werden dir hoffentlich für das Notwendigste reichen. Silber haben wir leider nicht. Amenis Lohn reicht gerade für uns und die Kinder.«

| Iset gibt Tom ihre gesamten ersparten Deben.

? | »Der Würfel entscheidet

➡ Augenzahl 1 oder 6:

| »Deben, +30«

➡ Augenzahl 2 oder 5:

| »Deben, +40«

➡ Augenzahl 3 oder 4:

Ich verstaue die Deben in meinem ledernen Geldbeutel, den ich als Erinnerungsstück an meine letzte Zeitreise in das alte Ägypten mitgenommen habe. Den mit Deben gefüllten Geldbeutel stecke ich in den Rucksack.

Es dauert nicht lange und ich sehe wie ein junger Ägypter aus. Wenn Jessica mich so sehen könnte! Echt krass. An der Hautfarbe könnte man allerdings noch ein wenig arbeiten. Das sieht vielleicht käsig aus. Aber Winnie hatte mich ja gewarnt. Er sagte, ich solle vor unserem Besuch im Freibad ein paar Runden im Grill drehen. Er meinte das Sonnenstudio. Na, ich weiß nicht.
Iset sieht traurig zu Boden und flüstert: »Wenn ich nur wüsste, dass es Ameni gut geht.«
»Ich werde ihn finden. Mach dir keine Sorgen.«
»Möge Osiris dich beschützen.«
Ah, bevor ich es vergesse . . . Ich sollte wohl besser meinen Rucksack schrumpfen. Deshalb drücke ich den unscheinbaren kleinen metallenen Knopf an der Oberseite des Rucksacks.

> Tom aktiviert den Schrumpfmechanismus und hängt sich den Rucksack um den Hals.

Geräuschlos schrumpft er auf die Größe einer Streichholzschachtel zusammen. Nicht nur Iset ist erstaunt über dieses kleine Wunder, das mein Opa in seiner Erfinderkammer ausgetüftelt hat.
Iset spürt, dass ich die Haustür zögernd öffne. Aufmunternd nimmt sie meine Hand und lächelt mir zu. Dann mache ich meinen ersten Schritt hinaus in die mir unbekannte Welt.
Das grelle Licht der Mittagssonne blendet. Meine Augen schmerzen. Sie müssen sich erst an die gleißende Helligkeit gewöhnen. Ich drehe mich noch einmal zu Iset. Erst dann trete ich ganz vor die Haustür. Ein letztes Mal wirft Iset mir einen ermutigenden Blick zu, dann schließt sie leise die Tür.

Beinahe sechs große Schritte ist die festgetretene, wüstensandfarbene Gasse breit, in der ich nun für einen Augenblick orientierungslos herumstehe. Ehrlich gesagt ist es ganz schön gewöhnungsbedürftig, plötzlich geschminkt, mit Kopftuch und nacktem Oberkörper auf die Straße zu gehen.

Hier im Schatten zwischen den hohen Mauern der Häuser ist es unerträglich heiß. Dabei ist diese Gasse schmal und die Häuserwände sind hoch, dass es schattig genug ist und man nicht auch noch von der Sonne gegrillt wird. Sicher liegt es daran, dass ich ein solches Klima nicht gewohnt bin. Wie soll es erst werden, wenn ich in der Wüste der prallen Sonne ausgesetzt bin? Ein schwacher Trost bleibt mir: Ich werde schneller braun. Außerdem bin ich heilfroh, dass Iset mir luftige Kleidung gegeben hat, sonst würde ich schmelzen wie ein Schneemann. Nun wird mir auch klar, weshalb die Häuser weiß gestrichen sind. Die Sonnenstrahlen werden von weißer Farbe besser reflektiert. Hier geht ein Haus in das nächste über und die hölzernen Haustüren sind mit einer rotbraunen Farbe gestrichen. Halt, an dieser Stelle führt die Gasse in zwei Richtungen, nach links und nach rechts.

➡ Tom geht nach rechts: 50

➡ Tom geht nach links: 86

2

Vorsichtig hebe ich den Deckel des ersten Korbs an. Er ist bis zur Hälfte mit Datteln gefüllt. Sie sehen lecker aus.

➡ Tom will sich nicht mit Datteln stärken: 119

| Tom stärkt sich mit Datteln aus dem ersten Korb.

| »Der Würfel entscheidet.«

➡ Augenzahl 1 oder 6:

| »+5«

➡ Augenzahl 2 oder 5:

| »+10«

➡ Augenzahl 3 oder 4:

| »+15«

Ich lege den Deckel zurück auf den Korb.

➡ Tom sieht auch in die anderen Körbe: 254

➡ Tom sieht sich weiter in der Vorkammer um: 345

3

Zunächst gehe ich einige Schritte rückwärts. Der Fremde steht immer noch da und sieht mir nach. Ich drehe mich auf der Stelle um und laufe zurück bis zu der Stelle, an der sich die Gasse gabelt. Ob ich jetzt die rechte Seite der Gasse erkunden sollte?

➡ Tom geht an der rechten Seite der Mauer entlang: 52

➡ Tom kehrt wieder um: 192

4

Tom wendet bei seinem Gegner Seth, dem Gott der Unterwelt, das Magiepulver »Zauberkraftzersetzer« an.

»Magiepulver
Zauberkraftzersetzer, –1«

Tom fügt Seth damit »–100« Schaden an seiner Zauberkraft zu.

Leser, ziehe Seth die verbliebene Zauberkraft ab und notiere im Logbuch eine 0 in der nächsten freien Spalte der Tabelle »Gott Seths Zauberkraft«.

➡ Gott Seth hat keine Zauberkraft mehr: 281

5

Immer noch zittere ich am ganzen Leib. Hoffentlich wirkt das Heilpulver. Andernfalls bin ich erledigt. Ich muss mich ziemlich zusammenreißen, um nicht vor Panik die Beherrschung zu verlieren. Jede Sekunde zählt. Ich öffne das Steinfläschchen und schütte das gesamte Heilpulver auf meine flache Hand. Nachdem ich es mit Spucke vermengt habe, rühre ich es mit meinem Zeigefinger um. Hastig schmiere ich den Brei auf meine Bisswunde.

Tom schrumpft den Rucksack ein.

Bevor ich mich jedoch zurücklehne, um die Wirkung abzuwarten, sehe ich mich äußerst genau um. Einmal unvorsichtig sein reicht. Es scheint sich nichts Skorpion-, Schlangen- oder Käfermäßiges in meiner Nähe aufzuhalten. Auch die giftige Kobra, die mich gebissen hat, hat bereits das Weite gesucht.

Tom verliert trotz der Behandlung des Kobrabisses etwas an Gesundheit.

»–5«

Nach beinahe fünf Minuten ist es die Sonne, die mich wieder auf die Beine treibt. Gnadenlos brennt sie auf meine nackten Arme und Beine herab. Und da ich mich einigermaßen fit fühle, zögere ich keine Sekunde, um zurück auf den Wüstenpfad zu gehen.

➡ Tom geht zurück nach Deir el-Medineh: 109

➡ Tom geht weiter zur Oase: 85

6

Der Weg von der Grabanlage zur Oase ist irre lang. Zwar kann ich bereits von hier aus die Palmenkronen erkennen, dennoch habe ich einen langen Marsch vor mir.

Die Gegend ist wie ausgestorben. Weit und breit ist weder Mensch noch Tier zu sehen. Ah, da vorne wartet schon ein schattiges Plätzchen auf mich. Eine Palmengruppe. Dort werde ich nur einen kurzen Zwischenstopp einlegen, um mich zu erfrischen.

Tom hat einen anstrengenden Marsch hinter sich. Er verliert etwas an Stärke.

»–5«

➡ Tom trinkt frisches Trinkwasser: 307, danach 68

7

Sicher werden alle Leute denken, ich sei total übergeschnappt, dass ich mir solch eine Gelegenheit entgehen lasse. Aber, was soll's. Das ist das Los der Anständigen. Ich kann einfach nicht über meinen Schatten springen. Trotzdem kribbelt es mir mächtig in den Fingern. Deshalb werde ich diese Kammer schnellstens verlassen. Aus den Augen, aus dem Sinn.

Ich verlasse die Schatzkammer und stehe wieder im Schacht. Am Ende geht es links ab. An der rechten Wand steht eine Leiter.

➡ Tom klettert die Leiter hoch: 118

➡ Tom geht links herum: 359

8

»Danke noch einmal für die Hilfe, Ofir. Aber leider muss ich weiter. Vielleicht sehen wir uns wieder.«
»Selbstverständlich bist du jederzeit willkommen«, sagt Ofir und lächelt mich an. Dann reicht er mir ein Fläschchen. »Hier, nimm dieses Pulver! Solltest du vor einer angreifenden Meute Skarabäen fliehen müssen, genügt eine Prise dieses Pulvers und die Tiere erstarren zu Stein. Nimm dieses Fläschchen! Es ist mit einer Anwendung ›Skarabäenglück‹ gefüllt. So kannst du dich erfolgreich gegen Angriffe wütender Skarabäen verteidigen.«

Tom nimmt das magische Pulver an sich, mit dem er angreifende Skarabäen zu Glücksbringern verwandeln kann.

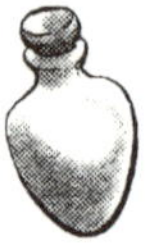

»Magiepulver Skarabäenglück«, +1«

Sosehr ich mir wünsche mich einen Augenblick bei diesem freundlichen jungen Ägypter zu erholen, drängt mich meine Mission sofort wieder aufzubrechen. Ofir begleitet mich zur Tür. Als ich das Haus verlasse, steht er noch einen Moment da und winkt mir nach. Dann schließt er die Tür. Jetzt stehe ich wieder auf dem ockerbraunen, sandigen Weg, der zur einen Seite bis in das Dorf Deir el-Medineh führt und zur anderen Seite am Basar vorbei in Richtung Oase.

➡ Tom geht in Richtung Deir el-Medineh: 318
➡ Tom geht in Richtung Oase: 109

9

Soll ich mich weiter auf dieser Grabanlage umsehen oder lieber verschwinden?

➡ Tom will die Kultkammern im Innern der Mini-Pyramiden besichtigen: 195

➡ Tom will wissen, was sich unter der Holzplatte auf dem Vorplatz verbirgt: 47

➡ Tom sieht sich den Opfertisch und die Stele an: 216

➡ Tom fühlt sich an dieser Grabanlage nicht besonders wohl und verlässt sie wieder: 29

10

Richtig, solch ein Schrumpfrucksack ist eine ziemlich praktische Angelegenheit, doch seine Aufnahmekapazität hat leider auch Grenzen.

| Tom hat 5 oder mehr Granatäpfel in seinem Rucksack: 337

Wäre es nicht cool, wenn ich von den Datteln, Feigen und Granatäpfeln je einen Korb mitnehmen könnte? So hätte ich für den Rest meines Abenteuers ausgesorgt. Aber leider muss ich mir gut überlegen, wie viele der Früchte ich an mich nehme. Ich glaube mit fünf Granatäpfeln, fünf Feigen und zehn Datteln wäre ich für die nächste Zeit gut versorgt.

| Tom lässt seinen Rucksack entschrumpfen und verstaut darin die gestohlenen Früchte.

| »Feige, +5«

»Dattel, +10«

»Granatapfel, +5«

➡ Tom lässt seinen Rucksack wieder schrumpfen und verlässt die Speisekammer: 337

11

Tom lässt den Rucksack wieder schrumpfen.

So ein Pech. Ich habe kein Magiepulver in meinem Rucksack. Dann bleibt mir wohl nichts anderes übrig, als ihn mit bloßer Muskelkraft zu besiegen. Entschlossen stürze ich mich auf ihn. An seiner Reaktion merke ich, dass er damit gerechnet hat.

Tom greift den Fremden an.

»Fremder, Stärke 4«

Tom verliert bei diesem Zweikampf an Stärke.

»–10«

➡ Tom gewinnt den Zweikampf: 174
➡ Tom verliert den Zweikampf: 317

12

Nicht nur das gewöhnungsbedürftige Aussehen des Greises im Gewand eines jungen Mannes, auch der süßliche stechende Kloakengeruch hier drinnen macht mir Angst. Schnell suche ich nach einem Vorwand, das Haus zu verlassen. Es war wohl doch ein Fehler, ihn auf eigene Faust anzusprechen. Um ihm möglichst glaubhaft zu machen, dass ich in Eile bin, trete ich auffällig nervös von einem Bein auf das andere und sage: »Es tut mir Leid, aber ich habe noch Dringendes zu erledigen. Ich werde dein Angebot ein anderes Mal annehmen und dann auch mehr Zeit mitbringen.«
Zu meiner Überraschung nickt der Alte verständnisvoll und sagt: »Du hacht Recht. In deinem Alter chollte man die Kraft der Jugend nutchen, um im Leben etwach zu erreichen. Mir icht cholch ein Willenchdrang nicht fremd. In meiner Jugend war ich Bechter beim jährlichen Nil-Wettchwimmen. Oh, wie habe ich ech genochen. Die jungen Chönheiten chtanden am Ufer und jubelten mir chu. Gewich, die Auchwahl fiel mir nicht leicht. Ich habe dennoch allen chöne Augen gemacht. Wäre mir derzeit die Gewichcheit gegeben, dach Amun ech gut mit mir meint und mir ein hohech Alter chenkt, ich hätte jeder von ihnen wahrlich mehr Cheit geopfert. Aber ich halte dich auf, vercheih . . .«
Mit einem leicht verkniffenen Lächeln verbeuge ich mich kurz und gehe hinaus. Draußen drehe ich mich noch einmal zu Kamose um. Er steht in der Tür und hebt zum Abschied die Hand. Dann greift er nach seiner Pfeife, aus der immer noch weißlicher Dampf quillt. Gerade als ich losmarschieren will, ruft er mir zu: »Wenn dach

Chickchal dich wieder an meinem Hauch vorbeiführt, bicht zu chedercheit herchlich willkommen.«
Ich winke ihm zu und laufe los. Hier macht die Gasse eine Rechtsbiegung.

➡ Tom geht die Gasse rechts herum weiter: 311

➡ Tom geht zurück: 152

13

➡ Tom hat Ramses leider nicht die Namen der wahren Entführer genannt: 19

14

Kamose nimmt wieder auf der Matte Platz und breitet die Steinfläschchen vor mir aus. Nacheinander hebt er sie hoch und erklärt mir mit beinahe verschwörerischer Stimme, wie die Heilpulver anzuwenden sind: »Chieh, die Anwendung icht chlicht. Vermenge jedech diecher heilenden Pulver mit deinem Chpeichel. Reibe ech in chehn aufeinander folgenden kreichenden Bewegungen um die Bichwunde ein. Und du wircht chehen, chon bald chind die böchen Geichter vertrieben, die dach tödliche Gift in deine Adern lenken.«

Leser, entscheide selbst, wie viele der Heilpulver Tom kauft. ? = Anzahl der Fläschchen mit Heilpulver.

➡ Tom kauft das Heilpulver »Skorpionstichheiler«. Jedes Fläschchen enthält 1 Anwendung und kostet 2 Deben.

| »Heilpulver
Skorpionstichheiler, +?«

| »Lederner Geldbeutel,
- (? mal 2)«

➡ Tom kauft sich das Heilpulver »Kobrabissheiler«. Jedes Fläschchen enthält 1 Anwendung und kostet 2 Deben.

| »Heilpulver Kobrabissheiler,
+?«

| »Lederner Geldbeutel,
- (? mal 2)«

➡ Tom kauft sich das Heilpulver »Skarabäusbissheiler«. Jedes Fläschchen enthält 1 Anwendung und kostet 2 Deben.

| »Heilpulver Skarabäusbissheiler, +?«

| »Lederner Geldbeutel,
- (? mal 2)«

➡ Tom kauft sich das Heilpulver »Giftzersetzer«. Jedes Fläschchen enthält 1 Anwendung und kostet 4 Deben.

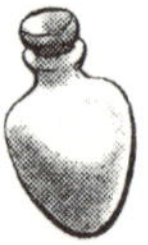

| »Heilpulver Giftzersetzer«,
+?«

| »Lederner Geldbeutel,
- (? mal 4)«

Das müsste reichen. Jetzt, nachdem ich mich mit lebenswichtigen Medikamenten eingedeckt habe, sollte ich mich aber wieder auf den Weg machen. »Danke, Kamose. Ich muss weiter. Wenn ich keine Medikamente mehr habe, werde ich dich aufsuchen.«
Kamose fasst mir an die Schulter und sagt leise: »Möge Anubich dich bechütchen.«
»Mach's gut Kamose.«
Der Arzt steht schweigend in der Tür. Er hebt zum Abschied seine Hand. Schlurfend steuert er das schattige Plätzchen in der Gasse vor seinem Haus an. Umständlich setzt er sich auf seine Matte aus geflochtenem Papyrus, schnappt hastig nach dem Schlauch seiner Wasserpfeife und saugt daran, als hätte er den stechenden Qualm nötiger als Atemluft. Hustend ruft er mir noch zu: »Wenn dach Chickchal dich erneut an meinem Hauch vorbeiführt, bicht du chedercheit herchlich willkommen.«
Ich winke dem alten Mann zu. Derweil lehnt er seinen Kopf an die Mauer des Hauses, schließt die Augen und döst wieder vor sich hin.

➡ Tom leidet noch an den Folgen einer Vergiftung und wendet das Heilpulver »Giftzersetzer« an: 267

➡ Tom hat keinen Grund das Heilpulver »Giftzersetzer« anzuwenden und geht weiter: 111

15

Unter der Holzplatte befindet sich ein weiß verputzter Einstiegsschacht. An den vier Seiten sind in gleichem Abstand schmale Ritzen in der Wand eingelassen. Ob ich nachsehen sollte, was sich hinter der Tür verbirgt?

➡ Tom klettert den Schacht hinab: 99

➡ Tom traut sich nicht den Schacht hinabzuklettern: 122

16

An diesem Stand haben sich eine Menge Ägypterinnen versammelt. Sie alle wollen sich mit frischen Backwaren eindecken. Artig stelle ich mich hinten an die wartende Schlange an. Dann, nach beinahe fünf Minuten, bin ich endlich an der Reihe. Eine ältere Ägypterin, bekleidet mit einem Überwurf aus feinerem weißem Leinen und schwarz glänzender Perücke sieht mich freundlich an und fragt: »Einen Deben für einen Brotfladen aus bestem Gerstenmehl?«

Bevor ich auf ihr Angebot eingehe, drehe ich mich schnell nach den vorherigen Kundinnen um und muss feststellen, dass sie beinahe alle mit zwei Brotfladen diesen Stand verlassen haben. He, ich will auch zwei haben, aber nur für einen Deben.

Tom hat sich mit der Brotfladenhändlerin über einen Preis geeinigt.

| »Der Würfel entscheidet.«

➡ Augenzahl 1, 2, 3, 4 oder 5:
Tom erhält für 2 Deben 1 Brotfladen.

➡ Augenzahl 6:
Tom erhält für 2 Deben 2 Brotfladen.

| Tom stärkt sich gleich mit den gekauften Brotfladen.

| »Lederner Geldbeutel, –2«

| »+? mal 10« (? = Anzahl der erwürfelten Brotfladen)

➡ Tom sieht sich weiter auf dem Basar um: 242

➡ Tom möchte nichts mehr kaufen und verlässt den Basar: 93

17

Der dritte Korb enthält Granatäpfel. Auch er ist bis oben hin voll. Wie saftig sie aussehen.

| Tom will sich nicht mit Granatäpfeln stärken: 119

| Tom stärkt sich mit Granatäpfeln aus dem dritten Korb.

| »Der Würfel entscheidet.«

»? x 10« (? = Augenzahl des Würfels)

Ich lege den Deckel zurück auf den Korb.

➡ Tom sieht auch in die anderen Körbe: 254

➡ Tom sieht sich weiter in der Vorkammer um: 345

18

Wenn es mir gelänge, mich mit einem weiten Sprung aus der Gefahrenzone zu retten, wird die Kobra beim Zuschnappen ins Leere beißen. Eine andere Wahl habe ich leider nicht.

Tom springt zur Seite, um der Schlange zu entkommen.

»Der Würfel entscheidet.«

➡ Augenzahl 1, 3 oder 5: 278

➡ Augenzahl 2, 4 oder 6: 100

19

Tom hat Ramses leider nicht alle Namen der Entführer genannt. Der Tempelarbeiter, der gemeinsam mit Chenar den Garten betreten hat, ist ebenfalls einer der Verräter. Angesichts der Situation ist er gezwungen schnell zu handeln. Deshalb zögert er nicht lange, stürzt sich mit einem Messer auf Ramses und streckt ihn nieder. Die beiden Wachtposten und ein weiterer

Eingeweihter an Ramses Seite kommen dem Tempelarbeiter zur Hilfe. Gewaltsam übernehmen sie die Macht Ägyptens. Damit sind auch die traurigen Schicksale von Tom und Ameni besiegelt und das Abenteuer an dieser Stelle leider zu Ende.

20

– Zaghaft klopfe ich an die Haustür. Im selben Moment fahre ich erschrocken zusammen, denn die Tür wird sofort geöffnet. Ein kleines Mädchen steht vor mir. Wie alle Kleinkinder hier ist es nackt und hat einen kahl geschorenen Kopf. Während es mich von oben bis unten mustert, lutscht es genüsslich an seinem Daumen. Und da ich es ganz und gar nicht ausstehen kann, auf diese Weise angestarrt zu werden, frage ich schnell: »Ist deine Mama im Haus?«
In diesem Augenblick erscheint eine aufgebrachte Ägypterin an der Haustür. Wahrscheinlich ist es seine Mutter. Sie sieht mich böse an und brummelt: »Was willst du? Ich kenne dich nicht.«
»Entschuldigung, aber ich habe eine Frage. Kennst du Ameni? Er wohnt hier im Dorf.«
Energisch schüttelt sie den Kopf und sagt: »Hier wohnt kein Ameni. Dies ist das Haus von Siamun.«
Ohne mich weiter zu beachten, zerrt sie ihr Kind zur Seite und lässt die Haustür mit einem lauten Knall zurück ins Schloss krachen. Puh! Ägypter können also auch schlechte Laune haben.

Tom steht wieder in der Gasse: 69

21

 – Auch an diesem Haus ist der Name des Bewohners in den oberen Türbalken geritzt. Ob ich diesmal Glück habe und mir jemand öffnet? In diesem Augenblick kommt mir eine junge Ägypterin entgegen. Als sie an mir vorbeigeht, sieht sie freundlich lächelnd zu mir herüber, nickt mir einen kurzen Gruß zu und sagt: »Du wirst Acha heute nicht antreffen. Er arbeitet im Tal. Alle Grabarbeiter übernachten dort in Hütten und kehren erst an ihren freien Tagen ins Dorf zurück.«

Freundlich bedanke ich mich für die hilfreiche Auskunft.

➡ Tom will die Bewohner dieser Gasse nach Ameni befragen: 303

➡ Tom geht weiter bis zum Ende der Gasse: 260

➡ Tom kehrt wieder um: 261

22

»Lotos, du? Ich habe versehentlich an deiner Haustür geklopft. Das Lesen der Hieroglyphen fällt mir noch etwas schwer.«

Die junge Frau Ammons sieht mich verwundert an und fragt: »Du kannst die heilige Schrift lesen?«

Ich muss schmunzeln. Wenn ich meine Tabelle mit dem übersetzten Hieroglyphenalphabet nicht hätte, wäre ich doch ziemlich aufgeschmissen. Obwohl ich es mag, wenn jemand meine Talente bewundert, will ich mal nicht so angeben und antworte daher: »Nun es macht Mühe, aber mit etwas Übung klappt es. Leb wohl!«

Lotos lächelt, hebt zum Abschied die Hand und sagt: »Leb wohl, Tom. Möge Amun dich auf deinem beschwerlichen Weg begleiten.«

Während ich mich der Gasse zuwende, höre ich, wie die junge Ägypterin die knarrende Haustür schließt.

➡ Tom steht wieder in der Gasse: 69

23

Das ist ja eigenartig. Vor mir taucht plötzlich eine Mauer auf. Sie teilt die Gasse in zwei Hälften. Merkwürdige Städteplanung. Eine Mauer mitten auf dem Weg. Da darf man ja im Dunkeln auf keinen Fall mit dem Fahrrad entlangfahren. Und schon gar nicht mit einem schrottigen Dynamo. Wird 'ne mächtige Beule geben. Nicht nur am Fahrrad. Allein der Gedanke an Unfälle dieser Art löst bei mir ein Magenkribbeln aus. Aber es gibt ja Fahrradhelme.

➡ Tom geht an der linken Seite der Mauer entlang: 275

➡ Tom geht an der rechten Seite der Mauer entlang: 52

➡ Tom kehrt wieder um: 192

24

So, das reicht. Damit Mersu nichts bemerkt, lege ich die Papyrusrollen wieder so in die Holztruhe hinein, wie ich sie vorgefunden habe.

➡ Tom sieht sich den offenen mit Papyrusrollen gefüllten Schrank genauer an: 129

➡ Tom sieht sich auf dem Tisch um: 144

➡ Tom will sich nicht weiter im Wohnraum umsehen und geht zurück in den Vorraum: 169

25

| Tom entschrumpft hastig den Rucksack.

Obwohl ich mich immer wieder zur Ruhe zwingen muss, wühle ich beinahe panisch im Rucksack nach dem lebensrettenden Heilpulver. Da, endlich halte ich es in der Hand. Ich schütte den gesamten Inhalt des Fläschchens auf meine flache Hand, vermische das Pul-

ver mit meinem Speichel und verrühre es mit dem Zeigefinger zu einem klebrigen Brei. Aus Angst, dass es bereits zu spät sein könnte, verschmiere ich die Soße gleich mit der flachen Hand auf der Einstichstelle.

Tom schrumpft den Rucksack ein und hängt ihn sich wieder um den Hals.

Froh, das Pulver dabeizuhaben und es schnell anwenden zu können, lehne ich mich zurück und stütze mich dabei auf die Ellenbogen. Diesmal bin ich nicht so leichtsinnig die Augen zu schließen. Nein, ich habe meine Lektion gelernt.

Während ich die Wirkung des Pulvers abwarte, lasse ich keinen Zentimeter des Wüstenbodens um mich herum aus den Augen.

Tom verliert trotz der Behandlung des Skorpionstiches etwas an Gesundheit.

»–5«

➡ Tom hat 0 Gesundheitspunkte: 33

Es ist wie ein Wunder. Denn nach beinahe fünf Minuten spüre ich nichts mehr von dem tödlichen Gift. Auch das taube Gefühl im Bereich der Wunde ist verschwunden. Deshalb zögere ich keine Sekunde, um meinen Weg fortzusetzen.

➡ Tom geht in Richtung Grabanlage: 222

➡ Tom geht in Richtung Oase: 80

26

Ah, da ist ja das geheimnisvolle Amulett. Vorsichtig drücke ich es in die Aussparung des Granitblocks. Und wie ich bereits vermutet habe, passt es haargenau. Deutlich hörbar rastet es ein. Aber dann geschieht nichts. Hab mich wohl zu früh gefreut. Eigentlich müsste es funktionieren. Laut Bedienungsanleitung soll mich dieses Amulett in die Pyramide führen. Halt, vielleicht genügt es nicht, das Schmuckstück nur hineinzustecken . . . Ich drücke einige Male auf dem Rücken des Tieres herum. Aber nichts rührt sich. Was ich auch anstelle, dieses blöde Ding will mich einfach nicht durchlassen. Wütend haue ich mit der Faust gegen den Felsblock. Da passiert das Unglaubliche. Mit lautem Knirschen fährt der tonnenschwere Granit wie von Geisterhand bewegt langsam hoch und gibt einen Durchschlupf in Schulterhöhe frei. Ich bücke mich und schaue zögernd in die Pyramide hinein. Ein scheinbar endloser nachtschwarzer Schlund tut sich vor mir auf. Wie finster es drinnen ist.

Tom hat den Eingang zur Pyramide mit dem geflügelten Skarabäus geöffnet. Er schrumpft den Rucksack wieder ein.

»Geflügelter Skarabäus, –1«

Während ich mich gebückt unter dem schweren Granitblock hindurchquäle, habe ich nur den einen fürchterlichen Gedanken, dass der Klotz nicht ausgerechnet jetzt herunterfällt. Drinnen angekommen, stehe ich eine Weile etwas ratlos in dem finsteren Schacht. Da senkt sich genau in diesem Moment der Granitkoloss herab und versperrt den Eingang. Geschockt drehe ich mich um und haue wütend mit der Faust gegen den Stein. Autsch. Ich stecke hier drinnen fest. Na, herzlichen Dank. Und wie, bitte schön.

soll ich hier wieder rauskommen, ohne Licht? Ich kann ja nicht mal die Hand vor Augen erkennen. Wäre ich doch nur nicht so voreilig gewesen.

Doch da geschieht etwas Seltsames. Als hätte jemand einen Lichtschalter betätigt, leuchten plötzlich Fackeln auf. In Abständen von einigen Metern bis zum Ende des langen, schräg aufwärts steigenden Schachts. Na, prima. Wenn hier alles automatisiert ist, spaziere ich eben mal schnell durch, hole Ameni ab und mache mich klammheimlich wieder aus dem Staub. Wenn er denn überhaupt hier drinnen gefangen gehalten wird. Übrigens wäre diese Pyramide ein geeignetes Versteck, um einen unbequemen Menschen aus dem Verkehr zu ziehen. Aber was, wenn ich mich irre? Dann habe ich ein ernsthaftes Problem. Denn dann gibt es nur noch eine Erklärung für Amenis Verschwinden: Er hat sich in Luft aufgelöst. Wo ich gerade beim Thema bin . . . Es ist angenehm kühl hier. Da werde ich eine Menge Trinkwasser sparen.

Überall an den Wänden sind Hieroglyphen eingeritzt. Sie berichten bestimmt von den Heldentaten dieses Pharaos, wer immer er auch war. Hoppla, eine Kreuzung. Wurde aber auch Zeit. Ich dachte schon, dieser Schacht endet erst am äußersten Rand der Galaxie.

➡ Tom geht nach links: 334

➡ Tom geht nach rechts: 239

➡ Tim geht geradeaus: 55

27

Mir wird schwindelig, geschwächt falle ich zu Boden. Alles um mich herum dreht sich im Kreis. Welch klägliches Ende. Gibt es denn keine Hoffnung mehr für mich?

➡ Tom besitzt das Wedjat-Amulett:
34, danach 265, danach 54
➡ Tom besitzt das Wedjat-Amulett nicht: 164

28

»Guten Tag. Ganz schön heiß heute. Darf ich dich etwas fragen?«
Wahrscheinlich meint der alte Mann noch mindestens tausend Jahre zu leben. So langsam hat noch nie jemand auf eine Frage von mir reagiert. Endlich blickt er zu mir auf. Dabei hebt er eine Hand vor die Augen, um sie vor dem grellen Licht der Mittagssonne zu schützen. Genüsslich zieht er an seiner Pfeife. Der beißende Dampf weht in meine Richtung, dass ich kräftig husten muss.
Der Alte grinst und zeigt mir seine braun-schwarzen Zahnstummel. Mit einem Lispeln sagt er neugierig: »Tut mir Leid, Junge. Cho einen wie dich habe ich bichher noch nicht gechehen. Chag mir, bicht du Nubier, Hebräer, Hethiter oder . . .«, er dreht sich aufgeregt um, um sicherzugehen, dass uns niemand hört: ». . . oder bicht du gar vom Himmel gefallen? Hihihihi . . .«
Eigentlich passt dieses schelmische Gekicher nicht zu dem Greis. Ungläubig starre ich ihn an. Ein wenig auch deshalb, weil er mich mit seinem unverständlichen Nuscheln an meinen Erfinderopa erinnert. Der klang auch immer so, wenn er sein künstliches Gebiss in die Waschanlage gebracht hat. Na ja, so nannte er das Glas mit der sprudelnden Reinigungsflüssigkeit auf dem Küchenschrank.
Als der alte Ägypter bemerkt, dass ich seine Freude nicht teilen kann, streckt er mir plötzlich die Hand entgegen. Instinktiv greife ich danach.
»Halte mich. Meine alten Glieder chind dach chtändige Aufchtehen leid. Chie würden viel lieber in einem der kühlenden Gräber liegen und einen langen ruhenden Chlaf chlafen. Im Jencheitch

würde ich alschbald mit neuer Kraft und Tatendrang mein Tagewerk verrichten.«
Ich bin überrascht, dass dieser schmächtige alte Mann noch solch eine Kraft in den Armen besitzt. Als er sich endlich mit einem kräftigen Schwung aufgerichtet hat, schüttelt er seinen Kopf und sagt freundlich: »Vercheih, mein Wichen über fremde Völker icht bechränkt. Die Arbeit hier macht ech mir nicht möglich, mich weiter alch bich an die Grenchen diechech königlichen Talch zu bewegen, gechweige denn, bich chu den chützchenden Mauern uncherech Dorfech. Wo doch die Diener dech Tempelch unch alltäglich mit Nahrungchmitteln und Wacher verchorgen. Ech mangelt mir an nichtch. Aber du . . .«, er hält inne und sieht mich fragend an, ». . . du bicht bei Ochirich kein Ägypter?«
Hups, wie hat er das so schnell bemerkt?
Dann sagt er, offenbar um mich zu beruhigen: »Man müchte chon mit Blindheit gechtraft chein, um chu überchehen, dach du nicht lange im Glanch dech Re gewandelt bicht. Aber lach unch inch Hauch gehen. Die Chtrahlen dörren meine Haut auch. Noch bin ich nicht bereit mich auf dieche Weiche auf dach heilige Ritual der Einbalchamierung vorchubereiten. Wohl würde ich die Prüfung bechtehen, denn mein Herch icht leicht und trägt nicht die Lacht böcher Taten. Ammut würde vergeblich auf meinen leidgeplagten Körper hoffen. Der icht frei von Chünden. Ein Platch in der Ewigkeit icht mir chicher. Hihihi . . . Die Magie und dach Heilen von Krankheiten im Magen und am Herchen chind ech, die meine Kuncht auchcheichnen. Nur an meinen Chänen vermochte ich meine Heilkünchte nicht anchuwenden.«
Neugierig starrt er auf meine Zähne und ist sichtlich verwundert über das blendende Weiß. Also grinse ich mit Nachdruck und zeige ihm meine ganze Zahnpracht. Für diesen Augenblick hat sich der nervige Aufwand täglicher Zahnpflege gelohnt. Schließlich poliere ich meine Knabberleiste regelmäßig morgens und abends.

Cooles Wort, nicht? Knabberleiste. Hab ich von Winnie gelernt.
Nur zögernd folge ich dem alten Mann, der mich durch die weit geöffnete Tür in den schattigen Vorraum seines Hauses zieht. Es ist unaufgeräumt. Überall stehen kleinere Steinvasen, geflochtene Körbe, Krüge aus Ton und liegt mysteriöses Werkzeug herum. Eilig räumt er zwei benutzte Teller zur Seite, die auf einer geflochtenen Matte auf dem Boden liegen. Dann winkt er mich zu sich.
»Nimm Platch in meinem bescheidenen Hauch. Chag, womit kann ich dir Gutech tun? Du chollcht dich wohl fühlen.«
Ehrlich gesagt verwirrt mich diese außergewöhnliche Gastfreundschaf? Nicht zuletzt wegen seiner eigenartig eingerichteten Behausung und der Angst einflößenden Werkzeuge. Ob ich mich wirklich setzen soll?

➡ Tom bleibt trotz seiner Bedenken und setzt sich: 241

➡ Tom fühlt sich in der Nähe des alten Ägypters nicht wohl und will das Haus schnellstens wieder verlassen: 12

29

Nun ja, besonders wohl fühle ich mich hier nicht. Das ist sicher ein geeigneter Platz für verstorbene Ägypter. Dann habe ich hier auch nichts verloren, oder? Da würde jeder auf der Stelle kehrtmachen und sich ein belebteres Plätzchen aussuchen. Wer weiß, wann hier Leute auftauchen und unangenehme Fragen stellen. Deshalb laufe ich eilig durch den Pylon, das große Tor vorn am Zugang zur Grabanlage und die Treppe hinunter.

➡ Tom geht in Richtung Deir el-Medineh: 318

➡ Tom geht in Richtung Oase: 6

30

Wer die Götter Ägyptens nicht kennt, hat meine Zeitreise zu den Pharaonen verpennt. Cooler Spruch, oder? Stammt von mir. Deshalb will ich mich auf keinen Fall mit einem Gott der Unterwelt anlegen, nur weil ich meine Neugierde nicht bremsen kann und eine Opfergabe verunstalte. Immerhin habe ich eine gute Erziehung genossen. Also, schnell wieder raus hier.

➡ Tom steht wieder auf dem Ritualplatz der Grabanlage: 9

31

Ich denke, es ist klüger, dieses Haus auf dem schnellsten Weg zu verlassen. Ich habe keine Lust von Mersu erwischt zu werden. Es ist nicht leicht, die auffällig knarrende Haustür geräuschlos zu öffnen.

Mein Blick schweift durch die Gasse. Ich habe Glück, sie ist menschenleer. Mit Ausnahme des immer noch dösenden alten Ägypters natürlich.

Schnell flutsche ich durch den geöffneten Türspalt und schließe die Tür eilig hinter mir zu. Puh, das war aufregend. Einbrüche sind nicht das, was ich unter Freizeitbeschäftigung verstehe. Wenn nicht Amenis Leben auf dem Spiel stünde, hätte ich mir diese nervenaufreibende Aktion sicher erspart.

➡ Tom klopft an die Haustür von : 205

➡ Tom klopft an die Haustür von : 310

➡ Tom verlässt die Gasse: 150

32

Ich kann es kaum erwarten, bis die heilende Wirkung des Pulvers einsetzt.

Tom entschrumpft den Rucksack, nimmt eilig das Heilpulver »Skarabäusbissheiler« heraus und wendet es sofort an. Dann schrumpft er den Rucksack wieder und hängt ihn sich um den Hals.

»Heilpulver
Skarabäusbissheiler, –1«

»+25«

Den aus Heilpulver und Spucke gewonnenen Brei verteile ich sparsam auf meine zerbissene, brennende Haut. Ah, das ist angenehm. Und wie schnell es wirkt. Ein wahres Wundermittel.

➡ Tom steht wieder auf dem Ritualplatz der Grabanlage: 9

33

Toms Gesundheit ist so stark in Mitleidenschaft gezogen, dass er sich nicht mehr auf den Füßen halten kann. Damit ist sein trauriges Schicksal besiegelt und das Abenteuer an dieser Stelle leider schon zu Ende: 87

34

Wie der Seher es mir befohlen hat, reibe ich das Wedjat-Amulett an meiner Brust in Höhe des Herzens. Mit geschlossenen Augen rufe ich die Göttin Hathor um Hilfe, damit sie mir einen meiner lebensrettenden Wünsche erfüllt. Einen Weile ist es still um mich herum, als wäre die Zeit stehen geblieben. Doch Göttin Hathor scheint meinen Ruf erhört zu haben. Ihre mächtige Angst einflößende Stimme erklingt. »Bist du reinen Herzens genug den Zaubertrank Hathors zu empfangen, damit dir die Chance gegeben wird, dein Leben erneut in die Hand zu nehmen?«

Tom lässt sich von der Göttin Hathor einen Wunsch erfüllen.

»Wedjat-Amulett, –1«

Mit ehrfürchtiger Stimme antworte ich zögernd: »Ja, ich bin reinen Herzens. Ich bitte die Göttin Hathor mir Stärke und Gesundheit wieder zu geben.«
Hathors Stimme geht mir durch Mark und Bein: »Als Seth seinem Gegner Horus großes Leid zufügte und seine Augen im endlosen Sand der Wüste begrub, wuchsen dort Lotosblumen. So wie ich Horus mit meinem Zaubertrank aus Gazellenmilch sein Leben und sein Augenlicht wieder gab, so gebe ich auch dir dein junges Leben zurück. Nimm es an dich und beschütze es gut.«

Tom erhält durch den Zaubertrank der Göttin Hathor seine ganze Stärke und Gesundheit wieder.

»100«

❙ »100«

Während Hathors Stimme verhallt, spüre ich, wie mein Körper von neuem Leben erfüllt wird. Ein beinahe unerträgliches Kribbeln durchflutet meine Arme und Beine und lässt das Blut in meinen Adern schneller fließen.

➡ Wenn Tom bei Hathor keine Wünsche mehr freihat: 217

35

Gerade glaube ich ihm entkommen zu sein, da spüre ich plötzlich seine Hand an meinem Arm. Sein erster Versuch, mich zu packen, geht daneben. Doch beim zweiten Mal reißt er mich zu Boden. Dabei knurrt er: »Bleib stehen, du Dieb! Was ist in dich gefahren, dich auf der Grabanlage meines Vaters aufzuhalten? Fürchtest du nicht die Strafe der Götter für die Sünde, die du begangen hast? Aber jetzt bist du in meiner Gewalt. Deine Strafe ist dir sicher.«

Aber so leicht gebe ich mich nicht geschlagen. Immerhin bin ich unschuldig. Aber selbst wenn ich das Missverständnis aufkläre, wird er mir garantiert nicht glauben. Also werde ich wohl versuchen müssen ihn auf eine andere Weise loszuwerden.

❙ Tom versucht den Verfolger zu überwältigen.

❙ »Junger Ägypter, Stärke 2«

➡ Tom gewinnt den Zweikampf: 332
➡ Tom verliert den Zweikampf: 91

36

Oh, hier teilt sich die Gasse wieder in zwei Richtungen.

➡ Tom geht geradeaus: 212

➡ Tom geht nach rechts: 322

➡ Tom kehrt wieder um: 48

37

Nur zögernd steuere ich auf das Haus zu. Zu meiner eigenen Sicherheit lasse ich den Kleinen vorangehen. Er scheint meine Angst zu spüren, denn immer wieder dreht er sich zu mir um, als wolle er sagen: »Komm nur, du brauchst dich nicht zu fürchten.«

Alles in meinem Kopf kreist nur um einen einzigen Gedanken: Hoffentlich ist dies keine Falle, denn dann bin ich erledigt. Plötzlich schrecke ich zurück. Hinter mir hat ein Kind vor Freude laut aufgelacht. Wo sind meine Herztabletten? Und mit Kaffeetrinken ist ab morgen auch Schluss. Dass ich mir ausgerechnet beim Gackern eines Kindes vor Angst fast in die Hosen mache, muss nicht sein, oder?

Einen Augenblick bin ich von den vielen spielenden Kindern hinter mir abgelenkt. Sie laufen vergnügt umher, spielen Fangen oder werfen sich mit Körnern gefüllte Rasselbälle zu. Die knarrende Haustür holt mich wieder in die Realität zurück. Denn ohne anzuklopfen, öffnet der Junge die Haustür, macht aber keine Anstalten hineinzugehen. Erst als er merkt, dass ich zögere, geht er voran. Während ich den kühlen dunklen Vorraum des Hauses betrete, sagt er flüsternd: »Hier entlang.«

Jeweils auf der rechten und der linken Seite befinden sich Durchgänge, die zu weiteren Wohn- oder Lagerräumen führen. Bevor ich schalten kann, ist der Junge bereits im rechten der beiden Durchgänge verschwunden. Langsam folge ich ihm. Gerade habe

ich den Nebenraum betreten, da schlägt die Haustür zu. Ich drehe mich um und laufe zurück. Bevor es mir jedoch gelingt, die Tür zu öffnen, reißt mich jemand zurück, presst eine Hand auf meinen Mund und sagt mit tiefer Stimme: »Wenn dir dein Leben wert genug ist, es zu schützen, dann hör auf dich wie ein von der Kobra gebissener Pavian zu gebärden. Ich werde dir nichts antun, aber bei Osiris verhalte dich still!«

Weshalb? Erst werde ich in einen Hinterhalt gelockt und dann soll ich mich auch noch ruhig verhalten. Soll es etwa lautlos vonstatten gehen, wenn er mich um die Ecke bringt? Was soll ich nur machen?

➡ Tom macht, was der Unbekannte von ihm verlangt, und verhält sich ruhig: 90

➡ Tom verteidigt sich mit aller Kraft, um fliehen zu können: 159

38

Obwohl die Käfer mich pausenlos attackieren, versuche ich das Magiepulver »Skarabäenglück« aus dem Rucksack zu angeln.

| Tom entschrumpft den Rucksack.

Meine Hände zittern und ich zucke bei jedem weiteren Biss zusammen. Egal, ob die Biester sich auf mein Gesicht stürzen, ich werde mich nicht ablenken lassen.

Immer wieder spüre ich einen brennenden Schmerz. Trotzdem gelingt es mir schließlich, das Magiepulver aus dem Rucksack zu fingern.

| Tom schrumpft den Rucksack wieder zusammen.

Hastig öffne ich das kleine Steinfläschchen und schütte den gesamten gelb schimmernden Inhalt auf meine Hand. Schnell balle ich sie zur Faust, um nicht ein Körnchen des Pulvers zu verschütten. Es muss gleich beim ersten Mal klappen. Wenn sie sich wieder

neu formieren, habe ich sie alle beisammen. Dann darf ich keine Sekunde zögern.

Wieder und wieder schwirren sie um mich herum und versuchen mich überall zu beißen. Mist, weshalb formieren sie sich denn nicht? Die können doch nicht etwa Gedanken lesen? He, keineswegs, denn in diesem Moment sammeln sie sich. Ich warte noch etwas, aber als sie sich in einer Art Formationsflug in Augenhöhe auf mich zustürzen, ist der Augenblick gekommen. Ich öffne die Faust und puste den fünf völlig durchgeknallten Mistkäfern die gesamte Ladung »Skarabäenglück« entgegen. Das Magiepulver wirkt überraschend schnell. Die Käfer schlingern in der Luft. Ihre Flügelschläge werden langsamer. Es klingt wie ein Propellerflugzeug mit Motorschaden. Mit einem Mal stürzen sie wie schwere Steine zu Boden. Erschöpft stehe ich da und reibe meine zerbissenen Arme und Beine. Glück gehabt. Kein Blut. Aber überall auf der Haut brennt es wie Feuer, als hätte ich in einem Meer aus Brennnesseln gebadet.

Toms Haut wurde von den fünf angreifenden Skarabäen zerbissen. Er verliert Stärke- und Gesundheitspunkte.

»–10«

»–25«

➡ Tom hat 0 Gesundheitspunkte: 33

➡ Tom will sich stärken: 149, danach 343

➡ Tom will sich nicht stärken: 343

39

Oh nein! Jetzt habe ich kein Trinkwasser mehr in der Feldflasche! Soll ich etwa den ganzen Weg wieder zurückspazieren? Ich krieg die Krise. Oder soll ich einfach weitergehen? Um frisches Trinkwasser kann ich mich später immer noch kümmern. Schließlich ist es in der Pyramide kühler als hier draußen in dieser Bratpfanne, drinnen werde ich nicht solchen Durst haben.

➡ Tom bleibt trotz der leeren Feldflasche bei der Pyramide: 126

➡ Tom geht zur Oase zurück, um seine leere Feldflasche mit frischem Trinkwasser aufzufüllen: 186

40

Hastig springe ich auf und laufe los. Nach wenigen Metern bereits blicke ich mich kurz um. Aber zu meiner Überraschung folgen mir die beiden Nubier nicht. Im Gegenteil, sie lachen nur laut auf. Sie machen kehrt, um zur Palmengruppe zurückzugehen, wo der dritte Nubier Rast macht.

Wie ein abgehetzter Hund hechelnd verlangsame ich mein Tempo. Ich glaube, eine Sonderration Trinkwasser wäre jetzt mehr als angebracht.

Tom hat sich beim Weglaufen anstrengen müssen. Er verliert an Stärke.

»–5«

Tom macht eine Pause, entschrumpft den Rucksack und trinkt frisches Trinkwasser aus seiner Feldflasche: 307, danach 154

41

Nach einem lautstarken Wortgefecht schwirren lauter Zahlen durch meinem Kopf. Aber wir haben es geschafft, uns auf einen Preis zu einigen.

| Tom hat sich mit der Ägypterin über einen Preis geeinigt.

| »Der Würfel entscheidet.«

Tom erhält für 1 Skarabäus-Glücksbringer . . .

➡ Augenzahl 1: . . . 1 Deben

➡ Augenzahl 2: . . . 2 Deben

➡ Augenzahl 3: . . . 3 Deben

➡ Augenzahl 4: . . . 4 Deben

➡ Augenzahl 5: . . . 5 Deben

➡ Augenzahl 6: . . . 6 Deben

| »Skarabäus-Glücksbringer, –1«

| »Lederner Geldbeutel, +?« – (? = Anzahl der erwürfelten Deben)

➡ Tom hat Skarabäen-Glücksbringer übrig. Die will er auch noch verkaufen: 143

➡ Tom sieht sich weiter auf dem Basar um: 187

➡ Tom verlässt den Basar: 78

42

Wieder liegt er vor mir, der ockerfarbene Weg durch die Hölle. Sand, bleierne Hitze und eine Luft zum Zerschneiden. Wie in einem Heißluftbackofen. Allein bei dem Gedanken spüre ich bereits das trockene Gefühl in meiner Kehle. Deshalb nehme ich zur Stärkung einige Schlucke zu mir und mache mich dann erst auf die Socken.

> Tom macht eine Pause und trinkt frisches Trinkwasser aus seiner Feldflasche: 307, danach 186

43

Wenn sie die Tür zur Grabkammer geöffnet hat, wird sie so bald nicht wieder herausklettern. Worauf warte ich also?
Ich riskiere noch einmal einen Blick auf den Schacht. Die alte Ägypterin ist immer noch nicht zu sehen. Ich laufe los, renne über den Ritualplatz, vorbei am Pylon, und haste die Treppe hinab, die zur Grabanlage führt. Beinahe hätte ich es geschafft, wenn nicht dieser mit einem Speer bewaffnete Ägypter plötzlich, wie aus dem Nichts kommend, hinter mir aufgetaucht wäre und lautstark rufen würde: »Haltet den Grabräuber!«
Das darf doch nicht wahr sein! Der Typ hält mich für einen Grabräuber. Spinnt er? Sicherlich bekommt man in diesem Land für derartige Vergehen die Höchststrafe. Kein Wunder bei den vielen kostbaren Grabbeigaben. Mir wird schwindelig. Meine Knie werden butterweich und das nicht gerade aus Begeisterung. Bloß schnell weg hier. Ich habe keine Lust Opfer eines Justizirrtums zu werden.
Ich rase los, was meine Riedsandalen hergeben. Doch zu meinem Unglück sieht der Ägypter nicht nur durchtrainiert aus. Er lässt seinen Speer zu Boden fallen und nimmt die Verfolgung auf.

➡ Tom hat 70 oder mehr Stärkepunkte. Es gelingt ihm, den Verfolger abzuschütteln: 326

➡ Tom hat weniger als 70 Stärkepunkte. Es gelingt ihm nicht, dem Verfolger zu entkommen: 35

44

Er versucht mir das Steinfläschchen mit dem Magiepulver »Gedankenverlust« aus der Hand zu schmettern. Doch sein Schlag geht ins Leere. Schnell reiße ich den Verschluss ab und schütte das Pulver in meine Handfläche. Ich hole tief Luft und puste ihm das magische Gewürz in seine Verbrecher-Visage.

| Tom wendet das Magiepulver »Gedankenverlust« an.

| »Magiepulver Gedankenverlust, –1«

Zunächst ist er erschrocken, dann aber reibt er sich irritiert das rot schimmernde Pulver aus seinem verschwitzten sonnengebräunten Gesicht. Und als er keine Wirkung verspürt, grinst er mich überlegen an. Dabei streckt er mir seine Hände entgegen, bereit, mir jeden Moment an die Gurgel zu springen. Ich stehe da wie ein aus dem Wasser gefischter Dackel. Weshalb wirkt das blöde Magiepulver nicht? Nach dem Verhalten des Fremden zu urteilen, scheint dieses Pulver alles andere als magisch zu sein. Ich könnte platzen vor Wut. Wie konnte ich nur auf diesen Schwindel reinfallen? Plötzlich stürzt sich der Gauner wieder auf mich und packt mich am Hals. Panisch reiße ich die Augen auf. Wann wirkt das Zeug denn endlich? Doch im selben Augenblick wird sein Würge-

griff schwächer. Er schüttelt den Kopf, als wolle er eine lästige Fliege vertreiben. Schließlich lässt er meinen Hals los, sieht mich völlig entgeistert an und fragt: »Wer bist du?«
He, Wahnsinn. Es hat gewirkt. Magiepulver sind doch irgendwie cool, oder? »Tja also«, antworte ich etwas unsicher, »ich bin Tom.«
»Und . . . und wer bin ich?«
Na prima, ich wäre doch blöd, wenn ich seinen »Gedankenverlust« nicht zu meinem Vorteil nutzen würde. Abhauen kann ich später immer noch.

➡ Tom antwortet: »Äh, du bist ein guter Freund, der mir seine ganzen Deben schenken will.«: 236

➡ Tom antwortet: »Äh, du heißt Tuth-nih-weh. Wir sind beide Steinbrucharbeiter im Tal der Könige. Sag mir, erinnerst du dich an den Namen deines Vorarbeiters?«: 333

45

Nein, war das köstlich. Himmlisch. Erfrischend und wohltuend. Einfach prickelnd. Wenn ich das Winnie, dem gnadenlosen Colatrinker erzählen würde. Ich und scharf auf popeliges Trinkwasser. Er würde mich glatt für verrückt halten. Aber er wird es ja nie erfahren. So, auf geht's. Es ist nicht mehr weit bis zur Oase. Nur noch wenige Schritte, dann kann ich mich an einer schattigen Stelle in den Sand sacken lassen und mich von der Strapaze erholen.

| Tom hat endlich die Oase erreicht: 355

46

Wieder habe ich eine Etappe in dieser brütenden Hitze überstanden. Schnell in den Schatten der Palmen. Und wenn ich nicht gleich Wasser in meiner Kehle spüre, bekomme ich Hautausschlag, Pusteln und Halluzinationen.

Tom hat einen anstrengenden Marsch hinter sich. Er verliert an Stärke.

»–5«

Tom trinkt frisches Trinkwasser: 307, danach 294

47

Wenn es mir gelingt, die Holzplatte zur Seite zu bewegen, sehe ich, was sich darunter verbirgt. In der Mitte der Platte ist ein Ring aus Metall befestigt.

➡ Wenn Tom 50 oder mehr Stärkepunkte hat, schafft er es, die Holzplatte zur Seite zu ziehen: 279

➡ Wenn Tom weniger als 50 Stärkepunkte hat, schafft er es nicht, die Holzplatte zur Seite zu ziehen: 257

48

Ganz hinten am Ende dieser Gasse erkenne ich bereits den Zugang zu diesem Dorf, der von zwei mit Speeren bewaffneten Ägyptern bewacht wird. Einer der beiden überprüft die Passiererlaubnisse der Bewohner und ihrer Besucher.

➡ Tom will in dieser Gasse die Bewohner nach Ameni befragen: 69

➡ Tom geht weiter bis zum Ende der Gasse: 128

➡ Tom kehrt wieder um: 36

49

Das war lecker. Ob die alte Frau bereits aus der Grabkammer herausgeklettert ist? Nein, leider nicht. Der Einstiegschacht steht noch offen. Dann warte ich eben noch ein Weilchen. Plötzlich höre ich ein Klappern und siehe da, die Ägypterin steuert bereits auf den Pylon zu. Sie verlässt die Grabanlage. Während sie die Stufen hinabsteigt, schleiche ich mich aus der Kultkammer heraus. Jetzt ist wieder alles still. Nur das Zirpen und Summen der Insekten erfüllt die Luft. Ab und zu spüre ich einen leichten, kaum kühlenden Windhauch auf meiner verschwitzten Haut.

➡ Tom steht wieder auf dem Ritualplatz der Grabanlage: 9

50

Ab und zu laufen Kinder an mir vorbei, die jedoch keine Notiz von mir nehmen. Wenn ich meine eigenen Klamotten anhätte, wären sie schon längst neugierig stehen geblieben. Oh, da vorne macht der Weg einen Rechtsknick. In der schattigen Ecke sitzt ein alter Mann, der eine Perücke aus tiefschwarzem Haar trägt. Er raucht an einer Pfeife, vielleicht einer Wasserpfeife. Mit einem genussvollen Atemzug saugt er gierig den benebelnden Dampf ein. Dabei hält er die Augen geschlossen und lehnt entspannt gegen die weiß gestrichene Wand seines Lehmziegelhauses. Auf dem oberen Balken des rotbraun leuchtenden Türrahmens, eingefasst zwi-

schen Lotusblüten, dem Zeichen des ewigen Lebens, und dem Abbild eines Gottes, sind Hieroglyphen eingeritzt.

Ich würde zu gern wissen, weshalb dieser Mann nicht bei den Gräbern ist, sondern es sich hier im Schatten der Mittagssonne einfach nur gut gehen lässt. Wahrscheinlich ist er zu alt für die schwere Arbeit in den Steinbrüchen. Wenn er tagaus, tagein gelangweilt in der Gasse sitzt, kriegt er sicher viel von dem mit, was hier passiert. Er könnte mir also nützliche Informationen geben. Ob ich ihn ansprechen soll?

➡ Tom spricht den alten Ägypter an: 28

➡ Tom geht weiter: 311

➡ Tom kehrt wieder um: 152

51

Tom erhielt durch die Erfüllung eines weiteren Wunsches die Chance, sein Schicksal erneut in die Hand zu nehmen. Deshalb steht er jetzt wieder vor der Mauer, die eine der Gassen des Dorfes in zwei Hälften teilt: 23

52

An dieser entlegenen Stelle des Dorfes befindet sich nur ein einziges Haus. Es ist um einiges größer als die anderen und hat eine aufwändiger gearbeitete Haustür. Natürlich werde ich auch bei diesem Haus vorsichtig anklopfen. Doch es rührt sich nichts. Nun, ein zweiter Versuch schadet nichts. Auch keine Antwort. Plötzlich höre ich Stimmen im Haus. Komisch. Jetzt klopfe ich energisch ein drittes Mal. Die Leute im Haus reagieren nicht. Ah, da hinten gibt es wahrscheinlich einen Hintereingang. Nein, es ist ein ummauerter Hinterhof.

➡ Tom sieht sich auf dem ummauerten Hinterhof um: 251

➡ Tom kehrt um und geht zurück zur Gasse: 115

53

Bevor Seth neue Kräfte sammeln kann, grabe ich schnell in meinem Rucksack. Hastig greife ich mir meinen gesamten Vorrat an Magiepulver.

| Tom entschrumpft den Rucksack.

Leser, prüfe im Logbuch die Zauberkraft Seths, des Gotts der Unterwelt.

➡ Gott Seth besitzt noch Zauberkraft: 182

➡ Gott Seth besitzt keine Zauberkraft mehr: 281

54

| Tom erhielt durch die Erfüllung eines weiteren Wunsches die Chance, sein Schicksal erneut in die Hand zu nehmen. Deshalb steht er jetzt wieder vor dem Sarkophag, über dem Seth, der

Gott der Unterwelt, schwebt und Tom mit seiner schwarzen Zauberkraft angreift: 356

55

Gerade bin ich die ersten Schritte geradeaus gegangen, da erklingen merkwürdig wimmernde Geräusche. Da es in den Schächten fürchterlich hallt, kann ich nicht so schnell orten, aus welcher Richtung das Wimmern kommt. Doch das interessiert mich nicht mehr, als plötzlich eine seltsame Gestalt auf mich zusteuert. Sie schlurft wie ein Greis auf Hausschuhen den Schacht entlang. Hilfe, eine wandelnde Mumie! Stocksteif stehe ich da, als die Gestalt, von den Haaren bis zu den Fußspitzen in Leinen eingehüllt, auf mich zuschreitet und dabei wie von fürchterlichem Schmerz gepeinigt jammert. Gerade will ich kehrtmachen, um mich in Sicherheit zu bringen, da hat sie mich bereits mit ihren eiskalten Händen gepackt. Sie umklammert meinen Hals. Ich bekomme kaum Luft.

Tom versucht sich aus den Klauen der wandelnden Mumie zu befreien.

»Wandelnde Mumie, Stärke 2«

➡ Tom gewinnt den Zweikampf und schafft es, die steifen Hände der wandelnden Mumie von seinem Hals zu lösen.

»–5«

Tom verliert den Zweikampf und schafft es nicht, die steifen Hände der wandelnden Mumie von seinem Hals zu lösen. Bevor er erstickt, lässt sie von allein wieder los.

»–5«

»–5«

Egal, ob die Mumie oder ich diesen Zweikampf gewonnen haben, die wandelnde Mumie verschwindet genauso plötzlich, wie sie aufgetaucht ist. Gierig schnappe ich nach Luft.

➡ Tom möchte sich stärken: 149, danach 72, wenn Tom weitergeht, oder 263, wenn er umkehrt.

56

Tom entschrumpft den Rucksack, nimmt eine Zwiebel heraus und schrumpft ihn wieder ein.

»Zwiebel, –1«

Die Zwiebelknolle schabe ich am Kalksteinboden der Vorkammer auf. Anschließend entferne ich die Schale und löse einige Zwiebelschichten ab. Ich reibe Arme und die Beine gründlich mit dem stechenden Saft ein. Hoffentlich ist es kein Aberglaube, dass Kobras

Zwiebelduft nicht ausstehen können. Mit zaghaften Schritten nähere ich mich der Holzkiste. Immer noch steht die Kobra aufrecht, um ihren Unterschlupf vor mir zu verteidigen. Am liebsten würde ich die Augen schließen und wegsehen, bis alles überstanden ist. Ich strecke meine rechte Hand aus und nähere mich der Kiste. In diesem Augenblick neigt die Kobra sich vor. Als sie jedoch den stechenden Duft an meiner Hand wahrnimmt, schreckt sie angewidert zurück. Ich bin in Schweiß gebadet vor Angst, aber ich muss durchhalten. Der Trick mit der Zwiebel scheint zu funktionieren. In Zeitlupentempo wage ich den nächsten Schritt. Immer näher gelange ich mit der Hand an das Steinfläschchen. Jetzt kann ich es bereits mit den Fingerspitzen fühlen. Meine Augen schnellen zwischen Giftschlange und Fläschchen hin und her. Ich spüre förmlich, wie gern die Schlange zupacken würde. Deshalb muss ich Ruhe bewahren. Wenn nur meine Hand nicht so zittern würde.
Doch die Mühe hat sich gelohnt. Ich greife das Magiepulver. Cool! Ich halte das Fläschchen fest, als hinge mein Leben daran. Trotzdem muss ich weiter Ruhe bewahren, um nicht im letzten Moment doch noch gebissen zu werden. Also, ganz langsam die Hand wieder rausziehen. Noch ein Stück, noch eines und . . . geschafft.
Um zu verhindern, dass die Schlange in der Pyramide herumschleicht, nähere ich mich mit genauso langsamen Bewegungen noch einmal vorsichtig der Kiste und klappe rasch den Deckel zu. Mit einem hörbaren Klick ist sie verschlossen. Sie lässt sich nicht mehr öffnen.

Tom hat es gewagt, das Magiepulver »Zauberkraftzersetzer« aus der Holzkiste zu nehmen. Die Anstrengung hat ihn allerdings Kraft gekostet.

»Magiepulver Zauberkraftzersetzer, +1«

| »–5«

| Tom hat die giftige Kobra in der Holzkiste eingeschlossen.

Leser, kreuze die kleine offene Kiste neben der Abbildung in Abschnitt 118 mit einem weichen Bleistift an.

Erschöpft plumpse ich rückwärts auf den kalten Kalksteinboden und atme kräftig durch. Mit der linken Hand wische ich mir den Schweiß von meinem Gesicht. Igitt, die Zwiebeln habe ich glatt vergessen. Wie das stinkt! Einige Sekunden liege ich ermattet da. Erst nach einer Weile richte ich mich schließlich wieder auf, um meinen Weg fortzusetzen.

➡ Tom verlässt die Anhöhe wieder: 133

57

Mit leicht zittrigen Knien nähere ich mich noch einmal der Haustür. Noch zögere ich anzuklopfen, schließlich kann sich meine innere Stimme auch täuschen. Dann nehme ich all meinen Mut zusammen und klopfe. Aber es öffnet niemand. Deshalb versuche ich es ein weiteres Mal. Nein, keine Chance. Es scheint niemand mehr da zu sein. So ein Ärger! Jetzt werde ich nie erfahren, ob der geheimnisvolle Ägypter wirklich auf meiner Seite war und mir helfen wollte. Wahrscheinlich habe ich gerade einen riesigen Fehler begangen. Mit einem schlechten Gewissen wende ich mich ab und mache mich wieder auf den Weg.

➡ Tom steht wieder in der Gasse, die zum Dorfeingang führt: 48

58

»Ameni hat mir eine Kette aus Lapislazuli mitgegeben. Als Zeichen, dass es ihm gut geht und er bereits in Sicherheit ist, wenn ich sie dir überreiche. Er sagte, die Kette hätte eine besondere Bedeutung für euch zwei.«

Tom entschrumpft den Rucksack und nimmt die Lapislazuli-Kette heraus. Er schrumpft den Rucksack aber nicht wieder ein.

»Lapislazuli-Kette, –1«

Vorsichtig, als wäre diese Kette etwas Heiliges, greift Iset danach, schließt die Augen und drückt sie an sich. Dabei sagt sie überglücklich: »Am Tag unserer Hochzeit schenkte ich Ameni diese Kette. Sie sollte ihn anstatt meiner auf den Weg in die Grabbaustellen begleiten. Ich trug sie, als wir uns das erste Mal in einem Palmenhain erblickten. Ameni lebt! Die Götter haben meine Gebete erhört. Sag mir, wo ist er, geht es ihm gut?«
»Ameni ist bereits im Tempel. Es geht ihm nicht gut, aber er wird wieder auf die Beine kommen. Tuja, die Mutter des Pharaos, hat sofort einen Arzt rufen lassen. Der Koch wurde beauftragt ihm die leckersten Speisen zu reichen. Der Pharao sprach davon, euch beiden ein Haus am Ufer des Nils zu überlassen, damit ihr von nun an in der Nähe des Tempels sein könnt. Immerhin verdankt euch Ramses sein Leben. Iset, du musst jetzt gehen, zwei Wachtposten des Tempels haben mich hierher begleitet. Sie werden dich sicher zu Ameni bringen. Vorher habe ich aber noch eine Bitte. Ich würde mich gern umziehen.«
Iset lächelt und sagt: »Natürlich.«
Sie geht los, um mein Cap, mein weißes T-Shirt, meine kurze Jeans, Socken und Turnschuhe aus einer Holzkiste im Vorraum des

Hauses zu holen. Eilig ziehe ich mich um. In Gedanken bin ich bereits bei der Heimkehr.
Iset wischt mir mit einem feuchten Leinentuch die schwarze Farbe von den Augenlidern und reicht mir einen runden Spiegel aus glatt geschliffener Bronze. Ja, so sehe ich doch schon viel besser aus. Jetzt bin ich wieder der Alte, so wie Jessica mich mag.

Mit dem Zeitmaschinenkompass orte ich den Standort der Zeitmaschine. Lange suchen muss ich nicht, sie steht direkt vor meiner Nase. Wahnsinn, wie der Zeiger ausschlägt. So jetzt noch das Sichtbarkeitspulver aus dem Rucksack fischen und eine kleine Prise davon über die unsichtbare Maschine verteilen.

> Tom streut eine Prise Sichtbarkeitspulver in Richtung der Zeitmaschine.

Bereits nach wenigen Sekunden legt das Sichtbarkeitspulver Opas geniale Erfindung frei.

> Toms Zeitmaschine wird wieder sichtbar.

Froh, das Wunderwerk heil und in einem Stück wiederzusehen, atme ich erleichtert auf. Dann wende ich mich wieder der jungen Ägypterin zu. Es ist Zeit für den Abschied. Wie gut, dass Iset hier in diesem dunklen Vorratsraum nicht sehen kann, wie ich rot werde, als sie mir einen Abschiedskuss auf die Wange gibt. Dann nimmt sie meine Hand und sagt leise: »Möge Anubis dich auf deinem Heimweg beschützen. Wann immer es dich zurück in dieses Land führt, wirst du nicht nur in unserem Haus, sondern auch im Tempel des Pharaos ein gern gesehener Gast sein. Leb wohl, Tom.«
Ganz ehrlich, ich hasse rührselige Abschiedsszenen. Deshalb sage ich schnell: »Leb wohl, Iset. Grüße Ameni von mir.«
Es fällt mir doch ein wenig schwer, dieses Land zu verlassen, dessen Zukunft ich nach meiner Rückkehr in dicken Büchern nachlesen kann. Ein irrer Gedanke, oder? Sind die Ägypter mit ihren Tempeln und Pyramiden, mit ihren Göttern und ihrem fortschritt-

lichem Alltagsleben nicht ein bewundernswertes Völkchen? Viele tausend Jahre später versetzen ihre Werke die Menschen immer noch in großes Staunen. Und das Coolste ist, dass ich für einen kurzen Moment an ihrem Leben teilhaben durfte.

Ich öffne das Vorhängeschloss an der Eingangsluke zur Zeitmaschine, verstaue den Rucksack hinter dem alten Kinosessel und steige ein. Drinnen ist es überraschend kühl. Iset hebt auch jetzt wieder zum Abschied die Hand. Mit einem lauten Zischen schließt sich die Luke. Ein kleiner flüchtiger Check über das Kontrollpult, dann kann es losgehen.
Ein wenig freue ich mich schon auf meine eigene Zeit. Obwohl sie natürlich lange nicht so spannend ist wie das alte Ägypten mit solch einem irre netten König wie Ramses. Er hat mich sogar umarmt. Jap.
Ah, ich habe einen mordsmäßigen Kohldampf. Mir läuft bereits das Wasser literweise im Mund zusammen. Wenn ich daran denke, dass Oma mir für heute Abend Bratkartoffeln – ohne Zwiebeln – versprochen hat. Das heißt, dass ich rechtzeitig zum Abendbrot in der Erfinderkammer landen muss. Dazu muss ich aber erst einmal diesen Knopf hier drücken, der die Ausgangsdaten beim Start automatisch als neue Zieldaten in das Zahlenfeld des Displays überträgt. Schließlich will ich nicht in der Steinzeit oder irgendwo auf einer Eisscholle landen. Also, wenn ich in meine Zeit zurückkehre, wird nicht einmal eine Sekunde vergangen sein. Ist das nicht der Wahnsinn? Nun gut. Schluss mit der Fragerunde, worauf warten wir noch, lass uns heimfliegen. Drücke jetzt den roten Startknopf.

59

Ich habe den nächsten Stein zur Seite geschoben. Dabei muss ich etwa vier oder fünf große Käfer aufgescheucht haben. Das hat mir so einen Schrecken versetzt, dass ich mir an der Kammer auch noch den Kopf gestoßen habe. Es blutet zwar nicht, tut aber höllisch weh.

Während ich die schmerzende Stelle reibe, sehe ich mir die Krabbeltiere näher an. Es müssen Skarabäen sein. Sie haben eine gewaltige Größe. In diesem Moment beginnen zwei der Tiere sich vor meinen Augen aufzupumpen. Dann breiten sie ihre Flügel aus. Ihre Flügelspannweite ist beinahe so breit wie mein kleines Lineal in der Federtasche. Noch ehe ich weiß, wie mir geschieht, stürzen sie sich auf mich. Ich versuche sie wegzuscheuchen. Während ich noch wild um mich schlage, landet ein weiterer Käfer an meiner Hüfte. Panisch schlage ich das Tier weg. Doch kurze Zeit später landet es wieder auf meiner Haut. Plötzlich spüre ich einen scharfen Schmerz. Der Skarabäus hat mich tatsächlich mit seinen kräftigen Kauwerkzeugen gebissen. Mit dem Granitstein in der Hand schlage ich nach ihm. Das jedoch scheint die Käfer nur noch aggressiver zu machen, denn im selben Augenblick stürzen sich alle fünf Skarabäen auf mich. So als könnten die Tiere sich untereinander verständigen.

Au, nein, nicht! Wieder bin ich gebissen worden. Ich muss raus hier. Schnell lege ich den Granitstein an seine alte Stelle zurück, damit nicht noch mehr wild gewordene Skarabäen folgen. Eilig krieche ich auf Knien zum Ausgang der Kammer. Der sandige Boden schürft meine Haut auf. Kaum habe ich den freien Innenhof erreicht, springe ich auf und laufe los. Aber die Käfer lassen sich einfach nicht abwimmeln. Immer wieder spüre ich ihre kräftigen Bisse.

➡ Tom hat kein Steinfläschchen mit dem Magiepulver »Skarabäenglück« dabei. Er versucht den aufdringlichen Skarabäen zu entkommen: 84

➡ Tom hat ein Steinfläschchen mit dem Magiepulver »Skarabäenglück« dabei und will damit die wild gewordenen Skarabäen außer Gefecht setzen: 38

60

– An dieser Tür habe ich kein Glück. Es ist niemand im Haus.

Tom steht wieder in der Gasse, in der er die Bewohner nach Ameni befragen will: 170

61

Diese Papyrusrolle ist mit »Ramses« beschriftet. Mal sehen, was Mersu Wichtiges über Ramses zu notieren hatte.

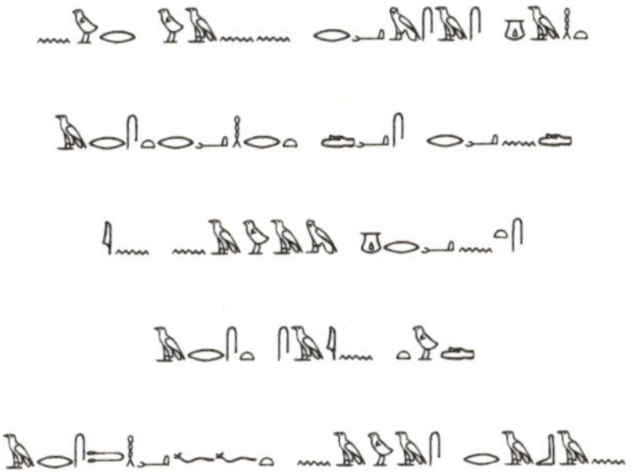

Nein, wie kann man so etwas nur offen herumliegen lassen. Wahrscheinlich ist Mersu sich ziemlich sicher, dass man ihn für einen ehrlichen und aufrechten Mann im Dienste des Pharaos hält. Umso schlimmer für Ramses, denn die wahren Übeltäter sind Leute, denen er vertraut und die ganz nah an seiner Seite arbeiten. Mir wird schlecht, wenn ich solche Sätze lese. Deshalb sollte ich

mich schleunigst auf die Socken machen und den Gaunern das Handwerk legen.

Tom rollt die Papyrusrolle zusammen und legt sie zurück in die Truhe: 196

62

Zur Sicherheit lasse ich die Tür weit geöffnet. Wenn es hier nicht so warm wäre, würde ich meinen, dass meine Knie vor Kälte zittern. Bevor ich jedoch ganz hinaufsteige, vergewissere ich mich, dass sich oben niemand aufhält. Kein Mensch zu sehen. Ich betrete das Dach. Es ist von einer kniehohen Mauer umgeben. In der Mitte steht ein Sonnenschutz. Er besteht aus vier mit Blumenornamenten verzierten Stämmen, über die ein weißer Leinenstoff gespannt ist. Überall auf der Terrasse stehen Tongefäße mit Topfgewächsen. Ihre farbenprächtigen Blüten verleihen diesem Ort eine gewisse Gemütlichkeit. Im Schatten des Sonnenschutzes stehen drei Rohrgeflechtstühle um einen kleinen Tisch herum. Ein Spielbrett aus Holz weist auf ein nicht beendetes Spiel hin. Es ist ein Senet-Spiel, womit sich Mersu in den heißen Stunden der Mittagshitze hier oben die Zeit vertreibt. Ich bin fasziniert von dem aufwändig verarbeiteten Spielbrett, von der Bemalung der Felder, den schwarzen und weißen Holzfiguren sowie den vier Spielstäbchen. Plötzlich höre ich eine wütende Stimme hinter mir: »He, was machst du da?«
Ich wage nicht mich umzudrehen, so unerwartet kam diese Frage. Mein Hals ist wüstentrocken. Wieder kommt die Frage, jetzt aber näher und energischer: »Hat man dein Gehör gestohlen? Was machst du in unseren Haus?«
Erst in diesem Augenblick wird mir klar, dass ich nicht auf dieses Dach hätte steigen dürfen. Nur langsam drehe ich mich um. Himmel, ist mir schlecht. Was sage ich bloß? Ah, ich hab's.

»Hallo, was habe ich für ein Glück, endlich jemanden anzutreffen. Ich suche Mersu, den Vorarbeiter. Ich brauche dringend Arbeit. Vielleicht kann er mir helfen.«
Der Junge scheint mir nicht zu glauben. Nein, jetzt guckt er sogar ziemlich finster. Aber meine Lüge hätte doch wahr sein können, oder? Während er langsam auf mich zukommt, sieht er prüfend auf meinen Hals. Sicher nicht, weil ich ihn seit mindestens einer Woche nicht mehr gewaschen habe. Nein, ich schätze, er guckt intensiv auf meinen Halsschmuck. Besser gesagt auf eines der vielen Amulette. In diesem Moment kommt auch schon die Frage. »Und weshalb trägst du ein Amulett, das dich berechtigt, dich hier im Dorf aufzuhalten? Du müsstest schon längst einer Arbeitsgruppe zugeteilt sein. Du sagst nicht die Wahrheit. Zeig mir, was du gestohlen hast.«
Mist, er hat Recht. Das Einzige, was mir jetzt noch hilft, ist Flucht. Aber wie soll ich das anstellen? Um zur Treppe zu gelangen, muss ich an dem Jungen vorbei. Eine zweite Möglichkeit gäbe es allerdings auch noch. Sie wäre jedoch um einiges gefährlicher.

➡ Tom versucht über die Treppe hinunter und durch das Haus zu fliehen: 305

➡ Tom versucht vom Dach in die Gasse zu springen und auf diese Weise zu fliehen: 231

63

Wie? Ich bin doch nicht lebensmüde! Der Abgrund ist viel zu tief. Ich kehre lieber um und setze meine Suche an einer anderen Stelle fort, aber auf keinen Fall hier. Also rückwärts marsch. He, da vorne am Ende des Schachts geht's rechts herum. Hups, was war das? Ein Jammern! Nein, nicht schon wieder.
Doch da ist schon wieder eine wandelnde Mumie. Sie packt mich

am Hals. Mit aller Kraft versuche ich sie zu überwältigen. Aber jedes Mal, wenn ich ihren in Leinen eingehüllten Körper berühre, fährt ein eiskalter Schauer durch meinen Körper.

Tom versucht sich aus den Klauen der wandelnden Mumie zu befreien.

»Wandelnde Mumie, Stärke 2«

Tom gewinnt den Zweikampf und schafft es, die steifen Hände der wandelnden Mumie von seinem Hals zu lösen.

»–5«

Tom verliert den Zweikampf und schafft es nicht, die steifen Hände der wandelnden Mumie von seinem Hals zu lösen. Bevor er erstickt, lässt sie von allein wieder los.

»–5«

»–5«

Gierig schnappe ich nach Luft. Egal, wer von uns beiden nun den Zweikampf gewonnen hat, die wandelnde Mumie verschwindet genauso plötzlich, wie sie erschienen ist.

➡ Tom möchte sich stärken: 149, danach 291, wenn Tom weitergeht, oder 189, wenn er umkehrt.

64

Ah, gleich habe ich mein Ziel erreicht. Vorne rechts liegt das Dorf Deir el-Medineh, links die Grabanlage. Wenn es nur nicht so heiß wäre. Besser, ich gönne mir schnell noch eine Erfrischung.

| Tom hat einen anstrengenden Marsch hinter sich. Er verliert an Stärke.

| »–5«

➡ Tom trinkt frisches Trinkwasser: 307, danach 70, wenn er zur Grabanlage, oder 318, wenn er nach Deir el-Medineh geht.

65

Na, das war ja mal wieder etwas, womit ich meine Sportlehrerein hätte beeindrucken können. Oh, hier teilt sich der Schacht in zwei Richtungen, geradeaus und rechtsherum.

➡ Tom geht geradeaus: 253

➡ Tom geht rechts herum: 340

66

Jede noch so kleine Bewegung muss ich in höchster Konzentration durchführen, damit die angriffslustige Schlange nicht unvermittelt zubeißt. Der einzige Trumpf, den ich in dieser Situation habe, ist, dass Schlangen einige Zeit brauchen, um Gift zu produzieren. Deshalb wird sie nicht blindlings zuschlagen. Dennoch will ich mein Leben nicht aufs Spiel setzen.

➡ Tom entschrumpft vorsichtig den Rucksack und greift nach einer Zwiebel.

| »Zwiebel, –1«

Ich weiß nicht, weshalb sie mich unentwegt bedroht, statt einfach davonzuschlängeln. Doch halt, ich habe eine fürchterliche Vermutung. Sicher sitze ich auf ihrem Gelege, das sich wahrscheinlich einige Zentimeter unter dem Wüstensand befindet.
Ohne das gereizte Tier aus den Augen zu lassen, lege ich die Zwiebel auf einen flachen Stein und zerquetsche sie vorsichtig mit einem zweiten. Sofort steigt mir der stechende Duft in Nase und Augen. Langsam reibe ich mich mit den feuchten Zwiebelstückchen an Armen und Beinen ein. He, Wahnsinn. Das alte Hausmittel scheint zu wirken. Das Tier zieht sich tatsächlich einige Meter zurück.

➡ Tom hat es geschafft, die giftige Kobra zu verjagen: 100.

67

Das Wasser schmeckt irgendwie merkwürdig. Vielleicht war es doch nicht so klug, ohne Vorsichtsmaßnahme davon zu trinken. Hoffentlich habe ich mich nicht vergiftet. Sicherheitshalber sollte ich das Heilpulver »Giftzersetzer« anwenden.

➡ Tom hat noch ein Steinfläschchen mit dem Heilpulver »Giftzersetzer« dabei: 194

➡ Tom hat kein Steinfläschchen mehr mit dem Heilpulver »Giftzersetzer« dabei: 327

68

Ich hätte früher nie im Leben einen Gedanken daran verschwendet, wie lecker Wasser sein kann. Es tut gut, sich ein wenig im Schatten auszuruhen. He, was war das? Als ich mich nach der Geräuschquelle umsehe, stürzt sich bereits ein unrasierter dunkelhäutiger Typ mit dicker Nase und wulstigen Lippen auf mich. Instinktiv trete ich ihm gegen das Schienbein, sodass er aufschreit und kurz zurückschreckt.

| Tom entschrumpft den Rucksack.

Schnell löse ich den Schrumpfmechanismus meines Rucksacks aus, doch es gelingt mir nicht, ein Fläschchen mit Magiepulver zu greifen. Als er meinen Rucksack sieht, unternimmt er einen erneuten Versuch mich zu überwältigen. Da wir beide unbewaffnet sind, werde ich den Rucksack wohl zur Verteidigung einsetzen müssen.

| Tom verteidigt sich mit dem Rucksack gegen den angreifenden Nubier.

| »Wilder Nubier, Stärke 4«

➡ Tom gelingt es, den wilden Nubier zu überwältigen: 168

➡ Tom gelingt es nicht, den wilden Nubier zu überwältigen: 314

69

Hoffentlich kann mir überhaupt jemand etwas über Ameni erzählen. Ich darf mich nur nicht verraten und muss vorsichtig sein. Ich möchte keinem der Entführer in die Arme laufen.

➡ Tom klopft an die Haustür von : 113

➡ Tom klopft an die Haustür von : 181

➡ Tom klopft an die Haustür von : 210

➡ Tom klopft an die Haustür von : 20

➡ Tom klopft an die Haustür von 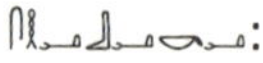: 114

➡ Tom geht weiter in Richtung Dorfeingang: 128

➡ Tom geht weiter ins Dorf hinein: 36

70

Über eine Treppe aus Kalkstein gelange ich durch ein großes Tor, den Pylon. Es wird auch heiliges Tor genannt. Hab ich wenigstens gelesen. Die gesamte Grabanlage ist von einer hohen Mauer aus Kalkstein umgeben. Im ummauerten Innenhof stehen drei unterschiedlich große, bis zu sieben Meter hohe Pyramiden aus Lehmziegel und Kalkstein. Auf dem großen Ritualplatz davor wird bei der Beerdigung die Totenmesse gehalten. Angehörige bereiten hier den Verstorbenen auf seine letzte Reise vor und geben ihm Opfergaben wie Speisen, Getränke, Salböl und Blumengebinde mit, die auf dem Opfertisch aus Kalkstein bereitstehen. Daneben steht eine zwei Meter hohe Stele. Etwa in der Mitte des Hofes verdeckt eine weiß gestrichene Holzplatte einen Schacht, der zur unterirdischen Grabkammer

führt. Die Spitze der Pyramiden krönt ein Pyramidion aus Kalkstein. Auf der zum Vorplatz gewandten Seite der Pyramiden, jeweils über den offenen Kultkammern, befinden sich Nischen, mit den Figuren nach dem Abbild der Verstorbenen. Viele Darstellungen zeigen den Sonnengott am Morgen in seiner Barke. Obwohl die Zeit drängt, werde ich mich hier ein wenig genauer umsehen.

➡ Tom will sich die Kultkammern im Inneren der Mini-Pyramiden genauer betrachten: 195

➡ Tom will wissen, was sich unter der Holzplatte auf dem Vorplatz verbirgt: 47

➡ Tom sieht sich den Opfertisch und die Stele an: 216

➡ Tom fühlt sich bei dieser Grabanlage nicht besonders wohl und verlässt sie wieder: 29

71

Gerade als ich die Augen für einen kurzen Moment schließe, vernehme ich aus der Ferne Stimmen. Leute nähern sich von der anderen Seite des Wüstenpfads. Hinter einem Sandhügel taucht zunächst der Kopf eines Kamels auf. Dann noch eins und ein drittes. Und dann sind da Menschen.

Hastig bringe ich mich hinter einem kleineren Hügel aus Stein in Sicherheit. Von meinem Versteck aus beobachte ich eine kleine Karawane von drei dunkelhäutigen Nubiern, die ausgerechnet meinen Rastplatz ausgewählt haben, um sich auszuruhen. Ich kann doch nicht ewig hinter dem Hügel hocken und warten, bis die Herrschaften sich bequemen, ihren Weg fortzusetzen. Was mache ich nur?

Auf jeden Fall muss ich verschwinden. Gerade steinige Hügel sind ein beliebter Unterschlupf für allerlei giftiges Getier. Ah, da hinten, die Palmen . . . Wenn es mir gelänge, sie unbemerkt zu erreichen, könnte ich von dort aus meinen Weg fortsetzen. Nur, dieser Hügel hier ist recht flach. Die Nubier könnten mich entdecken. Vielleicht sollte ich fliegen? Nein, scheidet aus, hab keine Flügel. Oder beamen? Nee, gibt es nur bei Star Trek. Ah, vielleicht laufen? Nein, das ist zu gefährlich. Doch nicht etwa kriechen? Mit dem nackten Bauch? Auf heißem Wüstensand? Bäh, hier wimmelt es doch von Skorpionen, Wüstenkäfern und Kobras. Ich bin doch nicht lebensmüde. Aber wenn ich heil hier rauskommen will, habe ich wohl keine andere Wahl.

➡ Tom wartet in seinem Versteck, bis die drei Nubier mit ihren Kamelen weitergezogen sind: 255

➡ Tom zieht es vor, zur nächsten Palmengruppe zu kriechen, um von dort aus seinen Weg ungehindert fortzusetzen: 252

72

Nach wenigen Metern endet der Schacht. Er führt rechts herum in einen weiteren Schacht. Aber die Leiter, die vor mir an der Wand lehnt, scheint auf eine fast drei Meter höher gelegene Kammer zu führen.

➡ Tom klettert an der Leiter hoch: 118

➡ Tom geht rechts herum in die Vorkammer: 362

➡ Tom kehrt um: 359

73

➡ Tom hat Ramses leider nicht die Namen der wahren Entführer genannt: 19

74

Hoffentlich ist Iset im Haus. Leise klopfe ich an die weinrot gestrichene, hölzerne Haustür und flüstere, aber so, dass sie mich drinnen deutlich genug hören kann: »Iset, ich bin es, Tom.«

| Tom klopft an die Haustür von Ameni und Iset.

? | »Der Würfel entscheidet.«

➡ Augenzahl 1 oder 6: 131

➡ Augenzahl 2, 3, 4 oder 5: 306

75

Dies ist die Kultkammer der kleinsten Pyramide. Ich muss meinen Kopf einziehen, um hineinzugelangen. Gerade, als ich mich umdrehe, fällt mein Blick auf fünf faustgroße, eiförmig geschliffene Steine aus Granit, die vor mir auf dem sandigen Boden der Kammer liegen. Beim Hineingehen muss ich sie übersehen haben. Das Seltsame daran ist, dass sie angeordnet sind, als hätte jemand etwas dazwischen versteckt. Ob ich nachsehen soll?

➡ Tom sieht neugierig zwischen die fünf Granitsteine: 76

➡ Tom hält die fünf Granitsteine für eine Opfergabe und lässt sie liegen: 30

76

Gerade habe ich einen der fünf Steine vorsichtig mit der Hand zur Seite geschoben, da entdecke ich versteckt zwischen den vier restlichen Steinen etwas Ovales und schwarz Glänzendes. Es sieht aus wie ein schwarzer Edelstein.

➡ Tom schiebt mit seiner Hand einen weiteren eiförmigen Stein zur Seite: 59

➡ Tom hält die ovalen Teile für gefährliche Insekten, die unter den Steinen Schutz gesucht haben, und legt den Stein schnell wieder zurück: 77

77

Gibt es da nicht einen Spruch, von wegen »Wecke keine schlafenden Hunde« und so? Ich werde diesen Rat befolgen und den Stein wieder an seine alte Stelle zurücklegen. Ich möchte nicht riskieren von aufgebrachten Insekten angegriffen zu werden. Außerdem

könnten ihre Stich giftig sein. Und in dieser Enge hätte ich sowieso kaum eine Chance mich zu verteidigen. Also verdufte ich eben wieder. Klare Sache!

➡ Tom steht wieder auf dem Ritualplatz der Grabanlage: 9

78

Wenn Tom Skarabäen-Glücksbringer übrig behalten hat, entschrumpft er in einer stillen Ecke den Rucksack, legt sie dort hinein und schrumpft den Rucksack wieder ein.

Schade, dass ich keine Zeit habe, um mich hier auf dem Basar umzusehen. Vielleicht hole ich das zu anderer Gelegenheit nach.

➡ Tom sieht sich auf dem Basar um: 93

79

Nein, ich habe eine gute Erziehung genossen. Deshalb kann ich mit Leichtigkeit solch einer großen Versuchung widerstehen. Jawohl, ich bin anständig. Kein Dieb. Probleme habe ich auch nicht damit. Ehrlich. Doch . . . äh, wenn ich nicht bald verschwinde, könnte ich meine Meinung noch ändern. Also, schnell raus hier. Während ich die Treppe der Vorratskammer im Eiltempo hinaufsteige, versuche ich an alles andere als an Obst zu denken. Ordentlich, wie ich bin, schließe ich die knarrende Küchentür hinter mir zu. Jetzt stehe ich wieder im Wohnraum des Vorarbeiters.

➡ Tom sieht sich im Wohnraum um: 324

➡ Tom geht in den rechten Nebenraum hinein: 357

➡ Tom geht in den linken Nebenraum hinein: 167

➡ Tom geht zurück in den kleinen Vorraum: 169

80

He, wenn ich Glück habe, ist da vorne tatsächlich die Oase. Aber einige Meter habe ich noch vor mir. Meine eigene Zunge kann ich mir bereits einmal um den Hals wickeln. Ich verdurste. Wasser! Ich brauche Wasser!

❙ Tom trinkt frisches Trinkwasser: 307, danach 45

81

Nein, gleich hinter diesem Linksknick wartet wieder der tiefe Abgrund auf mich. Vielleicht wäre es angebracht, dass ich mich für diesen Sprung noch einmal stärke.

➡ Tom will sich stärken: 149, danach 256

➡ Tom will sich nicht stärken: 256

82

So ein Mist! Die Feldflasche ist leer. Das darf doch nicht wahr sein. Ich brauche dringend Nachschub.

❙ Tom hat kein frisches Trinkwasser mehr und leidet unter Durst.

❙ »–5«

❙ »–5«

➡ Tom hat 0 Gesundheitspunkte: 33

Wenn ich es richtig einschätze, führt der Wüstenpfad in Richtung Oase oder zurück zur Grabanlage. Doch bevor ich weiterziehe, sollte ich mir noch eine kleine Ruhepause gönnen und neue Kräfte sammeln.

➡ Tom zieht weiter: 98

➡ Tom bleibt noch ein Weilchen sitzen, um sich von der Verfolgung zu erholen: 329

83

Die Papyrusrolle ist mit »Kobra« beschriftet. Da bin ich aber mal gespannt, was es so Wichtiges über eine Giftschlange zu notieren gibt.

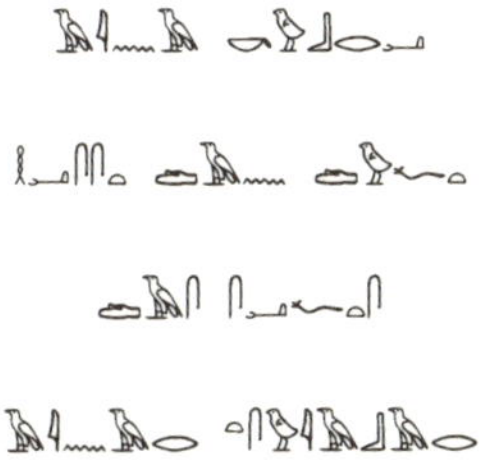

Cool, der Hinweis auf diesem Papyrus ist lebenswichtig. Nicht nur für die Arbeiter in den Gräbern.

➡ Tom rollt die Papyrusrolle zusammen und legt sie in die Truhe zurück: 196

84

Warum nur habe ich kein »Skarabäenglück« dabei? Wenn ich heil aus diesem Schlamassel herauskomme, muss ich mir dringend welches besorgen. Das Einzige, was mich jetzt aus dieser unangeneh-

men Situation befreien könnte, wäre – Flucht. Winnie würde natürlich gnadenlos um sein Leben kämpfen, ich weiß das. Bei Computerspielen wählt er immer die schwierigste Einstellung für die hart gesottenen Spieler. Aber ich bin nun mal nicht Winnie und eher weich gesotten, deshalb schlage ich noch einige Male heftig zu. Doch die Käfer sind zu wendig und weichen meinen Schlägen blitzschnell aus. Nein, jetzt formieren sie sich erneut, um sich ein weiteres Mal auf mich zu stürzen.

Panisch vor Angst laufe ich los. Nach wenigen Schritten bin ich den aufdringlichen Biestern entkommen. Schnell riskiere ich einen Blick nach hinten. Doch das hätte ich mir sparen können. Das monotone Summen ihrer Flügelschläge ist deutlich zu hören. Sie haben die Verfolgung aufgenommen. Autsch! Wieder hat mich einer der Mistkäfer in den Arm gebissen. Wie ein wild gewordener Stier laufe ich immer weiter. Ab und zu drehen sich überraschte Ägypter nach mir um. Nur, weshalb hilft mir niemand? Mist, dann muss ich mir eben selbst helfen. Vielleicht sollte ich einfach in einem der Häuser Schutz suchen. Da vorne, das Haus kommt mir bekannt vor, oder doch nicht?

Wahnsinn, ein Wink des Schicksals. Die Tür steht offen. Das ist die Gelegenheit.

➡ Tom war noch nicht im Haus des Magiers. Er flieht hinein: 173

➡ Tom war bereits im Haus des Magiers und sucht erneut darin Schutz: 296

85

Wenn ich Glück habe, ist das flimmernde Grün vor meinen Augen keine Fata Morgana, sondern tatsächlich die Oase. Aber einige Schritte muss ich noch laufen, bevor ich sie endlich erreicht habe. Meine Zunge hängt mir bereits einige Meter schlaff aus dem Hals.

Was würden die armen Ägypter bloß ohne ihr Wasser machen. Klar, sie würden in null Komma nichts verdursten.
Ich werde einen geeigneten Moment abwarten, um die Feldflasche aus dem Rucksack zu holen und meiner verdorrten Kehle einige große Schlucke zu gönnen. Aber erst, wenn nicht mehr so viele Ägypter auf diesem staubigen Wüstenpfad unterwegs sind.
Ich drehe mich um. Weiter hinten, neben einigen Lehmziegelhütten, spielen Kinder ein Spiel, das ich noch nie zuvor gesehen habe. Zwei Mädchen sitzen Huckepack auf den Rücken zweier anderer Mädchen und werfen sich rasselnde Bälle zu. Die Kinder würden das Entschrumpfen des Rucksacks sicher nicht bemerken. Wenn der ältere Ägypter, der mir gerade mit seinem voll beladenen Handkarren entgegenkommt, an mir vorbeigegangen ist, kann ich endlich meinen Rucksack entschrumpfen. So, jetzt ist der Augenblick günstig.

| Tom trinkt frisches Trinkwasser: 307, danach 228

86

Ehrlich gesagt, mulmig ist mir schon. Außerdem werde ich mich kaum daran gewöhnen, halb nackt durch die Gegend zu marschieren. Und was mache ich, wenn mich einer dieser Leute enttarnt und feststellt, dass ich nicht hierher gehöre? Was ist, wenn sie sich vor mir ängstigen und mich einem ihrer Götter opfern? Bloß nicht daran denken, sonst werde ich noch blasser, als ich eh schon bin. Da kann ich mich ja gleich auf den Basar stellen und lauthals rufen: »Seht ich komme aus einer anderen Zeit, opfert mich.« Und zack, ist die Rübe ab.
Achtung, da vorne geht eine junge Ägypterin. Sie hat zwar einen Augenblick zu mir hochgesehen, doch sie scheint weiter keine Notiz von mir zu nehmen. Jetzt ist sie schon ganz nah . . . noch weni-

ge Schritte . . . nein, sie guckt nicht, oder? Sie nickt mir mit einem kurzen Gruß zu und geht weiter.
Meine Güte, war das spannend eben. Beinahe hätte ich meine Mission vergessen können. Aber so macht es gleich viel mehr Spaß. Trotzdem heißt es wachsam sein. Puh, die Gasse hier ist eng und stickig. Obwohl es schattig ist, fällt es mir schwer, mich in dieser Hitze zu bewegen. Doch ich schwitze kaum. Vielleicht liegt es an der trockenen Luft. Hier teilt sich die Gasse in zwei Richtungen.

➡ Tom geht nach links: 191
➡ Tom geht nach rechts: 212
➡ Tom kehrt wieder um: 322

87

Hey, was ist denn nun los? Spinn ich oder ist hier wirklich schon Schluss. Tatsächlich, hier ist das Ende. So ein Mist, dabei war ich gerade so gut Form. Aber was soll's. Für mich ist das kein Problem. Beim nächsten Mal werde ich es bestimmt schaffen. Am besten ich leg gleich noch mal los. Du wirst mir doch bestimmt wieder helfen, oder? Also, wir treffen uns dann in Opas Erfinderkammer auf Seite 18.

Leser, verwende für Toms nächsten Versuch, Ameni zu befreien und die Entführer des Pharaos zu entlarven, eine neue Zeitreisen-Logbuchseite. Radiere alle Eintragungen in folgenden Textabschnitten aus:

1. die Flamme in der Abbildung des Textabschnitts 304
2. das Kreuz bei der kleinen offenen Kiste in Textabschnitt 118.

88

Cool. Denen habe ich es aber gezeigt. Da sind mindestens dreißig Heilsalben, einige Meter Mullbinden und 'ne ganze Menge Schmerzen dabei herausgekommen. So schnell legen sich diese beiden rabiaten Kerle nicht mehr mit mir an. Jetzt aber weg hier. Mit einem Affenzahn renne ich die Seitengasse zurück, bis ich nach zwei Kurven wieder die belebtere Hauptgasse Deir el-Medinehs erreicht habe.

| Tom verliert durch den Zweikampf mit den beiden Ägyptern und der anschließenden Flucht an Stärke.

| »–15«

➡ Tom will sich stärken: 149, danach 192

➡ Tom will sich nicht stärken: 192

89

Diese Papyrusrolle ist mit »Beigaben« beschriftet. Warum nur? Vielleicht ist es eine Liste der Grabbeigaben, die jedem Grab beigelegt werden.

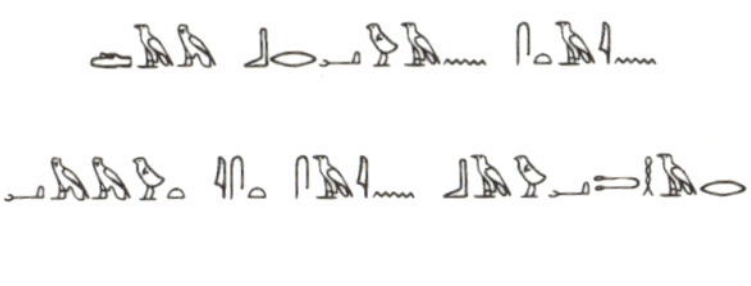

Oje, ich habe es zwar geschafft, den Text zu übersetzen, aber seinen Sinn verstehe ich nicht. Es ist nicht, wie ich vermutete, eine Lis-

te von Grabbeigaben. Nur ein Spruch. Nun ja, vielleicht sollte ich ihn mir trotzdem gut hinter meine Segelohren schreiben. Es muss einen Grund geben, weshalb Mersu diese Warnung in einer besonderen Kiste aufbewahrt.

➡ Tom rollt die Papyrusrolle zusammen und legt sie in die Truhe zurück: 196

90

Während mich der Unbekannte immer noch mit aller Kraft daran hindert, um Hilfe zu schreien, gebe ich schließlich nach und nicke. Ich werde seiner Aufforderung nachkommen und mich ruhig verhalten. Bevor er seinen Griff lockert, flüstert er: »Bist du der junge Mann, von dem die Schriften der Weisen in den heiligen Stätten von Heliopolis berichten, er würde den Verrat und die Entführung unseres Pharaos Ramses – Sonne der Herrscher – zu verhindern wissen und damit den Glanz und den Wohlstand dieses blühenden und reichen Ägyptens sichern?«

Ich? Himmel, ich glaube, da hat sich jemand verwählt. Mensch, er redet von einem Supermann, aber garantiert nicht von mir. Und wenn doch, dann soll er das noch einmal in Winnies Beisein wiederholen.

Dennoch, meine Mission hat tatsächlich etwas mit dem zu tun, was er mir eben so artig geflüstert hat. Nur, muss man gleich so weit ausholen? Eigentlich bin ich rein zufällig in diese Angelegenheit hineingerasselt. Doch er lässt nicht nach und sagt streng: »Dann folge mir.«

Genauso plötzlich, wie er mich in die Zange genommen hat, lässt er mich los. Für einen kurzen Moment konnte ich den feinen Leinenstoff fühlen, den sich nur reiche oder adelige Ägypter leisten können. Er steuert auf den rechten Nebenraum zu, in dem vorhin

auch der kleine Junge verschwunden war. Noch stehe ich wie angewurzelt im Vorraum und überlege, ob ich dem geheimnisvollen Mann blindlings folgen soll.

➡ Tom folgt dem Unbekannten: 142

➡ Tom nutzt die Gelegenheit und flieht: 145

91

Sosehr ich ihn auch mit Tritten, Boxhieben, Bissen und Kratzern traktiere, es nützt alles nichts. Ich habe keine Chance mich aus der festen Umklammerung des jungen Ägypters zu befreien. Ich bin verloren.

➡ Tom wird gefangen genommen und wegen des Verdachts der Grabräuberei schwer bestraft: 134

92

Ich stehe wieder in der Gasse. Ob ich meine Erkundigungen hier fortsetzen sollte? Vielleicht wäre es aber auch angebracht, aus dieser Ecke des Dorfes zu verschwinden.

➡ Tom klopft an die Haustür von : 205

➡ Tom klopft an die Haustür von : 310

➡ Tom verlässt die Gasse: 150

93

Schade, dass ich Winnie nicht von diesem coolen Basar erzählen kann. Na ja, vielleicht entschließe ich mich doch eines Tages ihn mit auf Zeitreisen zu nehmen.

Tom entschrumpft den Rucksack, legt den ledernen Geldbeutel hinein, schrumpft ihn wieder zusammen und hängt ihn sich um den Hals.

➡ Tom geht in Richtung Oase: 298

➡ Tom geht in Richtung Deir el-Medineh: 120

94

Obwohl diese Pyramide etwas kleiner ist, kann ich hier immer noch bequem aufrecht stehen. Ein Erwachsener müsste allerdings den Kopf einziehen. Ich gehe bis zum hinteren Ende durch. Doch hier gibt es nichts Besonderes zu sehen. Also gehe ich gleich wieder raus.

➡ Tom steht wieder auf dem Ritualplatz der Grabanlage: 9

95

Nein, immerhin drängt die Zeit. Außerdem kenne ich mich überhaupt nicht mit Eseln aus. Deshalb überlasse ich den alten Ägypter seinem Schicksal, klettere über den steinigen Hügel zurück auf den Wüstenpfad und setze meinen Weg fort.

➡ Tom setzt seinen Weg in Richtung Pyramide fort: 325

96

Ich habe Glück. Ofir steht in der Tür.

»Sei gegrüßt, Tom. Was führt dich zu mir?«

»Hallo, Ofir, ich brauche dringend Magiepulver.«

Mein ägyptischer Freund deutet mir an einzutreten. Er bietet mir

auch diesmal wieder auf einer Matte Platz. Während ich mich setze, stellt er zwei mit Lotosblüten verzierte Trinkbecher aus Brekzienstein auf der Matte ab und füllt sie mit frischem Feigensaft. Wortlos setzt er sich neben mich und prostet mir zu.

Tom hat sich mit einem Becher Feigensaft erfrischt. Er gewinnt an Gesundheit.

»+5«

Mittlerweile ist dies eine Art Willkommensritual zwischen uns. Als wir beide unsere Becher geleert haben, bricht Ofir sein Schweigen und fragt: »Nun, lieber Freund, sag mir, welches Magiepulver benötigst du?«
»Ach!«, antworte ich. »Es muss eine gute Auswahl sein, damit ich für den Ernstfall gerüstet bin.«
Schon erhebt sich der junge Magierschüler und sagt freundlich lächelnd: »So folge mir!«

➡ Tom hat noch Deben und kauft Magiepulver: 176

➡ Tom hat keine Deben oder möchte kein Magiepulver kaufen und verlässt das Haus des Magiers Nefer: 297

97

Wie irrsinnig. Die Schwerarbeit hier macht ja noch viel durstiger, als ich geglaubt habe. Erwähnte ich schon, dass es im alten Ägypten höllisch heiß ist? Ich komme um vor Hitze. Sobald ich einen Kühlschrank sehe, baue ich mir darin ein Nest.

Das Betätigen des Ziehbrunnens kostet Tom in dieser Hitze Kraft.

»–5«

➡ Tom will sich stärken: 149, danach 276

➡ Tom will sich nicht stärken: 276

98

Tom legt die Feldflasche zurück in den Rucksack und schrumpft ihn wieder ein.

➡ Tom geht in Richtung Oase: 80

➡ Tom geht in Richtung Grabanlage: 222

99

Es ist nicht leicht, mit Sandalen in den schmalen Ritzen Halt zu finden. Doch mit einiger Mühe schaffe ich es. Hier unten befindet sich eine mit farbigen Hieroglyphen verzierte Holztür. Es muss ein Grabeingang sein. Das Grab ist wahrscheinlich noch recht neu, denn die Malereien sehen aus, als wären sie erst kürzlich abgeschlossen worden. Die Farben leuchten kräftig im Gegensatz zu manch anderen mit Hieroglyphen bemalten Wänden oder Türen. Die Tür ist mit einem mir unbekannten Schließsystem verschlossen. Da ich nicht weiß, wie ich die Tür öffnen soll, bleibt mir leider nichts anderes übrig, als wieder hinaufzuklettern.

Doch da fällt mein Blick auf fünf hervorgehobene Hieroglyphen. Was haben sie zu bedeuten? Ob es sich um eine geheime Anleitung handelt? Ich sollte sie mir auf jeden Fall gut merken.

Oben angekommen, lege ich die Holzplatte zurück auf den Eingang des Schachts.

Tom hat sich beim Untersuchen sowie Verschließen des Schachts anstrengen müssen. Er verliert an Stärke.

»–5«

➡ Tom will sich stärken: 149, danach 9

➡ Tom will sich nicht stärken: 9

100

Geschafft! Hastig springe ich auf und gehe einige Meter weiter, bis ich mich nicht mehr im Gefahrenbereich der Kobra befinde. Mit zittrigen Gliedern stehe ich da und atme einmal tief durch. Erst jetzt wird mir bewusst, in welcher Gefahr ich soeben war.

Tom schrumpft den Rucksack ein.

Erleichtert kehre ich zurück auf den Wüstenpfad. Ich muss in Zukunft vorsichtiger sein. Es hätte auch schief gehen können.

➡ Tom geht in Richtung Deir el-Medineh: 109

➡ Tom geht in Richtung Oase: 85

101

Die junge Ägypterin schließt die Tür und bleibt eine Weile stumm im Vorraum stehen. Schließlich fragt sie: »Bist du Tempelarbeiter?«

Ich schüttele den Kopf und sage betont ernst: »Nein, ich gehöre nicht zu denen, die dem König seinen Platz voller Habgier neiden. Ich bin wie alle anderen hier im Dorf. Unserem Pharao, Sohn des Lichts, gilt meine Verehrung – er lebe, sei heil und gesund.« Das sagt man doch so, oder?

Als würde ihr eine schwere Last vom Herzen fallen, atmet sie erleichtert auf. Dann wendet sie sich von mir ab, geht in einen Nebenraum und kehrt mit zwei Bechern und einer Steinvase, gefüllt mit erfrischendem Feigensaft, zurück. Sie bietet mir Platz auf einer Matte an, die in der Mitte des Raums auf dem Boden liegt. Wir setzen uns. Während sie die Trinkbecher füllt, sagt sie: »Ammon, mein geliebter Mann quält sich mit einer Last, die er mir vor wenigen Tagen anvertraute.«

Sie sieht zu Boden. Wahrscheinlich überlegt sie, ob es richtig ist, mir etwas Derartiges anzuvertrauen. Wie kann ich ihr nur klar machen, dass ich genau der Richtige bin, dem sie etwas über Amenis Verschwinden erzählen sollte.

Vorsichtig lege ich meine Hand auf ihre Schulter und sage: »Was du mir auch erzählen möchtest, es bleibt bei mir. Niemand wird davon erfahren. Ich befürchte, dass viel mehr hinter Amenis Verschwinden steckt, als manch einer vermuten mag.«

Als ich damit ihre letzten Zweifel aus dem Weg geräumt habe, sieht sie mich lächelnd im Schein der Öllampe an und beginnt zu erzählen: »Ich habe mich dir noch nicht vorgestellt. Lotos ist mein Name. Ammon ist Grabarbeiter, genauer gesagt Verputzer. Sein Vorarbeiter ist Mersu. Sie bessern zurzeit ein seit langem fertig gestelltes Grab aus. Die Arbeiten weit drinnen im Tal der Könige lassen es nicht zu, dass unsere Männer täglich heimkehren. Sie übernachten in Hütten, um den langen beschwerlichen Weg nach der anstrengenden Arbeit zu sparen. Die letzten freien Tage verbrachte er allerdings zu Hause. Bei einem Glas Dattelwein sprach er von einem bösen Traum, der ihn eines Nachts plagte. Er verließ die Hütte. Der klare Nachthimmel besänftigte sein aufgewühltes Herz. Es waren nur wenige Schritte, die er sich von seiner Unterkunft entfernte. Den Kobras und Skorpionen zum Trotz setzte er sich auf einen Stein, windgeschützt am Fuße eines Hügels. Während er dasaß und den Geräuschen der Nacht lauschte, vernahm er Stimmen. Es war Mersu, der Vorarbeiter, der sich mit einem Tempelarbeiter unterhielt.«

Lotos macht eine Pause. Voller Ungeduld warte ich darauf, dass sie weiterspricht. Ich muss versuchen meine brennende Neugier zu verbergen. Doch da fährt sie fort und sagt: »Ammon wurde Zeuge einer Verschwörung. Seit dieser Nacht hat er große Angst. Auch um mich und unsere Kinder.«

Mit betont leiser Stimme versuche ich Lotos zu beruhigen: »Bitte hör mir gut zu, Lotos. Ammon wird nichts geschehen. Das heißt, solange niemand weiß, dass er Zeuge dieser geheimen Unterhaltung war. Ich bin auf der Suche nach Ameni, der ebenfalls Zeuge eines Gesprächs zwischen zwei Verrätern wurde. Ihn allerdings entdeckten sie. Seitdem ist er spurlos verschwunden. Wahrscheinlich haben sie ihn entführt. Wenn ich Ameni gefunden und befreit habe, werde ich zu Ramses in den Tempel gehen und ihm persönlich die Namen aller Entführer nennen. Sie werden ihre

gerechte Strafe erhalten. Dann kann auch Ammon wieder ruhig schlafen.«
Lotos scheint noch nicht ganz überzeugt zu sein. Kein Wunder, denn Ameni ist verschwunden. Das Gleiche könnte mit ihrem Mann geschehen. Neugierig frage ich: »Erzählte Ammon dir auch, worüber sich der Vorarbeiter Mersu und der unbekannte Tempelarbeiter unterhielten?«
Lotos denkt einen Augenblick nach. Dann sieht sie mich mit ängstlichen Augen an und sagt: »Ja, sie sprachen davon, Ramses zu entführen und zu töten und einen Mitwissenden gefangen zu halten. Wo, verrieten sie nicht. Doch Mersu behauptete, er habe den geflügelten Skarabäus an einem sicheren Ort in seinem Haus versteckt. Nur mit diesem Schlüssel gelingt es, in das geheime Lager der Entführer zu gelangen. Sicher wird dort auch Ameni festgehalten.«
Cool. Das ist ein entscheidender Hinweis. Gierig schlürfe ich den fruchtigen Feigensaft herunter und stehe auf. »Vielen Dank, Lotos. Du hast mir sehr geholfen.«
| Tom hat sich einen Moment ausgeruht und erfrischt.

| »+10«

| »+10«

Lotos steht ebenfalls auf und sieht mich besorgt an.
»Möge Ammun dich beschützen.«
Lotos begleitet mich hinaus. An der Tür drehe ich mich noch einmal um. Die junge Frau Ammons nickt zum Abschied und schließt

die Tür. Jetzt ist sie wieder allein mit ihrer Furcht, um ihre Kinder, ihren Mann und um sich selbst.

➡ Tom steht wieder in der Gasse: 69

102

 – Wahrscheinlich ist der Bewohner dieses Hauses zur Arbeit. Es öffnet niemand auf mein Klopfzeichen.

➡ Tom steht wieder in der Gasse, in der er die Bewohner nach Ameni befragen will: 170

103

Ein ägyptischer Junge kommt geradewegs auf mich zugelaufen. Er ist ungefähr so alt wie Winnies Schwester, also etwa fünf, und wie alle anderen Kinder hier im Dorf ist er splitternackt und hat einen kahl geschorenen Kopf. Er macht direkt vor mir Halt, lacht mich breit grinsend an und fragt: »Bist du der Vertraute Isets?« He, was will er von mir? Was soll ich nur antworten?

➡ Tom antwortet: »Ja, ich bin ein Vertrauter Isets.«: 180

➡ Tom antwortet: »Ich? Nein, da musst du dich irren. Ich kenne keine Iset.«: 273

104

Bevor ich einen Schritt in das Haus wage, wäre es angebracht, die Lage zu checken. Also drehe ich mich möglichst unauffällig um. Schließlich sollen zufällige Beobachter mein Vorhaben nicht bereits an meinem ungelenken Verhalten erahnen. Der alte Ägypter

dort hinten in der Ecke sitzt immer noch mit geschlossenen Augen im Schatten seines Hauses und döst Pfeife rauchend vor sich hin. Die Kinder, die hier eben ausgelassen spielten, haben bereits ein anderes Spiel entdeckt und sind verschwunden. Der Moment ist äußerst günstig. Deshalb konzentriere ich mich auf die Haustür. Oben auf dem Querbalken des weinroten Türrahmens zieren fünf kunstvoll eingeritzte und mit schwarzem Farbstoff hervorgehobene Hieroglyphen den Namen des Bewohners: 

Gerade will ich mit einem Finger die Tür etwas weiter öffnen, da höre ich plötzlich hinter mir die laute Stimme einer alten Ägypterin. Mein Herz schlägt mir bis zum Hals. Meine Hand zittert. Himmel, was soll ich ihr sagen? Wie komme ich bloß aus dieser dummen Situation heraus? Ich mag mich ihr kaum zuwenden. Doch es hilft nichts. Ewig kann ich hier nicht stehen bleiben. Also schließe ich die Augen und drehe mich langsam um. Und da das aufgeregte Gekeife genauso plötzlich verstummt, wie es aufgetaucht ist, öffne ich vorsichtig die Augen. Erleichtert sehe ich, wie die alte Frau einen kleinen Jungen an seinem Ohr packt und ihn ins Haus zieht. Sogar mir tut dieser Anblick weh. Instinktiv fasse ich an mein Ohr. Einerseits bin ich froh, dass dieses Meckern nicht mir galt, andererseits tut mir der kleine Junge Leid. Die wieder eingekehrte Stille in dieser Gasse nutze ich, um im Haus des Vorarbeiters zu verschwinden. Eilig verschließe ich von innen die Tür und lehne mich mit dem Rücken dagegen. Einige Sekunden verharre ich in dieser Stellung. Zu meiner Überraschung unterscheidet sich dieses Haus erheblich von den anderen eher dürftig eingerichteten Häusern hier im Dorf. Der Vorraum ist hell und einladend. Seine Wände sind mit einem ockerfarbenen Anstrich versehen und ein schmales, in leuchtenden Farben gemaltes Band aus Lotosblütenmuster ziert die Wände. Die gesamte linke Seite wird von einem Schrein zur Anbetung des Gottes Bes, des Schutzgottes für das Wohlergehen der Neugeborenen und der Familie, ausgefüllt.

Jeweils an den Seiten stehen auf hohen metallenen Ständern flache Schälchen, aus denen Leinendochte herausragen. Es sind Öllampen. Vor dem Schrein, zu dem eine kleine dreistufige Treppe hinaufführt, liegt eine aus grobem Leinen geflochtene Matte. Ob ich mir den Schrein etwas genauer ansehen sollte? Andererseits wäre es angebracht zu verschwinden. Ich mag nicht daran denken, was mit mir geschieht, wenn mich der Vorarbeiter in seinem Haus erwischt.

➡ Tom sieht sich den Schrein an: 117

➡ Tom hat sich den Schrein bereits angesehen und geht in den hell erleuchteten Wohnraum: 244

➡ Tom verlässt das Haus des Vorarbeiters Mersu: 31

105

Im Gegensatz zu den Türen gibt der hölzerne Deckel der Truhe kein verräterisches Knarren von sich. Damit eines klar ist, eigentlich bin ich nicht der Typ, der in fremden Sachen schnüffelt. Ich mach das hier nur, weil ich einen guten Grund dafür habe. Ich muss Ameni finden. Winnies Schwester dagegen kramt einfach in meinen Sachen rum und buddelt Dinge ans Tageslicht, die ich Winnie eigentlich nie gezeigt hätte. Zum Beispiel meine alten Liebesbriefe. Das war vielleicht peinlich. Ist doch verständlich, dass ich mich freue, wenn Winnie mal nicht Babysitter spielen muss und die Nervensäge von Schwester mit zu mir bringt.
Ah, was haben wir denn da? Fünf Papyrusrollen, die mit verschiedenfarbigen Leinenbändern versehen sind. Diese Truhe scheint eine Art Safe für wichtige Dokumente zu sein. Aber ich habe nicht die Zeit, jeden einzelnen Papyrus anzusehen. Andererseits könnten sie wichtige Informationen erhalten.

➡ Tom sieht sich die Papyrusrollen genauer an: 196

➡ Tom schließt die Truhe wieder: 24

106

Geschafft! Jetzt, wo ich mich losmachen konnte und dem Fremden gegenüberstehe, kann ich ihn besser einschätzen. Der Halunke ist wie alle Ägypter nur mit einem Lendenschurz bekleidet. Allerdings trägt er keine Perücke, dafür hat er strohblonde Haare. Wahrscheinlich ist er einer der vielen Steinbrucharbeiter, die ebenfalls hier im Dorf wohnen. Kräftig genug ist er jedenfalls, um einen wild um sich schlagenden Jungen festzuhalten. Wild reibt er sich die Augen. Wirklich. Sand in den Augen ist sehr unangenehm. Nur blöd, dass er jetzt direkt vor der Tür steht. So habe ich keine

Chance zu fliehen. Ich sollte im Rucksack nachsehen, vielleicht habe ich ein brauchbares Magiepulver dabei.

| Tom entschrumpft den Rucksack.

➡ Tom hat mindestens ein Magiepulver dabei und versucht damit den Fremden zu überwältigen: 172

➡ Tom hat keine Magiepulver. Er versucht sich den Weg in einem Zweikampf freizukämpfen: 11

107

Froh über die Verschnaufpause setze ich mich mit dem Rücken an den Stamm der Palme und schließe die Augen. Ich genieße die Stille und spüre den warmen Wüstenwind auf meiner Haut. Ab und zu dringt das Bellen eines fernen Hundes oder das Zwitschern von Singvögeln an mein Ohr. Wenn ich nicht so in Eile wäre, könnte ich hier bleiben – natürlich nur mit reichlich Trinkwasser – und den Sonnenuntergang im Reich der Pharaonen genießen.
Doch ein Geräusch passt ganz und gar nicht in diese Landschaft. Ich reiße die Augen auf. Zum Glück bin ich nicht gleich panisch hochgeschreckt, denn neben mir liegt eine Schlange. Aufgeregt zischend reckt sie mir ihren Kopf entgegen. Es ist eine Kobra.
Was soll ich machen? Sobald ich mich bewege, schnappt sie mit ihren Giftzähnen zu. Bei diesem Gedanken stehen mir die Haare zu Berge. Mein Leben hängt an einem seidenen Faden. Wenn ich auf die Drohgebärde der Giftschlange falsch reagiere, bin ich verloren.

➡ Tom hat keine Zwiebel dabei und muss versuchen der giftigen Kobra mit einem gewagten Sprung zu entkommen: 18

➡ Tom hat eine Zwiebel dabei und will sich zunächst mit Zwiebelsaft einreiben, einem alten Hausmittel der Ägypter, das vor dem Biss der Kobra schützen soll. Erst dann will er sich langsam erheben und seinen Weg fortsetzen: 66

108

Gerade als er wieder einigermaßen sehen kann, fällt sein Blick auf mein Steinfläschchen. Er kann sich nicht vorstellen, dass sich darin das furchtbare Magiepulver »Körperzersetzer« befindet. Hastig schütte ich das Pulver in meine Handfläche und puste es ihm in seine Visage. Zunächst ist er lediglich etwas erschrocken. Irritiert reibt er sich das blau schimmernde Pulver aus seinem verschwitzten Gesicht.

| Tom wendet das Magiepulver »Körperzersetzer« an.

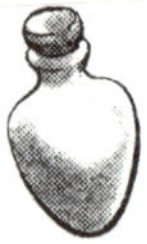

| »Magiepulver
Körperzersetzer, –1«

Doch es dauert nicht lange, da fängt er bereits an sich selbst zu schlagen. Es sieht aus, als wolle er lästige Stechinsekten vertreiben. Immer wilder schlägt er um sich, bis er schließlich zu Boden stürzt und sich wie ein verletzter Regenwurm hin und her windet. Besser, ich mache mich aus dem Staub. Gerade als ich die Haustür öffne, bäumt sich der Fremde noch einmal von großem Schmerz gepeinigt auf, dann löst er sich vor meinen Augen im Bruchteil einer Sekunde in Luft auf. Eine beängstigende Stille macht sich breit. Geschockt stehe ich einen Augenblick stumm da, dann verlasse ich eilig dieses seltsame Haus. Draußen in der Gasse atme ich einmal kräftig durch.

➡ Tom steht wieder in der Gasse: 178

109

Nicht weit entfernt von mir sehe ich einen großen Platz. Viele Leute haben sich dort versammelt, reden miteinander, schlendern zwischen Reihen kleiner Stände umher. Es scheint eine Art Markt-

platz zu sein. Bis hierher dringen die fröhlichen Stimmen der Leute und sogar die Klänge von Trommeln und Saiteninstrumenten kann ich deutlich hören. Wahrscheinlich ist es ein Basar. Wie aufregend!

➡ Tom geht zum Basar: 347

➡ Tom geht in Richtung Oase: 298

➡ Tom geht in Richtung Deir el-Medineh: 120

110

Tom erhielt durch die Erfüllung eines weiteren Wunsches die Chance, sein Schicksal erneut in die Hand zu nehmen. Deshalb steht er jetzt wieder in Mersus Haus vor einer Treppe, die zur Dachterrasse führt: 357

111

An dieser Stelle macht die Gasse eine Rechtsbiegung.

➡ Tom geht die Gasse rechts herum weiter: 311

➡ Tom geht wieder zurück: 152

112

He, das war ja gar nicht so schwierig. Schade, dass Jessica das nicht gesehen hat. Und Winnie? Der wäre vor Neid geplatzt.

Der Sprung über den Abgrund kostet Tom Kraft. Er verliert an Stärke.

| »–5«

➡ Tom will sich stärken: 149, danach 65

➡ Tom will sich nicht stärken: 65

113

Tom war noch nicht im Haus von , hat aber schon einmal an die Haustür geklopft: 161

 – Ich klopfe leise an das rotbraun bemalte Holz der Haustür. Eine Frau ruft mir von drinnen zu: »Wer ist da?« Verstohlen blicke ich mich um und antworte: »Hier ist Tom, ein Freund Amenis. Ich suche ihn, aber ich kann ihn nicht finden. Seine Frau Iset ist ebenfalls ratlos. Kannst du mir sagen, wo er sich aufhält?« Es dauert eine Weile, bis sich die Haustür einen Spalt weit öffnet. Dahinter erscheint das aufwändig geschminkte Gesicht einer jungen Ägypterin.

➡ Tom war bereits im Haus von : 124

➡ Tom war noch nicht im Haus von : 280

114

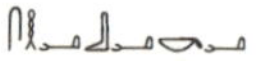 – Ich klopfe an die Haustür. Niemand öffnet. Auch der zweite Versuch bleibt erfolglos. Nun gut, vielleicht versuche ich es an einer anderen Haustür.

➡ Tom steht wieder in der Gasse: 69

115

Nach wenigen Metern bin ich wieder an der Stelle gelandet, wo sich die Gasse in zwei Hälften teilt.

➡ Tom geht an der linken Seite der Mauer entlang: 275

➡ Tom geht an der rechten Seite der Mauer entlang: 52

➡ Tom kehrt wieder um: 192

116

Nicht einmal zu atmen wage ich. Hoffentlich verschwindet der Skorpion bald und hält nicht ausgerechnet jetzt auf meinem nackten Schienbein sein Mittagsschläfchen. Doch unbeeindruckt von meiner Todesangst marschiert das giftige Tier weiter. Endlich krabbelt es von meinem Bein herunter. Schnell springe ich zur Seite. Es schüttelt mich am ganzen Körper. Mir ist furchtbar übel. Ich fühle mich, als hätte ich soeben die Niagarafälle auf einem schmalen Stahlseil überquert. Fassungslos starre ich auf das schwarz glänzende Tier, das unter einem Scheiterhaufen verschwindet. Bloß weg hier. Ich wende mich und will nach der Feldflasche greifen, die mir aus der Hand gefallen ist.

Mist! Der Schraubverschluss war nicht richtig zugedreht. Ein dunkler Fleck im ockergelben Wüstensand zeigt an, wo das kostbare Trinkwasser versickert ist!

| Toms kostbares Trinkwasser versickert im weichen Sand der Wüste.

| »Feldflasche mit Trinkwasser, 0«

> Tom legt frustriert die Feldflasche zurück in den Rucksack und schrumpft ihn wieder ein.

Ich könnte platzen vor Wut. Wo bekomme ich jetzt frisches Trinkwasser her? Ah, vielleicht in der Oase.

➡ Tom geht in Richtung Oase: 80
➡ Tom geht in Richtung Grabanlage: 222

117

In der Mitte des mit feinem, gefärbtem Leinen ausgekleideten Schreins steht eine Statue des Schutzgottes Bes. Er sieht aus wie eine Mischung aus Zwerg und Löwe, mit grässlicher Fratze und heraushängender Zunge. Sicher dient das gruselige Aussehen dazu, böse Geister zu vertreiben. Die Statue scheint mich anzustarren. Ich betrachte sie aus der Nähe und bin fasziniert von ihrem Aussehen. Es reizt mich sehr, sie in die Hand zu nehmen. Weshalb eigentlich nicht? Ich muss nur aufpassen, dass ich sie hinterher wieder genauso hinstelle, wie ich sie vorgefunden habe. Vorsichtig berühre ich die Statue aus geflecktem Brekzienstein. Sie fühlt sich kalt an. Zu meiner Überraschung lässt sie sich nicht so ohne weiteres anheben. Sicher hat Mersu sie befestigt, um sie vor Diebstahl zu schützen. Plötzlich höre ich ein leises Geräusch, so als würden zwei schwere Steine aneinander gerieben. Erschrocken drehe ich mich um. Was war das? Habe ich das Geräusch verursacht, als ich die Statue berührte? Ohne lange nachzudenken, drehe ich sie etwas nach rechts. Und wieder ist dieses Geräusch da. Ob es ein geheimer Schließmechanismus ist? Je weiter ich die Statue nach rechts drehe, desto lauter wird das Geräusch. Aber was noch erstaunlicher ist, die hintere Wand des Schreins gibt jetzt ein Geheimfach frei. Drinnen liegt ein kleines hölzernes Käst-

chen. Es hat ein raffiniertes Sicherheitsschloss. Wenn ich nur wüsste, wie dieses Schloss zu knacken ist. Ah, vielleicht hat es etwas mit dem Namen des Besitzers zu tun. Prima, da wird mir mein Hieroglyphenalphabet von Nutzen sein.

? | »Holzkästchen«

118

Gleich habe ich die Anhöhe erreicht. Ah, geschafft. Vielleicht kann ich bereits von der Leiter aus erkennen, ob es sich lohnt, ganz hinaufzuklettern. Der Schein der Fackeln reicht gerade aus, um in diesem abgelegenen Bereich etwas zu erkennen. Es scheint eine weitere Vorkammer zu sein. Aber sie ist leer. Nein, was ist das? Dort hinten im Schatten steht eine Holzkiste.

Leser, wenn die kleine offene Kiste neben der Abbildung durchgekreuzt ist, ist die Holzkiste verschlossen. Sie kann nicht mehr geöffnet werden.

➡ Die Holzkiste ist nicht verschlossen. Tom sieht hinein: 206

➡ Die Holzkiste ist verschlossen. Tom kann nicht hineinsehen und verlässt die Anhöhe wieder: 133

119

Nein, ich brauche keine Stärkung. Ich fühle mich kräftig genug, deshalb lege ich den Deckel zurück auf den Korb.

➡ Tom sieht auch in die anderen Körbe: 254

➡ Tom sieht sich weiter in der Vorkammer um: 345

120

Zu beiden Seiten des Weges stehen zwei beinahe sechs Meter hohe Statuen. Sie stellen sitzende Gottheiten dar. Die Menschen hier sind an diese Kolosse gewöhnt. Ich dagegen kann meine Faszination kaum verbergen. Einen Augenblick lang starre ich entgeistert auf dieses Wunder aus glatt geschliffenem Granit. Erst nach einer Weile bemerke ich die neugierigen Blicke der Leute und gehe schnell und etwas verlegen weiter, denn ich will nicht noch mehr Aufsehen erregen. Plötzlich fällt mein Blick auf ein auffällig großes Haus mit einer Gottheit an der Tür. Über den Balken der Tür ist der Name des Bewohners eingeritzt: 

❙ Tom klopft an die Haustür des großen Hauses.

➡ Er war noch nicht im Haus: 224

➡ Er war schon einmal im Haus: 96

❙ Tom klopft nicht an die Haustür des großen Hauses.

➡ Er geht in Richtung Oase: 109

➡ Er geht in Richtung Deir el-Medineh: 318

121

Mensch, ist das bescheuert! Einfach so dazustehen und sich anzustarren. Das kann ich machen, wenn ich mal wirklich viel Zeit habe, aber nicht jetzt, also frage ich den komischen Vogel genervt: »Entschuldigung, ich will dich ja nicht drängeln, aber wenn du mir etwas sagen möchtest, dann tu es! Ich habe nicht so viel Zeit.«
Der Typ reagiert einfach nicht. So als hätte er hart gekochte Eier in den Ohren. Er scheint nicht einmal zu atmen. Er steht nur da wie ein zu klein geratenes lebendiges Denkmal. Ich deute in die Richtung, aus der ich gekommen bin. »Also, ich gehe jetzt, du hast deine Chance gehabt.«
Um meiner Warnung den entsprechenden Ausdruck zu verleihen,

mache ich auf der Stelle kehrt und . . . stoße gegen eine exakte Kopie dieser seltsamen Figur. Doch jetzt, wo ich in die zweite ausdruckslose Miene starre, schwant mir Übles. Die spielen nicht Toter Mann, die machen Toter Mann. Denn wenn ich ihre finsteren Blicke richtig deute, handelt es sich nicht um ein schnödes Haste-mal-ne-Mark.

Ängstlich trete ich einige Schritte zurück, da stürzen sich die beiden auf mich.

➡ Tom hat 80 oder mehr Stärkepunkte: 220

➡ Tom hat weniger als 80 Stärkepunkte: 274

122

Wenn ich jetzt hinunterklettere, bin ich im Notfall weder in der Lage zu flüchten noch mich zu verteidigen. Besser, ich gehe kein Risiko ein und bleibe oben. Deshalb lege ich die Holzplatte wieder zurück auf den Eingang des Schachts.

> Tom hat sich beim Verschließen des Schachts anstrengen müssen. Er verliert an Stärke.

»–5«

➡ Tom will sich stärken: 149, danach 9

➡ Tom will sich nicht stärken: 9

123

»Ja, Iset. Ameni lebt und ist in Sicherheit. Ich habe ihn aus seinem Gefängnis befreit.« Iset ist außer sich vor Freude. Tränen laufen über ihre Wangen.

»Tom, Ich kann meine Gefühle kaum in Worte fassen, so sehr war mein Herz erfüllt von großer Sorge um meinen Mann. Bitte verzeih, wenn ich es noch nicht glauben kann.«

Um Iset zu überzeugen, dass Ameni wirklich in Sicherheit ist, zeige ich ihr, was er mir für seine Frau mitgegeben hat.

> Tom entschrumpft den Rucksack, nimmt den Beweis für Iset heraus und schrumpft den Rucksack wieder ein.

➡ Tom überreicht Iset ein Gefäß aus Brekzienstein in Form einer Taube: 309

➡ Tom überreicht Iset ein Amulett in Form eines Anch: 272

➡ Tom überreicht Iset eine Halskette aus Lapislazuli: 58

124

Es ist Lotos, Ammons Frau. Sie erkennt mich wieder und lächelt.

»Schön dich zu sehen, Tom.«

Auch ich freue mich sie wiederzusehen.

»Guten Tag, Lotos. Leider kann ich dir nichts Neues berichten.«

»Was ist der Grund für deinen Besuch?«

➡ Tom antwortet: »Ich habe versehentlich an deiner Haustür geklopft. Das Lesen der Hieroglyphen fällt mir noch etwas schwer.«: 22

➡ Tom antwortet: »Ich habe kein frisches Trinkwasser mehr. Könntest du mir mit einigen Schlucken aushelfen?«: 290

125

»Du hast all diese Gefahren auf dich genommen, um meinen Sohn vor den Entführern zu retten?«

Beschämt nicke ich.

»Und du bist es auch, der die Namen der Schuldigen kennt? Aller Verräter?«

Wieder nicke ich zaghaft.

Tuja geht einen Schritt zur Seite und ruft die Wachtposten.

»Sagt meinem Sohn, ich erwarte ihn im Garten. Es ist von großer Wichtigkeit.«

Während Tuja sich wieder mit Wächter beschäftigt, sehe ich Ameni an, wie gespannt er ist. Immerhin wird er gleich seinem Pharao gegenüberstehen. Aber nicht nur er ist nervös. Auch ich könnte vor Aufregung platzen. Gerade überlege ich noch, wie Ramses wohl aussieht, als ein kräftig gebauter Ägypter seinen vor Freude kläffenden Hund begrüßt und mit ihm herumtollend den Garten betritt. Er trägt nicht, wie ich es erwartet habe, eine Perücke oder gar eine der berühmten Kronen, sondern offene schulterlange blonde Haare. Sein Gesicht jedoch ist das eines Herrschers, kantig und mit einer leicht krummen Nase. Lächelnd steuert er auf seine Mutter zu und sieht Ameni und mich dabei neugierig an.

»Mutter, was soll diese Geheimniskrämerei? Du weißt, ich genieße unsere nachmittäglichen Plaudereien unter den Sykomoren, aber der Augenblick ist ungünstig. Wer sind diese beiden jungen Männer?«

»Sie sind aufrichtige Ägypter. Sie verehren dich und lieben ihr Land. Sie sind zu dir gekommen, weil sie dich von einem Sturz, einer geplanten Entführung unterrichten wollen. Auch enge Vertraute und Tempelarbeiter sollen unter den Verrätern sein.«

Ramses wird ernst. Ungläubig fragt er Ameni: »Ist das wahr?«

Der junge Ägypter verbeugt sich tief vor seinem König. Ramses je-

doch hält ihn zurück. »Aber, junger Freund. Bitte nicht. Berichte mir lieber.«

Während Ameni Ramses all das schildert, was er zuvor auch Tuja berichtet hat, stehe ich einfach nur da und starre den Pharao an. Ich kann es nicht glauben. Ein leibhaftiger Pharao. Und dieser Ramses ist ganz und gar nicht so, wie man ihn sich vielleicht vorstellt. Ganz anders als in den Büchern beschrieben. Cooler Typ.

Ich zucke zusammen, denn vor lauter Begeisterung habe ich nicht bemerkt, dass Ramses direkt vor mir steht und mich anlächelt.
»Äh, wie . . .« Hoppla, die letzte Frage muss ich wohl überhört haben. Wie aus einem Traum erwacht, sage ich verwirrt: »Äh, was hast du gerade gefragt?«
Ramses lächelt leicht und wiederholt seine Frage: »Dir habe ich also mein Leben zu verdanken?«
Schüchtern nicke ich.
»Ich bewundere deinen Mut. Du hast nicht nur Ameni das Leben gerettet, sondern auch mir. Doch was nützt uns das Wissen um diesen Verrat, wenn wir ihn nicht im Keim ersticken. Ameni sagt, du wüsstest die Namen aller Entführer.«

In diesem Augenblick kommt ein aufgebracht wirkender, etwas älterer und pummeliger Ägypter in Begleitung eines Tempelarbeiters in den Garten und eilt mit übertriebenem Gehabe auf Ramses zu. Es ist, wie Ameni mir rasch zuflüstert, Chenar, der ältere Bruder des Pharaos. Überschwänglich jammert er:
»Ist das wahr, mein Bruder? Du sollst entführt und getötet werden? Wie furchtbar!«
Ramses versucht ihn zu beruhigen und sagt: »Noch haben wir keine Namen, noch ist es eine bloße Vermutung.«

Chenar scheint erleichtert zu sein. Während er sich zu seiner Mutter an den Rand des großen Teiches in der Mitte des farbenprächtigen und gepflegten Gartens stellt, sieht er seine Begleiter merkwürdig an. Zu mir gewandt, sagt Ramses: »Bitte, nenne mir die Namen.«

Um Ramses die Namen der Entführer mitteilen zu können, brauche ich allerdings den Papyrus, den Iset mir bei meiner Ankunft übergab. Es ist zwar etwas kompliziert, aber mithilfe meiner übersetzten Hieroglyphentabelle fällt es mir leichter, die Namen herauszulesen.

> Tom entschrumpft zur Verwunderung aller seinen Rucksack und nimmt den geheimen Papyrus, den Iset ihm für seine Mission übergeben hat, heraus. Die Tabelle mit den übersetzten Hieroglyphen nimmt er ebenfalls heraus.

Wenn ich mit einem Bleistift Buchstaben über die Hieroglyphen schreibe, dann wird mir das Lesen bestimmt viel leichter fallen.

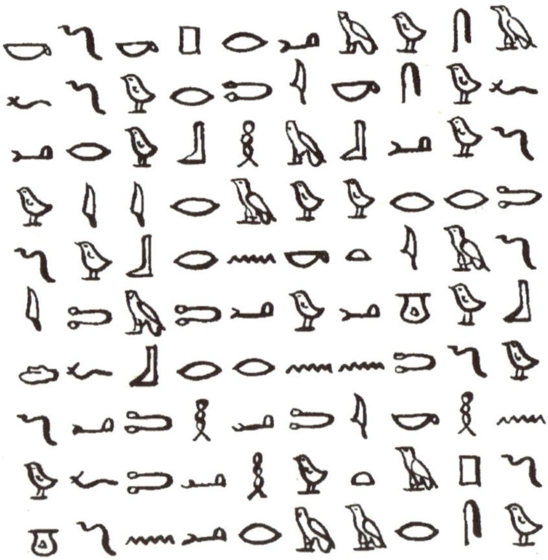

| Tom nennt Ramses II. die Namen aller Entführer.

➡ Amun, Seqenenre, Seth, Moses, Mersu, Kamose, Acha: 308
➡ Tani, Ahotep, Sary, Menelaos, Mersu, Bes, Acha: 330
➡ Lita, Dolente, Sethos, Ameni, Mersu, Ramose, Iset: 209
➡ Tani, Ahotep, Sary, Chenar, Mersu, Ramose, Acha: 163
➡ Ofir, Ahotep, Sary, Kamose, Moses, Ramose, Bes: 166
➡ Tani, Ahmose, Sary, Lita, Ameni, Ramose, Sethos: 361
➡ Bes, Ahotep, Sary, Siamun, Mersu, Ramose, Amun: 73
➡ Nefertari, Ahotep, Iset, Siamun, Mersu, Tani, Acha: 138
➡ Ameni, Ahotep, Sary, Siamun, Mersu, Kamose, Iset: 13
➡ Tani, Menelaos, Seth, Ahmose, Mersu, Dolente, Acha: 269

126

Wenn ich mir die Pyramide so betrachte, muss sie bereits einige hundert Jahre in der Wüste stehen, denn die eine oder andere kleine Reparatur wäre schon mal fällig. Außerdem fehlt ihr der große Vorhof mit der Ritualstätte. Das würde meine Suche nach einem Eingang um einiges erleichtern. Schlamperei. Wenn es mir tatsächlich gelingt, bis zu Ramses vorzustoßen, werde ich ihm meine Beschwerde vortragen. Doch bevor es so weit ist, habe ich wohl noch eine Menge zu erledigen. Also, bleibt mir nichts anderes übrig, als einmal um dieses Monumentalbauwerk herumzulaufen, nur um den dusseligen Eingang zu finden. Und das bei dieser Bullenhitze.
Autsch! Praktisch sind die Sandalen nicht gerade. Überall ist Sand, besonders zwischen den Zehen. Meine schönen Turnschuhe, die liegen jetzt bei Iset. Ich hoffe nur, dass ich nicht versehentlich auf das Schwanzende einer Kobra oder auf das kleine Krabbelfüßchen eines Skorpions trete. Deshalb achte ich pingelig auf jeden meiner Schritte. So, Zeit für eine Ortsbestimmung. Wie weit mag

es noch sein? Wenn das Sonnenlicht nur nicht so blenden würde. Schade, dass ich mein Cap nicht aufbehalten durfte.
He, wieso habe ich das nicht schon früher entdeckt? Ein schmaler Einschnitt im Mauerwerk. Das heißt, ich habe den Eingang gefunden. Jap. Wurde auch höchste Zeit. Die Sache hat nur einen Schönheitsfehler – der Eingang wird von einem schweren Granitblock versperrt. Bevor ich mich um dieses Problem kümmere, gönne ich mir noch eine kleine Erfrischung.

Tom nutzt die Gelegenheit und trinkt von dem Wasser aus seiner Feldflasche: 307, danach 284

127

Hoffentlich stürze ich nicht. In panischer Angst laufe ich mit wackeligen Beinen davon, um einem so mächtigen Gott, wie Seth es ist, zu entkommen. Hinter mir höre ich lautes Atmen, das in den vielen Schächten der Pyramide widerhallt. Es klingt, als sauge jemand gierig Luft durch eine Plastikmaske ein und aus.
Zurück im hell erleuchteten Schacht bleibe ich stehen. Der Gang teilt sich an dieser Stelle in zwei Richtungen.

➡ Tom geht nach links: 81

➡ Tom geht nach rechts: 253

➡ Tom kehrt wieder um: 340

128

Mittlerweile fühle ich mich wie ein echter Ägypter. Ich schlendere zwischen den vielen Frauen und Kindern umher und werde sogar freundlich gegrüßt. Hier ist also das Nadelöhr, das alle Leute Deir el-Medinehs irgendwann einmal durchqueren müssen. Wo sind

die Wachtposten geblieben? Weit und breit ist nichts von ihnen zu sehen. Na, umso besser. Dann kann ich ja weitergehen. Sollte mich jemand aufhalten, macht das überhaupt nichts. Immerhin besitze ich eine gültige Passiererlaubnis.
Geradewegs steuere ich auf die Passage zu. Plötzlich ruft mir jemand nach: »He, was erlaubst du dir? Zeig deine Passiererlaubnis!«
Logisch, dass ich sofort stehen bleibe, um Stress zu vermeiden.
Einer der beiden Wachtposten kommt auf mich zustolziert. Ein zweiter, mit einem langen Speer bewaffneter Posten begleitet ihn.
Um ihm die Kontrolle zu erleichtern, strecke ich meinen Hals vor.
Er greift das goldene Amulett, dessen Enden wie Papyrusblüten geformt sind, öffnet die daumengroße Kapsel und nimmt die gerollte Passiererlaubnis heraus. Er wirft einen Blick darauf, und ohne einen weiteren Kommentar von sich zu geben, rollt er das Schriftstück wieder zusammen und steckt es zurück in die vergoldete Kapsel. Dann nickt er kurz und wendet sich von mir ab. Ein eindeutiges Zeichen, dass ich Deir el-Medineh verlassen darf.

➡ Tom geht in Richtung Oase: 120

➡ Tom geht in Richtung Grabanlage: 222

129

Nein, das sind aber eine Menge Papyrusrollen. Wenn ich die alle durchgesehen habe, fahren in Ägypten schon die ersten Autos. Ah, dies ist ein Lageplan, der die Positionen der Gräber im Tal der Könige beschreibt, und hier sind Zeichnungen einzelner Gräber mit genauen Lagen der Kammern und ihren Funktionen. Dies ist eine Vorlage für eine Wandbeschriftung, natürlich in Hieroglyphen. Sieht schön bunt aus. Ich glaube nicht, dass ich hier etwas Interessantes finde.

➡ Tom öffnet die Truhe und durchsucht sie nach wichtigen Hinweisen: 105

➡ Tom sieht sich auf dem Tisch um: 144

➡ Tom will sich nicht weiter im Wohnraum umsehen und geht zurück in den Vorraum: 169

130

Vielleicht ist es vernünftiger zu warten, bis die trauernde Ägypterin gegangen ist. Ich möchte nicht von ihr entdeckt werden. Am Ende hält sie mich noch für einen Grabräuber. Hier im Schatten ist es angenehm, obwohl die Luft heiß und zum Zerschneiden dick ist. Meine Kehle brennt, ich habe Durst.

| Tom nutzt die Gelegenheit und erfrischt sich mit Trinkwasser aus seiner Feldflasche: 307, danach 49

131

Es dauert eine Weile, bis Iset schließlich die Haustür einen Spalt breit öffnet und herausblinzelt. Als sie mich erblickt, strahlt sie über das ganze Gesicht. Schnell öffnet sie die Tür und bittet mich hineinzukommen. »Tom. Mein Herz ist voller Schmerz, doch dein Angesicht ist ein tröstender Schimmer der Hoffnung.« Sie bietet mir einen Platz an, auf einer der Matten hinten im wohnlicheren Raum. Hier in diesem schattigen, gut durchlüfteten Haus kann ich mich einen Augenblick von den Strapazen der Suche erholen. Deshalb gehe ich sofort bis nach hinten durch und setze mich. Iset haftet sprichwörtlich an meinen Fersen. Ungeduldig fragt sie mich: »Ameni . . .? Wie geht es ihm? Hast du ihn gefunden? Lebt er noch?«

➡ Tom hat Ameni aus der Gefangenschaft befreit: 123

➡ Tom hat Ameni noch nicht aus der Gefangenschaft befreit: 295

132

Sehen die saftigen Feigen und die süßen Datteln nicht verführerisch aus? Vielleicht sollte ich sie probieren. Am Stand steht momentan kein Kunde. Ein günstiger Moment. »Guten Tag, junger Freund. Meine Datteln sind die besten, die auf fruchtbarem Land zwischen Nilquelle und Nildelta gedeihen. Wenn du für wenig Deben viele Datteln erwerben willst, bist du bei mir genau richtig. Du wirst bei jedem Bissen das gelungene Geschäft zu würdigen wissen.«
Während er sich bemüht mich für seine Ware zu begeistern, bleibt sein Blick an meinem Amulett haften und er fragt: »Bist du Grabarbeiter?« Irritiert über diese Frage nicke ich kurz. Meint er etwa, dass er mir jetzt mehr Deben abknöpfen kann? Er wird sich wundern, denn ich habe ihn durchschaut.

Leser, entscheide selbst, ob Tom Feigen oder Datteln oder von beidem etwas kauft. ? = Anzahl der erwürfelten Feigen bzw. Datteln.

Tom hat sich mit dem Feigen- und Dattelhändler über einen Preis geeinigt.

»Der Würfel entscheidet.«

➡ Augenzahl 1, 3 oder 5:
Tom erhält für 2 Deben 2 Feigen.
➡ Augenzahl 2 oder 4:
Tom erhält für 2 Deben 4 Feigen.
➡ Augenzahl 6:
Tom erhält für 2 Deben 6 Feigen.

»Lederner Geldbeutel, –2«

»Feige, +?«

Tom überlegt, ob er sich gleich mit Feigen stärken oder sie lieber mitnehmen soll.

»Feige, –?«

»+? mal 5«

Tom hat sich mit dem Feigen- und Dattelhändler über einen Preis geeinigt.

?

»Der Würfel entscheidet.«

➡ Augenzahl 1, 3 oder 5:
Tom erhält für 3 Deben 5 Datteln.

➡ Augenzahl 2 oder 4:
Tom erhält für 3 Deben 10 Datteln.

➡ Augenzahl 6:
Tom erhält für 3 Deben 15 Datteln.

| »Lederner Geldbeutel, –3«

| »Dattel, +?«

➡ Tom überlegt, ob er sich gleich mit Datteln stärken oder sie lieber mitnehmen soll.

| »Dattel, –?«

| »+? mal 1«

➡ Tom sieht sich weiter auf dem Basar um: 242

➡ Tom möchte nichts mehr kaufen und verlässt den Basar: 93

133

Ich steige die Leiter wieder herunter. Unten angekommen, stehe ich im hell erleuchteten Hauptschacht der Pyramide. Sie führt in zwei Richtungen nach links und geradeaus.

➡ Tom geht links weiter: 362

➡ Tom geht geradeaus weiter: 359

134

Tom hat einen Fehler begangen, seine Fähigkeiten unterschätzt oder einfach kein Glück gehabt. Deshalb gab es keine Chance für ihn, diesen bitteren Ausgang zu verhindern. Damit ist sein trauriges Schicksal besiegelt und das Abenteuer an dieser Stelle leider schon zu Ende: 87

135

Nein, ich wüsste nicht, was ich mit einem Magier zu besprechen hätte. Schnell entschuldige ich mich für diese unbeabsichtigte Störung: »Oh, entschuldige. Ich habe mich im Haus geirrt.«

»Leb wohl.«

»Ja, leb wohl«, stammle ich, mache kehrt und setze meinen Weg fort.

➡ Tom geht in Richtung Deir el-Medineh: 318

➡ Tom geht in Richtung Oase: 109

136

Hilfe, ich habe keine Entseuchungstabletten mehr. Panik. Dann sollte ich wohl das Wasser in der Feldflasche wieder ausgießen. Ich möchte kein Risiko eingehen.

Zu dumm, ich hätte vorher nachsehen sollen, ob ich eine Entseuchungstablette bei mir habe. Dann hätte ich mir wenigstens die Schwerstarbeit mit dem Ziehbrunnen erspart.

Tom gießt das gesamte Wasser auf den feinsandigen Wüstenboden.

»Feldflasche mit Trinkwasser, 0«

Zu sehen, wie das kostbare Nass versickert, tut richtig weh. Meine Zunge ist so rau, dass ich damit unebenes Metall schleifen könnte. Aber sicher ist sicher. Wer weiß, welches Bakterium im harmlos scheinenden Wasser herumlungert und auf Opfer lauert. Da bin ich lieber vorsichtig. Vielleicht kann ich mir auf dem Basar oder bei Iset im Dorf frisches Trinkwasser besorgen.

➡ Tom bleibt in der Oase: 355

137

Leise zähle ich langsam bis drei. Bevor jedoch der giftige Skorpion in hohem Bogen durch die Luft fliegt, spüre ich plötzlich einen stechenden Schmerz in meinem Schienbein.
Oh nein! Das Tier hat mit seinem tödlichen Stachel zugestochen. Es hat mich vergiftet. Allein der Gedanke daran lässt mich zu Eis erstarren. Fassungslos starre ich auf die Einstichstelle.

➡ Tom hat noch ein Steinfläschchen mit dem Heilpulver »Skorpionstichheiler« in seinem Rucksack: 25

➡ Tom hat kein Steinfläschchen mit dem Heilpulver »Skorpionstichheiler« in seinem Rucksack: 203

138

➡ Tom hat Ramses leider nicht die Namen der wahren Entführer genannt: 19

139

Nein, nicht! Ich will nicht in die Tiefe stürzen. Gerade noch gelingt es mir, mich mit den Fingerspitzen festzuhalten. Allerdings sind meine Hände viel zu verschwitzt. Ich fühle mich kaum im Stande mich selbst hochzuziehen. Meine Kräfte lassen nach. Meine Finger rutschen am glatten Kalkstein ab und ich falle. Immer tiefer und tiefer. Es wird dunkel . . .

➡ Tom hat es nicht geschafft, über die Grube zu springen: 134

140

Das tat vielleicht gut. Ein irres Gefühl, wenn das Wasser die ausgedorrte Kehle herunterrinnt.

➡ Tom hat kein Trinkwasser mehr in der Feldflasche: 39
➡ Tom hat noch reichlich Trinkwasser in der Feldflasche: 126

141

Erschöpft ruhen wir uns einen Moment zwischen voll belaubten Sträuchern aus.

| Tom hat sich ein wenig ausgeruht. Er gewinnt etwas an Stärke.

| »–10«

Im Gegensatz zur Pyramide mit ihren kühlen Schächten und Kammern herrscht hier draußen immer noch die gleiche unerträgliche Hitze. Nur gut, dass wir im Schatten der Sträucher sitzen. Plötzlich versetzt mir Ameni einen Knuff in die Seite. Er zeigt durch zwei

herabhängende Aste. Ich folge seinem Blick und sehe eine Frau, die im Schatten einer Sykomore sitzt und einen Hund mit Leckereien verwöhnt. Sie trägt ein Kleid aus feinstem hellweißem Leinen, eine breite Halskette und eine schwarz glänzende Perücke, versehen mit einem farbenprächtigem Kopfschmuck aus den schönsten Blüten, die man hier im Land finden kann.
Leise flüstert Ameni: »Das ist Tuja, die Mutter Ramses'. Der Hund ist ein treuer Begleiter des Pharaos, er heißt Wächter. Die junge Frau, die dort drüben gerade den Garten verlässt, ist Nefertari, die Hauptfrau Ramses. Komm, wir müssen fort, bevor Wächter uns wittert.«
Ameni springt auf, fest entschlossen, den letzten Schritt in die Freiheit zu wagen. Sicher kann er es kaum abwarten, Iset wiederzusehen. Deshalb unternehme ich auch erst gar nicht den Versuch

ihn zurückzuhalten, sondern folge ihm. Ein Fehler. Wächter springt auf und kommt bellend auf uns zugelaufen. Auch Tuja steht auf, doch Ameni verneigt sich vor ihr, streckt beschwichtigend beide Hände vor und redet hastig auf sie ein, um zu verhindern, dass sie die Wachtposten ruft: »Erhabene Tuja, bitte bewahre Ruhe. Ich bin Ameni, ein Verputzer aus Deir el-Medineh, Getreuer unseres Pharaos, Sohn des Lichts. Ich hatte keine andere Möglichkeit, als diesen Weg zu wählen, um deinen Sohn vor einer Entführung zu bewahren. Verräter haben sich zusammengetan. Sie planen den Sturz und die Ermordung deines Sohnes. Wir sind gekommen, um euch die Namen der Verräter zu nennen, damit dieses Unglück verhindert werden kann . . .«

Tuja hat sich geduldig angehört, was Ameni ihr, angefangen von der Unterhaltung der beiden Tempelarbeiter bis hin zu meiner Befreiung aus der Pyramide, zu berichten hatte.
Langsam und mit würdevollen Schritten nähert sie sich. Wortlos sieht sie mich einen Moment mit strengen Augen an. Am liebsten würde ich im Erdboden versinken.

➡ Tom trägt einen Blaustein-Ring an seinem Ringfinger: 352
➡ Tom trägt keinen Blaustein-Ring an seinem Ringfinger: 125

142

Wenn der geheimnisvolle Unbekannte tatsächlich Böses im Schilde führen würde, hätte er mich sicher nicht allein stehen gelassen. Also folge ich ihm in den Nebenraum. Dort ist es jetzt nicht mehr so dunkel wie eben noch, als ich diesen Raum zum ersten Mal betreten habe. Links und rechts an den Wänden stehen jeweils mit Fett gefüllte Schälchen auf hohen metallenen Ständern. Kleine Flammen lodern an Dochten, die ein kurzes Stück aus den Schälchen herausragen.

Ich bin verblüfft, denn auch der Junge ist da. Gemeinsam mit dem Unbekannten hat er bereits auf einer großen Matte in der Mitte dieses Raums Platz genommen. Mit einer knappen Geste gibt mir der geheimnisvolle Mann zu verstehen, dass ich mich ebenfalls setzen soll. Die ganze Atmosphäre ist eher die einer gemütlichen Zusammenkunft. Meine Angst, dass es sich um einen gemeinen Hinterhalt handeln könnte, schwindet allmählich. Ich setze mich ihm gegenüber. Im selben Augenblick springt der kleine Junge auf und verlässt den Raum. Es dauert eine Weile, bis der geheimnisvolle Fremde sein Schweigen bricht. Mit einer dunklen Stimme flüstert er: »In den Schriften steht geschrieben, dass der Retter unseres Pharaos – er lebe, sei heilig und gesund – ein junger Mann von starker Statur sein würde. Prophezeiungen halten nicht immer das, was in den Schriften niedergeschrieben steht. Einer wie ich vermag es dennoch, Weissagungen zu deuten.«
He, was meint er damit? Ah, ich verstehe. Der ist ja ganz und gar nicht nett. Nun, trotzdem werde ich meine Wut zügeln und mir anhören, weshalb er mich in dieses Haus gelockt hat. Neugierig frage ich: »Weshalb dieser Aufwand, um mich hierher zu locken?«
Wieder macht der Unbekannte eine Pause, als würde er erst darüber nachdenken müssen, weshalb er diesen Zirkus veranstaltet hat. Doch in diesem Augenblick erscheint wie aus dem Nichts eine hell leuchtende Kugel, die in Augenhöhe vor ihm in der Luft schwebt. Er hebt beide Hände, schlägt einen Kreis um die Kugel und sagt mit besorgtem Gesicht: »Sieh her. Sieht so das Ende eines jungen Menschen aus, der bereit ist die Last auf sich zu nehmen und ein Volk vor Not und Elend zu retten?«
Gerade will ich ihn davon überzeugen, dass ich nichts dergleichen sehe, da werde ich eines Besseren belehrt. In der Kugel tauche plötzlich ich selbst auf. Ich liege auf einem Tisch und – oh, nein! – ich werde einbalsamiert. In diesem Moment spüre ich die Kälte dieses leblosen Körpers, der da liegt. Wütend springe ich auf:

»Was soll das? Willst du mir mit diesen Horrorbildern Angst machen? Ich weiß selbst, dass meine Mission gefährlich ist!«
Der Unbekannte starrt weiter auf die blau leuchtende Kugel und sagt leise: »Diese Bilder sind nicht meiner Phantasie entsprungen. Dies ist dein unabwendbares Schicksal.«
»Pah«, meckere ich. »Das kann jeder sagen. Firlefanz.«
Doch der geheimnisvolle Ägypter scheint sich nicht von meiner Wut irritieren zu lassen. Er sieht zu mir auf und sagt betont ruhig: »Ich bin ein Seher. Eine besondere Art der Magie ist mir zu Eigen. Ich bin gekommen dir bei deiner Mission zu helfen.«
»Na danke schön. Wenn du schon magische Kräfte besitzt und sogar in die Zukunft sehen kannst, weshalb warnst du den Pharao nicht selbst? Dann kann ich nämlich nach Hause fliegen und mich an den frisch gedeckten Abendbrottisch meiner Oma setzen. Jedenfalls kann ich mir einigen Ärger ersparen.«
Der geheimnisvolle Mann macht eine Handbewegung und im selben Moment löst sich die Kugel in einer bläulich schimmernden Rauchwolke auf. Er sieht mich böse an und sagt verbittert: »Weil der Pharao nicht an unsere Fähigkeiten glaubt. Er vertraut nur den heiligen Lehrsätzen des Ptah-hotep. Aber wir Seher haben uns zusammengetan, um ihn von unseren Fähigkeiten zu überzeugen. Wir verehren Ramses. Und wir sind wütend auf unsere Vorfahren, die schuldig sind an seinem Misstrauen uns gegenüber.«
Einen Augenblick sieht der Mann nachdenklich zu Boden. Dann zeigt er mir ein Amulett.
»Nimm dieses Amulett. Es wird dein Leben schützen und dir deine ganze Stärke und deine ganze Gesundheit wiedergeben. Gehe sorgsam damit um. Dreimal kannst du Göttin Hathor um Hilfe anrufen, danach bist du wieder auf dich allein gestellt. Reibe das Wedjat-Amulett an deiner Brust in Höhe deines Herzens, wenn dein Leben in Gefahr ist, und rufe Göttin Hathor mit geschlossenen Augen um Hilfe.«

Der Seher hängt Tom ein Wedjat-Amulett mit dem Symbol des Horus-Auges um den Hals.

»Wedjat-Amulett, +3«

Während ich mich nur widerwillig vorbeuge und mir der Unbekannte das Amulett um den Hals hängt, frage ich: »Wie heißt du?«
»Namen sind unwichtig. Wir werden uns nicht wieder sehen. Geh, die Zeit drängt! Das Leben unseres Königs ist in Gefahr.«
Wie von Geisterhand erlöschen genau in diesem Augenblick die Flammen der Öllampen. Während sich meine Augen noch an die plötzliche Dunkelheit gewöhnen, höre ich das Zuschlagen der Haustür. Der Seher ist fort. Ich laufe ihm nach, reiße die Tür auf und sehe mich zu beiden Seiten der Gasse um. Doch der Mann ist spurlos verschwunden.
Die grelle Sonne blendet mich. Ich sehe mir das Wedjat-Amulett genauer an. Es zeigt das Auge des Horus. Und dieses Schmuckstück soll mich dreimal vor dem unausweichlichen Ende bewahren?
Froh dem Jungen in dieses Haus gefolgt zu sein und dem geheimnisvollen Seher vertraut zu haben, schließe ich die Tür und mache mich auf den Weg.
➡ Tom steht wieder in der Gasse, die zum Dorfeingang führt: 48

143

He, das Geschäft läuft doch prima. Außerdem macht das Feilschen langsam Spaß. Deshalb werde ich noch etwas bleiben und versuchen weitere Skarabäen-Glücksbringer zu verkaufen.
Da nähert sich schon die nächste Interessentin. Auch sie fragt nach

dem Preis. Und auch ihr antworte ich: »Sechs Deben.« Dabei lächle ich besonders freundlich. Wie die Leute in der Zahnbürstenwerbung. Und prompt beginnt auch diese Ägypterin mit mir zu feilschen.

➡ Tom feilscht mit der Ägypterin um den Preis für einen Skarabäus-Glücksbringer: 41

144

Auf dem Tisch liegt ein Fliegenwedel aus Ebenholz, an dessen Ende ein Schwanz aus ungefähr zwanzig Zentimeter langen Eselshaaren von einem Stück Elfenbein zusammengehalten wird. Wie vornehm. Auch eine gefüllte Schale mit frischen Feigen, ein Teller mit Messer zum Schälen des süßen Obstes und ein sauberer Becher für Bier oder Wein stehen auf dem Tisch.

➡ Tom öffnet die Truhe und durchsucht sie nach wichtigen Hinweisen: 105

➡ Tom sieht sich den offenen mit Papyrusrollen gefüllten Schrank genauer an: 129

➡ Tom will sich nicht weiter im Wohnraum umsehen und geht zurück in den Vorraum: 169

145

Hilfe, so viel Dummheit muss schon wehtun. Wie kann er mich einfach stehen lassen und annehmen, ich würde ihm freiwillig in seine Falle folgen. Jetzt aber schnell die Tür auf und raus hier. Wer weiß, wann der Freizeitganove zurückkommt, um nach mir zu sehen. Trotz der Eile schließe ich die Tür leise, damit er meine Flucht nicht gleich bemerkt.

➡ Tom steht wieder in der Gasse, die zum Dorfeingang führt: 48

146

Mit dem entzündeten Streichholz beuge ich mich hinunter zum Schälchen. Schnell entflammt der in Fett getränkte Docht aus Leinen. Erstaunlich, wie hell dieser Teil der Kammer durch die kleine Flamme beleuchtet wird.

Leser, zeichne mit einem weichen Bleistift in die Abbildung des Textabschnitts 304 eine einfache Flamme an das herausragende Ende des Leinendochts. Kehre anschließend an diese Stelle in diesem Textabschnitt zurück.

Gerade will ich mich erheben, da fällt mein Blick auf ein Stück Papyrus. Er liegt eingeklemmt zwischen dem Kalksteinboden und dem Fuß der Öllampe. Vorsichtig ziehe ich das Schriftstück heraus und sehe es mir genau an. Zunächst kann ich überhaupt nichts mit den darauf abgebildeten Symbolen anfangen.

Wenn ich nur wüsste, was die Symbole zu bedeuten haben! Doch plötzlich macht es Klick in meinem erhitzten Abenteuerköpf-

chen. Richtig! Es ist ein geheimer Hinweis. Angestachelt durch diesen Erfolg, fühle ich mich wie elektrisiert und bin wild entschlossen weiter nach Ameni zu suchen.

➡ Tom verlässt die Vorkammer wieder: 208

➡ Tom sieht sich weiter in der Vorkammer um: 345

147

Wieder gehe ich durch die belebteste Gasse in Deir el-Medineh. Langsam fühle ich mich heimisch. Nur an die brütende Hitze werde ich mich wohl kaum gewöhnen. Ein Himmelreich für eine kalte Dusche. In dieser Gasse wohnen besonders viele Grabarbeiter. Ob ich es wagen kann, einige von ihnen nach Ameni zu befragen?

➡ Tom will in dieser Gasse die Bewohner nach Ameni befragen: 69

➡ Tom geht in Richtung Dorfeingang: 128

➡ Tom geht weiter ins Dorf hinein: 36

148

Tom wendet bei seinem Gegner Seth, dem Gott der Unterwelt, das Magiepulver »Gedankenverlust« an.

»Magiepulver Gedankenverlust, –1«

Tom fügt Seth »–10« Schaden an seiner Zauberkraft zu.

Leser, ziehe Seth »–10« Zauberkraft ab und notiere im Logbuch

seine übrige Stärke in der nächsten freien Spalte der Tabelle »Gott Seths Zauberkraft«.

➡ Gott Seth hat noch Zauberkraft und schlägt mit einem Zauberspruch zurück: 301

➡ Gott Seth hat keine (0) Zauberkraft mehr: 281

149

Tom will sich mit Datteln, Feigen oder Granatäpfeln stärken oder Vitaminpillen zu sich nehmen. Er entschrumpft seinen Rucksack und sieht nach, ob er davon noch etwas bei sich hat.

Mal sehen, ob ich noch Datteln, Feigen, Granatäpfel oder Vitaminpillen in meinem Rucksack habe. Wenn nicht, sollte ich mich schleunigst zum Basar begeben und für Nachschub sorgen. Vitaminpillen dagegen kann ich mir hier im alten Ägypten leider nicht beschaffen.

Tom hat 0 Stärkepunkte und weder Datteln, Feigen oder Granatäpfel noch Vitaminpillen in seinem Rucksack: 264

Leser, entscheide selbst, ob und womit Tom sich stärkt.

Tom hat noch Feigen in seinem Rucksack. Er will sich damit stärken. Für jede Feige erhält er 5 Stärkepunkte.

»Feige, –?«

»+? mal 5«
(? = Anzahl der Feigen)

Tom hat noch Datteln in seinem Rucksack. Er will sich damit stärken. Für jede Dattel erhält er 1 Stärkepunkt.

»Dattel, –?«

»+?«
(? = Anzahl der Datteln)

Tom hat noch Granatäpfel in seinem Rucksack. Er will sich damit stärken. Für jeden Granatapfel erhält er 10 Stärkepunkte.

»Granatapfel, –?«

»+? mal 10«
(? = Anzahl der Granatäpfel)

Tom hat noch Vitaminpillen in seinem Rucksack. Er will sich damit stärken. Für jede Vitaminpille erhält er 25 Stärkepunkte.

»Vitaminpille, –?«

»+? mal 25«
(? = Anzahl der Vitaminpillen)

Tom schrumpft seinen Rucksack ein und hängt ihn sich wieder um den Hals.

150

Wahrscheinlich sollte ich besser umkehren. Ah, da vorne sitzt der alte Ägypter mit der Wasserpfeife vor seinem Haus. Es würde mich nicht wundern, wenn er in tausend Jahren immer noch dasitzen und genüsslich an seiner Pfeife saugen würde. Ob ich ihn ansprechen soll?

➡ Tom hat noch nicht mit dem alten Ägypter gesprochen und spricht ihn an: 28

➡ Tom hat bereits mit dem alten Ägypter gesprochen und spricht ihn erneut an: 213

➡ Tom spricht den alten Ägypter nicht an und geht weiter: 152

151

Zitternd liege ich hier und fühle ganz genau, wie das Gift der Schlange langsam von meinem Körper Besitz ergreift.

➡ Tom besitzt das Wedjat-Amulett:
34, danach 265, danach 354

➡ Tom besitzt das Wedjat-Amulett nicht: 353

152

Ah, dies ist die Gasse, in der sich das Haus von Ameni und Iset befindet.

➡ Tom klopft an die Haustür von Ameni und Iset: 74

➡ Tom will in dieser Gasse die Bewohner nach Ameni befragen: 303

➡ Tom geht weiter bis zum Ende der Gasse: 260

➡ Tom kehrt wieder um: 261

153

! | »Holzkästchen«

Mit einem leisen Klick öffnet sich die Schachtel aus Holz und steht nun einen Spalt offen. Mittlerweile habe ich schon so viele Überraschungen erlebt, dass ich vorsichtig geworden bin. Deshalb klappe ich den Deckel der Holzschachtel nicht voreilig auf, sondern sehe erst hinein.

Glück gehabt, mir springt weder ein dusseliger Clown mit Sprungfeder entgegen noch ein giftiger Skorpion. Nein, es ist ein Schmuckstück aus purem Gold und kostbaren Edelsteinen. Es hat die Form eines Skarabäus mit ausgebreiteten Flügeln. Vielleicht bewahrt Mersu hier seine besonders wertvollen Schmuckstücke auf. Auf der glatten Unterseite des Amuletts befinden sich drei hervorstehende, zu einem Kreis angeordnete Pyramiden aus blau schimmernden Kristallen. In der Mitte ist das Symbol einer Pyramide eingraviert.

Ob es mehr ist als nur Schmuck? Keine Frau würde sich solch einen klobigen Anhänger um den Hals hängen, noch dazu mit den spitzen Erhebungen an der Unterseite. Behutsam nehme ich den geflügelten Skarabäus aus der Schachtel. Aber, was ist das? Ein Stück Papyrus mit zwei Symbolen, einem geflügelten Skarabäus

und einer Pyramide. Was es wohl damit auf sich hat? Auf jeden Fall werde ich mir die Symbole merken. Ich schließe das Kästchen und richte den Schrein so her, wie ich ihn vorgefunden habe.

Tom entschrumpft seinen Rucksack, steckt den geflügelten Skarabäus hinein, schrumpft den Rucksack und hängt ihn sich wieder um den Hals.

»Geflügelter Skarabäus, +1«

Vielleicht sind das Pyramidensymbol auf der Rückseite und der Papyrus Hinweise, wofür der Vorarbeiter sein Schmuckstück benötigt.

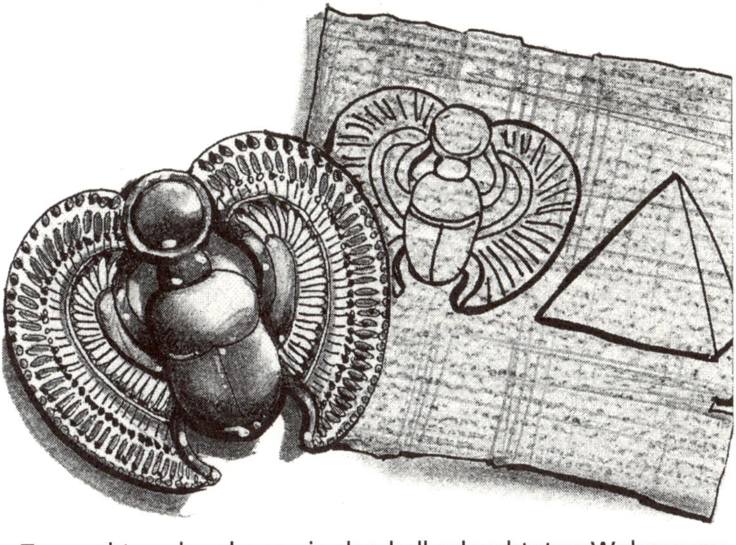

➡ Tom geht nach nebenan in den hell erleuchteten Wohnraum: 244

➡ Tom verlässt das Haus des Vorarbeiters Mersu: 31

154

Ich bin heilfroh, den Nubiern entkommen zu sein. Man sagt, sie seien nicht gerade gastfreundlich. Deshalb war meine Entscheidung sicher goldrichtig. So, jetzt werde ich mich mal wieder auf die Socken machen. He, von hier aus kann ich bereits die Mauern Deir el-Medinehs erkennen. Ich könnte den Weg ins Dorf abkürzen.

➡ Tom stärkt sich, bevor er seinen Weg fortsetzt: 149, danach 222, wenn er zur Grabanlage, oder 318, wenn er nach Deir el-Medineh geht.

155

He, in diesem Korb liegen nur einige Zwiebeln. Aber damit kann ich mich nicht stärken. Ob ich trotzdem eine Zwiebel an mich nehmen sollte?

➡ Tom nimmt keine Zwiebel an sich: 219

Tom entschrumpft den Rucksack, steckt eine Zwiebel hinein und schrumpft den Rucksack wieder ein.

»Zwiebel, +1«

➡ Tom sieht auch in die anderen Körbe: 254

➡ Tom sieht sich weiter in der Vorkammer um: 345

156

Obwohl Kamose Arzt ist, hat er einen Sinn fürs Geschäftliche. Mein Wunsch, Heilpulver bei ihm zu kaufen, hat ihn dazu veranlasst, auf der Stelle kehrtzumachen und eilig wieder im Nebenraum zu verschwinden. Bereits nach wenigen Sekunden ist er mit vollen Händen zurückgekehrt.

➡ Tom bekommt von Kamose eine Auswahl Heilpulver angeboten: 14

157

Bloß raus aus dieser Gruselkammer. Ich weiß zwar nicht, was gerade vorgegangen ist, aber besonders nett sah der Erbsengott nicht gerade aus. Hastig laufe ich den Gang entlang, der von der finsteren Grabkammer wegführt. Am Ende teilt er sich in zwei Richtungen.

➡ Tom geht nach links: 81

➡ Tom geht nach rechts: 253

➡ Tom kehrt wieder um: 340

158

»Ja«, sage ich schnell. Der Junge deutet mir an einzutreten. Er bietet mir auf einer Matte aus geflochtenem Papyrus einen Platz an. Während ich mich setze, stellt er zwei mit Lotosblüten verzierte Trinkbecher aus Brekzienstein auf der Matte ab und füllt sie mit frischem Feigensaft. Wortlos setzt er sich neben mich und prostet mir zu.

> Tom hat sich mit einem Becher Feigensaft erfrischt. Er gewinnt an Gesundheit.

»+5«

Ah, das tut gut.

»Mein Name ist Ofir. Und wie heißt du?«

»Oh, ich heiße Tom. Tom Traveller.«

Ich sehe Ofir an seinem Gesicht an, dass ihm mein Name äußerst fremdartig klingt. Doch er fragt nicht nach und erzählt gleich mehr von sich.

»Ich bin Schüler des Magiers Nefer. Ihm gehört dieses Haus. Er wandert zurzeit am Ufer des Nils entlang, um Ingredienzien für seine Magiepulver zu sammeln wie Bleioxyd, Tonerde, Kupferfeilicht oder auch Pflanzen wie Steinklee, Zaunrübe und Rizinus. Er ist der einzige Magier hier im Tal der Könige. Es gibt viele Menschen, die seiner Magie vertrauen.«

He, das klingt interessant.

»Sag mir, Ofir, welche Magiepulver verkauft ihr denn? Meinst du, es wäre etwas für mich dabei?«

Ofir lacht und antwortet: »Keine Frage. Auch Ramses, unser Pharao, Sohn des Lichts, schwört auf die Magiepulver Nefers. Komm, ich zeig sie dir.«

Ofir steht auf und fasst mich am Arm. Er geht zum hölzernen Schrank, in dem unzählige Fläschchen stehen. Stolz nimmt er eines heraus.

»Die Fläschchen habe ich selbst beschriftet. Nefer lobte mich für diese zeitaufwändige, aber nützliche Arbeit. Jedes Pulver muss in das Gesicht des Opfers gepustet werden, damit es seine Wirkung entfalten kann.« Er zeigt auf das Regal und fragt: »Benötigst du Magiepulver?«

➡ Tom hat noch Deben und kauft Magiepulver: 176

➡ Tom hat keine Deben mehr oder möchte kein Magiepulver kaufen und verlässt das Haus des Magiers Nefer: 297

159

Ein lauter Aufschrei hallt durch den Vorraum. Logisch, wenn man einen Tritt auf seine nackten Zehen bekommt. Für Sandalenträger ist es besonders schmerzhaft. Doch in diesem Moment lässt er mich plötzlich los. Während ich mir diese Gelegenheit nicht entgehen lasse und nach der Tür greife, fegt ein gelblicher Feuerball durch den Raum und trifft meine Hand.

»Ah!« Das tut höllisch weh. Was war das? Hoffentlich habe ich mir nicht die Hand verbrannt. Eine drohende Stimme erfüllt den kleinen Raum. »Du solltest keinen Fehler begehen und bleiben.«

»Das könnte dir so passen«, antworte ich wütend und taste weiter, um die blöde Tür aufzubekommen. Endlich gelingt es mir. Blitzschnell reiße ich die Haustür auf und laufe in die Gasse hinein. Doch der geheimnisvolle Ägypter folgt mir nicht. So als hätte ich das Haus nach einem gemütlichen Kaffeeklatsch verlassen, schließt er die Tür langsam hinter mir zu und sieht mir nach. Für den Bruchteil einer Sekunde treffen sich unsere Blicke. Ein merkwürdiger Schauer fährt mir über den Rücken. Aber nicht aus Angst. Nein, eine innere Stimme sagt mir, dass ich auf ihn hätte hören sollen. Doch nun ist es zu spät, oder vielleicht nicht?

➡ Tom klopft noch einmal an die Haustür: 57

➡ Tom klopft nicht noch einmal an die Haustür: 48

160

Hinter dieser Abbiegung links stehe ich wieder an einer Kreuzung. Wenn das so weitergeht, muss ich bei nächster Gelegenheit meine Gehirnzellen neu durchnummerieren.

➡ Tom geht nach links: 55

➡ Tom geht nach rechts: 184

➡ Tom geht geradeaus: 239

161

Es ist mir unangenehm, Ammons Frau ein weiteres Mal zu belästigen. Hoffentlich habe ich sie nicht verschreckt, dass sie mir keine Auskünfte mehr geben mag. Nun, wenn ich etwas herausbekommen will, muss ich ihr gegenüber so offen und ehrlich sein, wie es meine eigene Sicherheit zulässt. Anders kann ich ihr Vertrauen nicht gewinnen.

Knarrend öffnet sich die Haustür. Wieder guckt Ammons Frau vorsichtig hinter der Tür hervor. Schnell sage ich: »Bitte, darf ich hinein?«

Wortlos starrt die junge Frau mich an. »Ich bin auf der Suche nach Ameni und ich befürchte, dass mehr hinter seinem Verschwinden steckt, als auf den ersten Blick zu erkennen ist. Vielleicht weißt du etwas, das mir weiterhilft?«

Plötzlich ist die eben noch sehr misstrauische Ägypterin wie ausgewechselt, hält mir die Tür weit auf und sagt: »Du hast Recht. Wir sollten miteinander reden.«

➡ Tom geht mit in Ammons Haus: 101

162

Diese Papyrusrolle ist mit »Freunde« beschriftet. Weshalb notiert Mersu sich Wichtiges über seine Freunde auf einem geheimen Schriftstück? Na, wenn er viele Freunde hat, kann ich mir schon vorstellen, dass man froh ist eine Geburtstagliste zu haben.

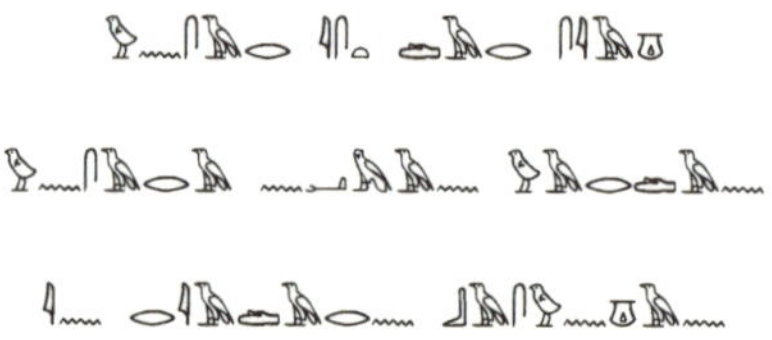

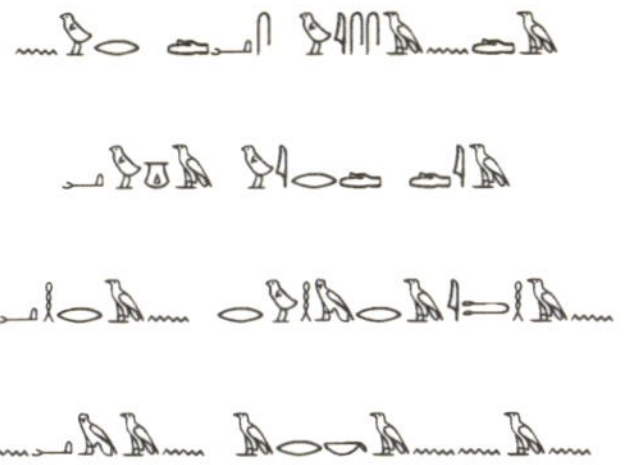

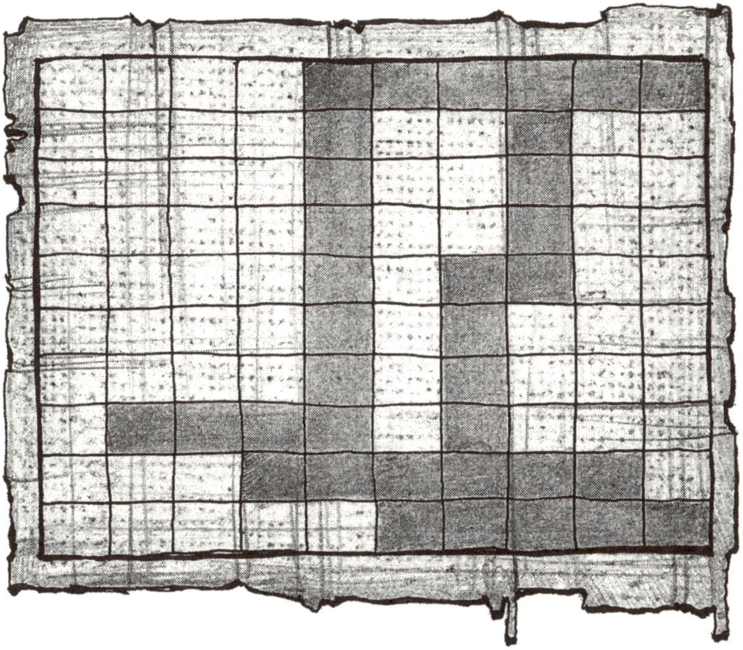

Wieder nur Hieroglyphen. Was dieser Text und das Gitter wohl zu bedeuten haben? Ich bin froh, dass ich mir eine Tabelle mit dem übersetzten Hieroglyphenalphabet angelegt habe. Nur, was soll dieses Gitter darstellen? Ob es ein Hinweis auf die Namen der Entführer ist? He, wenn ich es recht bedenke, habe ich ein ähnliches Gitter bereits schon einmal gesehen.

➡ Tom rollt die Papyrusrolle zusammen und legt sie in die Truhe zurück: 196

163

Wütend greift sich Ramses den Papyrus. Einen Moment lang starrt er auf das Schriftstück, dann dreht er sich plötzlich zu den Wachtposten und ruft: »Nehmt Chenar fest.«

Nicht nur Chenar ist erstaunt, auch Tuja wundert sich über diesen Befehl, doch Ramses nennt ihr den Grund: »Dieser Papyrus, der neben den Namen aller Entführer die Parole ›Tod dem Pharao‹ trägt, ist mit der Unterschrift meines Bruders versehen. Wie unvorsichtig von ihm.« In diesem Augenblick versucht sich der Begleiter Chenars davonzuschleichen, doch Ameni kommt ihm zuvor und stellt sich ihm in den Weg. Der Mann erkennt, dass er überführt ist, und lässt sich ohne Widerstand abführen. Zu meinem Erstaunen wirkt der Pharao sehr gefasst. Wenn man mich um die Ecke bringen wollte, wäre ich schon längst durchgedreht. Nun, ich bin eben kein Pharao. Plötzlich ruft Tuja nach dem Tempelarzt. Der erscheint auch prompt, schließlich ist er für das Wohl des Herrschers zuständig. Man erwartet von ihm Schnelligkeit.

»Kümmere dich um diesen Grabarbeiter aus Deir el-Medineh. Er hat meinem Sohn, dem Pharao, das Leben gerettet. Ameni sieht geschwächt aus. Versorge ihn gut und gib ihm eine sichere Unterkunft hier im Tempel.«

Doch bevor Ameni Anstalten macht, dem Arzt zu folgen, geht er auf Tuja zu und sagt: »Ich habe nur einen Wunsch. Mein Herz sehnt sich nach meiner Gemahlin Iset. Sie weiß nicht, dass ich noch lebe und wieder frei bin. Sie macht sich große Sorgen.«

Tuja fasst Ameni am Arm, zeigt ihr seltenes Lächeln und sagt: »Ich lasse sie holen.« Nun kommt Ameni langsam auf mich zu. Wortlos umarmt er mich. Sein Blick drückt große Dankbarkeit aus.

Erst jetzt scheint er sich wirklich über seine wiedergewonnene Freiheit freuen zu können. »Danke, Tom, für alles. Nimm diese Lapislazuli-Kette und übergib sie Iset als Beweis, dass ich frei bin und lebe.«

Tom entschrumpft den Rucksack, nimmt die Lapislazuli-Kette an sich und schrumpft den Rucksack wieder ein.

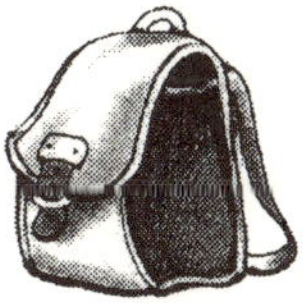

»Lapislazuli-Kette, +1«

Ich sehe verlegen zur Seite. Ameni wendet sich wieder dem Arzt zu. Gemeinsam verlassen sie den Tempelgarten. Ramses indessen greift meine Hand und legt eine goldene Kette mit drei goldenen pfenniggroßen Fliegenamuletten hinein. Dabei sieht er mir tief in die Augen und sagt: »Diese Fliegenkette ist die höchste Auszeichnung für meine tapfersten Soldaten. Eine Auszeichnung für das, was du geleistet hast, gibt es nicht. Deshalb nimm es als Dank.«
»Und was wird aus Ameni und Iset?«, frage ich neugierig.
Ramses sieht hinüber zu Tuja, als wolle er eine Bestätigung von ihr, und antwortet: »Sie sollen bis an das Ende ihrer Tage gemeinsam mit ihren Kindern in Wohlstand an meiner Seite leben. In der Nähe des Tempels erhalten sie ein Haus mit Dienerin, Koch und Gärtner. Homer hat dort einst seine Ilias verfasst.«
Das klingt nicht schlecht. Sie haben es verdient, nach allem, was sie durchgestanden und für ihr Land getan haben.

Tom schrumpft seinen Rucksack zusammen.

Während ich mir den geschrumpften Rucksack wieder um den Hals hänge, werde ich langsam ungeduldig und sage: »Ich glaube, ich sollte Iset berichten, dass Ameni lebt und wieder frei ist. Und dass sie sich nicht mehr vor den Verrätern fürchten muss.«
Ramses nickt. »Ich gebe dir zwei Wachtposten mit auf den Weg. Sie werden Iset sicher in den Tempel begleiten.«
Und in diesem Augenblick passiert etwas, dass ich keinem Menschen auf der Welt erzählen darf, weil es mir eh niemand glauben wird. Ramses umarmt mich. Ich kipp fast aus den Sandalen.

»Danke, junger Freund!«, sagt er lächelnd.
Einen Augenblick lang stehe ich wie besoffen da. Ich bin von einem echten Pharao umarmt worden. Und er hat mich Freund genannt. Kann mal jemand den Arzt nach Herztabletten fragen? Wahnsinn! Benommen schreite ich auf Tuja zu und verabschiede mich auch von ihr. Zum Glück umarmt sie mich nicht. Das hätte ich nicht überlebt.

Begleitet von zwei Tempelarbeitern verlasse ich das Ramesseum, den großen Tempel Ramses' II. Während wir durch die engen Gassen Deir el-Medinehs schreiten, sehen uns viele Frauen und Kinder neugierig nach. Nach einigen Metern biegen wir rechts in eine Nebengasse ein. Von hier aus sehe ich bereits das Haus von Ameni und Iset. Ich kann es kaum abwarten, Iset die tolle Nachricht zu überbringen. Während sich die Wachen links und rechts neben der Haustür postieren, klopfe ich laut an.

➡ Tom klopft an die Haustür von Ameni und Iset: 131

164

Mir wird schwindelig und schwarz vor Augen. Dann wird alles still um mich herum.

➡ Tom hat 0 Stärkepunkte: 264

➡ Tom hat 0 Gesundheitspunkte: 33

165

Ich sollte nicht so leichtsinnig sein und einfach Wasser aus dem Ziehbrunnen trinken. Weshalb sonst habe ich Entseuchungstabletten dabei – eine der vielen genialen Erfindungen meines Opas.

Tom hat keine Entseuchungstabletten mehr in seinem Rucksack: 136

Tom steckt eine Entseuchungstablette in die Feldflasche, dreht den Verschluss wieder zu und schüttelt die Flasche einige Sekunden.

»Entseuchungstablette, –1«

So, erst einmal abwarten, bis sich die Tablette vollständig aufgelöst hat. Dann kann ich sicher sein nicht irgendeiner widerwärtigen Seuche zum Opfer zu fallen.
Das dürfte reichen. Es ist nicht besonders appetitlich, zu wissen, dass lauter abgestorbene Krankheitserreger in meinem Trinkwasser herumwuseln. Aber es ist immerhin besser, als wenn das wilde Bazillenleben darin tobt und ich höllischen Durchfall bekomme.

Tom trinkt fünf Schlucke des entseuchten Trinkwassers aus der Feldflasche.

»Feldflasche mit Trinkwasser, –5«

➡ Tom zieht weiter: 202

166

➡ Tom hat Ramses leider nicht die Namen der wahren Entführer genannt: 19

167

Auch diese Tür knarrt. Wieder warte ich einige Sekunden ab, und da sich nichts regt, gehe ich weiter in den Nebenraum hinein. Es scheint sich um die Küche zu handeln. In der linken Ecke steht der Backofen. Er ist schulterhoch und hat die Form eines weißen und mit Kalk verputzten Iglus. Die nach vorn gerichtete Öffnung ist von einem Ring aus schwarzem Ruß umgeben. Drinnen liegt abgekühltes verkohltes Holz. Die Decke dieses Raums ist nur mit belaubten Ästen bedeckt, wahrscheinlich um den Qualm des Ofens, die entweichende Hitze und die Gerüche, die beim Kochen entstehen, nach oben hin entweichen zu lassen. Neben dem Ofen steht benutztes Geschirr und auf einem Teller liegen die Reste eines Brotfladens.

Ein Durchgang in der linken Wand führt über eine Steintreppe zu einem unterirdischen Vorratsraum.

➡ Tom geht in die unterirdische Vorratskammer: 230

➡ Tom verlässt die Küche: 337

168

Als der Rucksack die rechte Kopfseite des Nubiers trifft, fällt dieser zu Boden. Er liegt da, fasst an sein schmerzendes Ohr und starrt mich mit zornigen Augen an. Er blutet. Blitzartig richtet er sich wieder auf und mit stolpernden Schritten verschwindet er hinter der nächsten Düne. Einige Augenblicke später höre ich ein davongaloppierendes Pferd. Ich bin heilfroh, dass ich unverletzt bin.

| Tom verliert bei diesem Zweikampf an Stärke.

| »–10«

➡ Tom will sich stärken: 149, danach 346

➡ Tom will sich nicht stärken: 346

169

Ich stehe wieder im Vorraum des Hauses. Auf der rechten Seite befindet sich der Schrein zur Anbetung Bes', dem Schutzgott der Familien und der Schwangeren. Langsam bekomme ich ein mulmiges Gefühl in der Magengegend. Mersu könnte jeden Moment nach Hause kommen und mich entdecken. Aber jetzt, wo ich mich hereingetraut habe, bin ich viel zu neugierig. Ich muss herausfinden, ob Mersu etwas mit der Entführung zu tun hat, wenn nicht sogar Drahtzieher der ganzen Sache ist. Außerdem will und kann ich Iset nicht im Stich lassen. Deshalb nehme ich noch einmal all meinen Mut zusammen und sehe mich weiter um.

➡ Tom sieht sich den Schrein an: 117

➡ Tom hat sich den Schrein bereits angesehen und geht in den hell erleuchteten Wohnraum: 244

➡ Tom verlässt das Haus des Vorarbeiters Mersu: 31

170

➡ Tom klopft an die Haustür von : 335

➡ Tom klopft an die Haustür von : 60

➡ Tom klopft an die Haustür von : 102

➡ Tom geht weiter bis zum Ende der Gasse: 23

➡ Tom kehrt wieder um: 192

171

Nein, ich werde durch meine Neugierde nicht mein Leben riskieren. Auf jeden Fall bin ich nicht besonders scharf darauf, von einer Kobra gebissen zu werden. Arme Kleopatra. Sie hatte es freiwillig getan, nur weil Verräter ihren Geliebten Julius Cäsar getötet haben. Na ja, was Liebe alles so anrichten kann. Ich jedenfalls lasse die Finger von dieser Kiste. Schnell gehe ich zur Leiter zurück und steige hinunter. Unten angekommen, stehe ich wieder im hell erleuchteten Hauptschacht der Pyramide. Der Weg führt in zwei Richtungen, nach links und geradeaus.

➡ Tom geht links weiter: 362
➡ Tom geht geradeaus weiter: 359

172

Tom schrumpft den Rucksack wieder ein.

Trotz der Dunkelheit ist es mir gelungen, eines der Magiepulver zu greifen. Aber inzwischen hat der Fremde sich den Sand aus den Augen gerieben. Wütender als eben noch und mit blinzelnden Augen stürzt er sich wieder auf mich. Aber sein Vorhaben werde ich ihm mit einer Portion Magiepulver versalzen.

Tom hat in seinem Rucksack nach einem beliebigen Steinfläschchen mit Magiepulver gegriffen.

➡ Tom wendet das Magiepulver »Gedankenverlust« an: 44
➡ Tom wendet das Magiepulver »Körperzersetzer« an: 108

173

Geschafft. Ich bin in Sicherheit. Schnell, die Tür zu. Mit einem lauten Knall fällt sie ins Schloss. Gut, dass niemand sieht, wie ich mich mit dem Rücken dagegenstemme, nur um eine Hand voll wild gewordener Mistkäfer abzuwehren. Ich kann zwar nicht genau zählen, wie viele Tiere mit voller Wucht gegen die Holztür prasseln, aber ich glaube, den harten Aufprall werden sie nicht überleben. Gegen die Tür gelehnt, warte ich ab, was auf der anderen Seite vor sich geht. Es reizt mich nachzusehen. Deshalb ziehe ich die Tür langsam einen winzigen Spalt auf. Sofort ist das widerwärtige aufdringliche Surren wieder da. Es wird lauter und lauter. Meine Nackenhaare stehen kerzengerade. Ich ahne Übles und starre auf die Fenster. Falsch – im alten Ägypten gibt es keine Fenster, sondern nur Löcher in der Wand. Und das wissen auch die Mistkäfer, denn genau in dem Augenblick kommt der Schwarm durch das Fensterloch. Ich bleibe wie angewurzelt stehen. Mein Herz klopft mir bis zum Hals, mein Blick klebt auf ihren gefährlich aussehenden Beißwerkzeugen. Worauf warten Sie? Wollen sie zusehen, wie ich mich quäle? Doch ich tue ihnen diesen Gefallen nicht. Nein, ich lass mir meine Angst nicht anmerken. Auch nicht, dass mir speiübel ist. Doch wie soll ich diesen Gefühlszustand verbergen, wenn mein blassgrünes, wie angeschimmelter Käse aussehendes Gesicht mich verrät. Na los, ihr widerwärtigen, nutzlosen, windelstinkenden, warzenschleimigen, kotzgierigen, zwiebelfurzigen, kacknasigen (He, Tom. Beherrsch dich!) – äh, Mistkäfer. Bringt es endlich hinter euch! Und in diesem Augenblick, als hätte ich soeben selbst das Kommando gegeben, schießen sie auf mich los. Vor Angst zum Eisklumpen mutiert, sehe ich meinem traurigen Ende entgegen. Erbarmungslos greifen die Killerkäfer an. Angewidert reiße ich meinen Kopf zur Seite. Lebt wohl, Mama, Papa, Oma, Opa, Winnie, Jessica und du, liebe kleine Schwester von Winnie. Eigentlich mochte ich dich doch immer ganz gerne.

In diesem Moment spüre ich, wie mich jemand mit einem Ruck zur Seite stößt. Und wieder prallen meine Angreifer unfreiwillig und ohne Vorwarnung gegen die Holztüre und plumpsen einer nach dem anderen zu Boden.
Etwas unsanft bin ich auf einer geflochtenen Matte aus Papyrus gelandet. Langsam nehme ich meine Hände vom Gesicht und sehe, wer mich aus dieser lebensgefährlichen Lage befreit hat: ein Junge meines Alters, nur mit Lendenschurz aus grobem ungefärbtem Leinen bekleidet und mit einer Jugendlocke auf seinem kahl geschorenen Kopf. Er beugt sich herunter und bepustet die ziellos herumeiernden Käfer mit einem gelben Pulver, das er zuvor aus einem kleinen Steinfläschchen auf seine Handfläche geschüttet hat. Gespannt warte ich die Wirkung des Pulvers ab. Bereits nach wenigen Sekunden ändert sich nicht nur die Farbe der Käfer, im gleichen Augenblick sind sie versteinert. Der Junge sammelt sie ungerührt ein und lässt sie mit lautem Klack in ein vasenähnliches Gefäß fallen. Nachdem er alle Skarabäen hineingetan hat, stopft er einen Verschluss aus Holz auf die Öffnung. Triumphierend hält er seine Beute hoch und grinst mich freundlich an. Der Junge bemerkt schnell, dass ich mich noch nicht so recht über den glimpflichen Ausgang der Käferattacke freuen kann. Deshalb stellt er die Vase zur Seite und reicht mir wortlos seine Hand. Er hilft mir beim Aufstehen. Mit einer freundlichen Geste klopft er mir den feinen Sand aus meiner Kleidung.

| Tom hat bei dieser Flucht an Stärke verloren.

| »–5«

»Danke«, sage ich verschämt, »für die Rettung in letzter Sekunde.« Der Junge bricht endlich sein Schweigen. »Was hast du verbrochen,

dass die Skarabäen es auf dein Leben abgesehen haben?« Immer noch benommen von dem Schrecken, schüttle ich kurz den Kopf und sage mit krächzender Stimme: »Das weiß ich selbst nicht. Vielleicht lag es daran, dass ich sie aufgeschreckt habe.«
Der Junge lacht laut auf, fasst mir freundschaftlich an die Schulter und sagt: »Hat man dich nicht gelehrt sie in Ruhe zu lassen? Aber die Erfahrung solch eines Missgeschicks ist für jeden von uns eine Lehre für sein weiteres Leben. Sag mir, welche Erfrischung kann dein erhitztes Herz wieder beruhigen? Feigensaft, Saft aus frisch gepressten Granatäpfeln, vielleicht aber auch Wasser?«
➡ Tom nimmt das freundliche Angebot an: 321
➡ Tom möchte den Jungen nicht weiter belästigen: 8

174

Wieder nehme ich eine Hand voll des feinen Wüstensands vom Boden auf. Der junge Ägypter lacht mich fies an. Wahrscheinlich soll sein Grinsen mir mitteilen, dass er sich kein zweites Mal Sand in die Augen streuen lassen wird. Denkt er denn wirklich, dass ich so blöd bin? Na, er wird sich gleich wundern. Blitzschnell streue ich den feinen Sand direkt vor seine Füße. Irritiert sieht er instinktiv nach unten. Und da passiert's. Ich trete mit aller Kraft auf seine nackten Füße, denn wie alle Ägypter trägt auch er Riedsandalen aus Papyrus. Mit einem markerschütternden Schrei beugt er sich vor und reibt sich die Zehen. Ich schubse ihn nach hinten. Er verliert sein Gleichgewicht und fällt rücklings zu Boden. Wieder stößt er einen Schmerzenslaut aus. Das muss ihm ebenfalls sehr weh getan haben. Geschieht ihm nur recht. Jetzt aber weg hier. Schnell reiße ich die Haustür auf und laufe in die von der Mittagssonne hell erleuchtete Gasse hinein. Ich laufe nur einige wenige Schritte und bleibe dann stehen, um nicht aufzufallen. Langsam drehe ich

mich um. Der Fremde verfolgt mich nicht. Glück gehabt. Eines ist sicher. Dieses Haus werde ich künftig meiden.

➡ Tom will sich stärken: 149, danach 178

➡ Tom will sich nicht stärken: 178

175

Gierig beiße ich ein großes Stück vom saftigen Granatapfel ab. Jede Geschmacksknospe auf meiner Zunge lechzt geradezu nach dem süß-fruchtigen Saft dieses Obstes.

| Tom stärkt sich mit einem Granatapfel.

| »+10«

Mit dem Apfel in der Hand setze ich meinen Weg fort. Wenn mich nicht alles täuscht, müsste ich mich genau in der Mitte zwischen Grabanlage und Deir el-Medineh befinden.

➡ Tom geht in Richtung Grabanlage: 222

➡ Tom geht in Richtung Deir el-Medineh: 318

176

Gerade will ich Luft holen, um mit ihm um den Preis zu feilschen, da sagt er, als hätte er meine Absicht erraten: »Bitte gib dir keine Mühe. Bei meinem Herrn ist es nicht üblich, wie auf dem Basar zu feilschen.« Schade! Ich hätte garantiert einige Deben gespart. Nun ja, mal sehen, was Ofir im Angebot hat. Er nimmt eines der vielen Steinfläschchen aus dem Regal.

»Dieses rot schimmernde Magiepulver mit Namen ›Gedankenverlust‹ löscht bei deinem Gegner die Erinnerungen der vergangenen 180 Tage aus.«
Wahnsinn! So etwas könnte ich gut in der Schule gebrauchen.

Leser, entscheide selbst, welche Magiepulver Tom bei Ofir kauft.
? = Anzahl der Steinfläschchen mit Magiepulver.

➡ Tom überlegt, ob er das Magiepulver »Gedankenverlust« kaufen soll. Ein Fläschchen enthält eine Anwendung und kostet 2 Deben.

»Magiepulver Gedankenverlust, +?«

»Lederner Geldbeutel, –(? mal 2)«

»Niemand wird sich dir mit bösen Absichten in den Weg stellen, wenn er weiß, dass ein Steinfläschchen mit dem Magiepulver ›Körperzersetzer‹ dein Eigen ist.«
➡ Tom überlegt, ob er das Magiepulver »Körperzersetzer« kaufen soll. Ein Fläschchen enthält eine Anwendung und kostet 2 Deben.

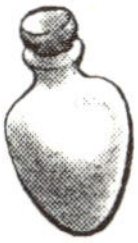

»Magiepulver Körperzersetzer, +?«

| »Lederner Geldbeutel,
–(? mal 2)«

»Eine Prise dieses gelben Magiepulvers an Skarabäen angewendet lähmt ihre Gliedmaßen. Sie erstarren und fallen wie Granitsteine zu Boden. Als Glücksbringeramulett lassen sie sich auf dem Basar verkaufen.«

➡ Tom überlegt, ob er das Magiepulver »Skarabäenglück« kaufen soll. Ein Fläschchen enthält eine Anwendung und kostet 3 Deben.

| »Magiepulver Skarabäenglück, +?«

| »Lederner Geldbeutel,
–(? mal 3)«

»Dieses silberne Magiepulver wirst du anwenden müssen, wenn dir ein Gott der Unterwelt gegenübersteht und du gezwungen bist gegen ihn zu kämpfen. Jeder sollte ein Fläschchen bei sich tragen.«

➡ Tom überlegt, ob er das Magiepulver »Zauberkraftzersetzer« kaufen soll. Ein Fläschchen enthält eine Anwendung und kostet 15 Deben.

| »Magiepulver Zauberkraftzersetzer, +?«

»Lederner
–(? mal 15)«

»Aber weshalb die unterschiedlichen Farben?«, frage ich neugierig.
»Damit können nicht nur Nefer und ich die verschiedenen Pulver voneinander unterscheiden, auch du, der sie anwenden wird, hast auf diese Weise die Gewissheit, die richtige Magie anzuwenden.«

Tom entschrumpft den Rucksack, steckt die Steinfläschchen mit den Magiepulvern ein und schrumpft den Rucksack wieder ein.

Leider muss ich mich wieder auf die Socken machen. Meine Mission erfordert keine Verzögerung. Schließlich geht es um Amenis Leben. Ofir begleitet mich zur Tür. Als ich das Haus verlasse, winkt mir mein neuer Freund zum Abschied nach. Jetzt stehe ich wieder auf dem ockerbraunen sandigen Weg, der zur einen Seite bis hinunter in das Dorf Deir el-Medineh und zur anderen Seite am Basar vorbei in Richtung Oase führt.

➡ Tom geht in Richtung Deir el-Medineh: 318

➡ Tom geht in Richtung Oase: 109

177

Mist, der Junge ist zu stark. Schnell schnappt er sich ein Leinenband und verschnürt mir Arme und Beine. Dann zerrt er mich in den Vorratsraum. Unsanft schubst er mich auf eine Matte, die dort neben Steinvasen und Obstkörben auf dem Boden liegt. Mit Gewalt flößt er mir ein Betäubungsmittel ein. Bereits nach wenigen Sekunden beginnt sich alles im Kreis zu drehen. Die Stimme des Jungen klingt wie ein zu langsam abgespieltes Tonband. Dann wird mir schwarz vor Augen. Ich falle in einen tiefen Schlaf.

➡ Tom wird gefangen genommen und für den Einbruch in einem Haus des Dorfes Deir el-Medineh schwer bestraft: 134

178

Hier in der drückend heißen und von der Mittagssonne hell erleuchteten Gasse ist kein einziger erwachsener Ägypter zu sehen. Nur der alte Mann dort hinten sitzt immer noch vor seinem Haus im Schatten. Drei nackte und glatzköpfige Kinder stehen lachend und hüpfend um einen sich schnell drehenden Kreisel, auf den sie immer wieder mit einer Peitsche einschlagen, um ihm neuen Schwung zu geben.

Nach dem bitteren Erlebnis bin ich froh, dass die Gasse eine normale, fast schon vertraute Atmosphäre ausstrahlt. Erleichtert atme ich auf. Jetzt stehe ich also hier um eine Erfahrung reicher und kann mich mal wieder nicht so recht entschließen, was ich als Nächstes machen soll.

➡ Tom will in dieser Gasse die Bewohner nach Ameni befragen: 303
➡ Tom geht nach rechts: 260
➡ Tom geht nach links: 261

179

Gierig öffne ich den Schraubverschluss der Feldflasche und trinke einige Schlucke des erfrischenden Wassers.

»Feldflasche mit Trinkwasser, –5«

Ah, tut das gut. Wenn ich es richtig einschätze, führt der Wüstenpfad zur Grabanlage und zur Oase. Doch bevor ich weiterziehe, sollte ich mir vielleicht eine kleine Ruhepause gönnen, um neue Kräfte zu sammeln.

➡ Tom zieht weiter: 98

➡ Tom bleibt noch ein Weilchen sitzen, um sich von der Flucht zu erholen: 319

180

»Ja, ich bin ein Vertrauter Isets. Weshalb fragst du?«
Immer noch breit grinsend starrt mich der Junge wortlos an. Ohne seinen Blick von mir zu wenden, zeigt er auf eine der vielen Haustüren hier in der Gasse. »Geh da hinein, in das Haus.«
Sosehr ich mich freuen würde, endlich eine Spur gefunden zu haben, ist mir der Junge nicht ganz geheuer. Es könnte eine Falle sein. Der kleine Ägypter wird zusehends ungeduldig und sagt drängelnd: »Warum gehst du nicht?«
Ob ich dem Kleinen trauen kann?

➡ Tom traut dem kleinen Jungen zwar nicht, folgt ihm aber trotzdem: 37

➡ Tom traut dem kleinen Jungen nicht und zieht es vor weiterzugehen: 273

181

 – Leise klopfe ich an die rotbraun gestrichene Haustür. Aber nichts rührt sich. Deshalb probiere ich es ein zweites Mal. Nein, keine Chance. Es ist niemand im Haus. Schade! Vielleicht versuche ich es an einer anderen Haustür.

➡ Tom steht wieder in der Gasse: 69!

182

Mist, worauf habe ich mich nur eingelassen. Hoffentlich gelingt es mir, Seth mit Magiepulver außer Gefecht zu setzen.

➡ Tom wendet das Magiepulver »Gedankenverlust« an: 148

➡ Tom wendet das Magiepulver »Körperzersetzer« an: 271

➡ Tom wendet das Magiepulver »Zauberkraftzersetzer« an: 4

183

Ah, diese kleine Erfrischung kam gerade recht. Weiter geht's. Immerhin gibt's noch einiges zu erledigen. Hups, was ist denn das? Ich glaube es nicht, ein Abgrund. Mitten in einer Pyramide. Wenn in diesem Schacht keine Fackeln brennen würden, könnte man glatt hineinfallen. Böse Falle! Der Abgrund ist sehr tief, denn der Schein der Fackeln reicht nicht aus, um den Grund zu erkennen. Mist, er ist zu breit, um ihn mit einem einfachen Sprung zu überqueren. Mit Anlauf allerdings könnte ich es vielleicht schaffen.

➡ Tom versucht über den Abgrund zu springen: 214

➡ Tom kehrt lieber wieder um: 63

184

Na fein, als wenn ich nicht schon genug gelaufen wäre. Den Stress mit dem verschlossenen Eingang der Pyramide hätte ich mir sparen können.

Der leicht ansteigende Schacht kostet Tom Kraft. Er verliert an Stärke.

»–5«

Vielleicht sollte ich mir eine Skizze anlegen. Schließlich habe ich einen kleinen Notizblock und einen Bleistift im Rucksack. Na, bleibt mir wohl nichts anderes übrig, als den Rückmarsch anzutreten. Ah, da ist ja die Kreuzung.

➡ Tom geht nach links: 334
➡ Tom geht nach rechts: 239
➡ Tim geht geradeaus: 55

185

Doch dann sacke ich wieder zusammen. Keuchend und hustend lasse ich mich zurück auf den harten Boden fallen. Jetzt liege ich hier, verletzt, in einer dunklen Ecke zwischen Holzkisten und zerbrochenen Kalksteinscherben. Hatten die beiden Kerle den Auftrag, mich aus dem Weg zu räumen?
Ein stechender Schmerz schießt durch meinen Körper. Mein Magen krampft sich zusammen. Ich bäume mich auf und falle schließlich in Ohnmacht.

➡ Tom wurde von den beiden Ägyptern schwer verletzt: 134

186

Ächz. Stöhn. Ein Himmelreich für Wasser, Schatten, Eiswürfel. Meine Füße sind schwer wie Blei und meine Haut ist verbrannt. Doch ich habe es beinahe geschafft. Da vorne liegt sie, die Rettung aller Durstigen – die Oase.

> Tom hat sich auf dem Weg zur Oase in dieser Hitze anstrengen müssen. Er verliert an Stärke.

| »–5«

➡ Tom hat endlich die Oase erreicht: 355

187

Wenn Tom Skarabäen-Glücksbringer übrig behalten hat, entschrumpft er in einer stillen Ecke den Rucksack, legt sie dort hinein und schrumpft den Rucksack wieder ein.

Irre, ich habe tatsächlich einige Deben verdient. Obwohl ich in Eile bin, werde ich mir ein wenig Zeit nehmen, um mich auf dem Basar umzusehen.

➡ Tom sieht sich auf dem Basar um: 242

188

Weshalb hat noch kein Mensch Streichhölzer erfunden, die aus Holz und dennoch unzerbrechlich sind? Ein klarer Fall für Jugend forscht, oder? Natürlich passiert immer nur mir solch ein dusseliges Missgeschick. Ätzend, dann muss ich eben ein weiteres Streichholz nehmen.

➡ Tom entzündet ein weiteres Streichholz: 201

➡ Tom hat keine Streichhölzer mehr: 345

189

Ah, schon wieder eine Abbiegung. Diesmal geht's allerdings nach links. Das ist ja das reinste Verwirrspiel. Langsam schmerzen meine Beine und Durst habe ich auch.

Tom trinkt frisches Trinkwasser: 307, danach 183

190

Vorsichtig schaue ich über den Hügel und entdecke einen alten Ägypter, der wild gestikulierend auf seinen störrischen Esel einredet. Er fuchtelt in der Luft herum, stampft wütend auf und schleudert vor Zorn ein Stück Leinentuch in den Sand. Offensichtlich versucht er mit diesem Gezeter sein erschöpftes Tier zum Weitergehen zu bewegen. Aber der Esel bleibt stur stehen. Vielleicht braucht der alte Mann Hilfe?

➡ Tom hilft dem alten Ägypter: 349

➡ Tom überlässt den alten Mann seinem Schicksal und geht weiter: 95

191

Auch hier stehen die Häuser dicht gedrängt. Alles Behausungen der Handwerker, die täglich an den Gräbern ihres Königs und seiner Gemahlinnen arbeiten. Anders als in den Gassen weiter hinten im Dorf sind hier viel mehr Menschen unterwegs. Männer sind kaum zu sehen, mit Ausnahme der männlichen Wasserträger und Tempelmitarbeiter, die frische Lebensmittel zu den Bewohnern ins Dorf bringen. Das Bild wird hauptsächlich von Frauen und Kindern geprägt. Die Frauen reden miteinander, kümmern sich um die Kinder oder machen sich auf den Weg in Richtung Basar. Trotz

der Hitze tragen sie schwarze Perücken mit farbenprächtigen Haarkränzen aus Blumenblüten. An den Füßen haben sie Sandalen aus Ried oder Papyrus. Die es sich leisten können, haben festere Sandalen aus Leder. Überall spielen Kinder. Sie tragen Spielzeugfiguren oder Püppchen aus Holz bei sich oder werfen sich bunte, mit Körnern gefüllte Rasselbälle zu. Die kleineren Kinder, denen die Spiele der größeren zu kompliziert sind, laufen einfach nur vergnügt umher.

Am Ende der Gasse ist der Dorfeingang zu erkennen. Zwei mit Speeren bewachte Posten kontrollieren die Passiererlaubnisse der Bewohner. Die Mauer, die dieses Dorf umgibt, ist beinahe sieben Meter hoch. Kaum jemandem würde es gelingen, von außerhalb über die Mauer ins Dorf zu gelangen, andersherum natürlich auch nicht. Jeder, der Deir el-Medineh betreten oder verlassen will, muss den Wachtposten passieren.

➡ Tom will in dieser Gasse die Bewohner nach Ameni befragen: 69

➡ Tom geht in Richtung Dorfeingang: 103

➡ Tom geht weiter ins Dorf hinein: 36

192

Nachdem ich die unbewohnte Gasse durchquert habe, lande ich wieder in der etwas breiteren Hauptgasse.

➡ Tom will in dieser Gasse die Bewohner nach Ameni befragen: 287

➡ Tom geht weiter ins Dorf hinein: 283

➡ Tom geht in Richtung Dorfeingang: 300

193

Was es nur mit dieser Papyrusrolle auf sich hat? Sie ist mit »Pyramide« beschriftet.

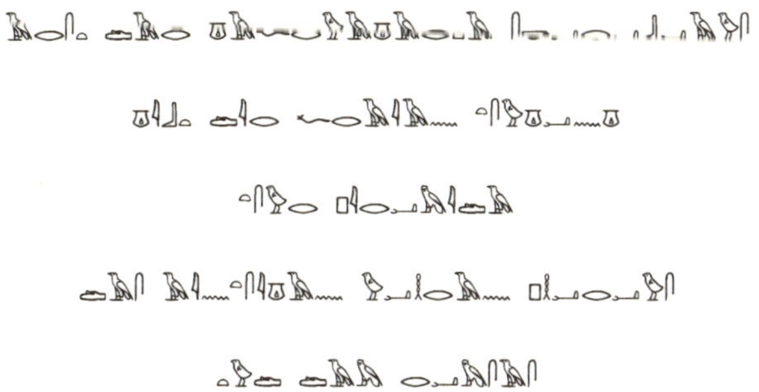

Wenn ich den Text richtig deute, benötige ich also einen bestimmten Gegenstand, um in die Pyramide zu gelangen. Nur weshalb ist die alte Pyramide wichtig für den Vorarbeiter? Vielleicht sollte ich dort mal meine neugierige, mit Sommersprossen übersäte Nase hineinstecken. Schaden wird es bestimmt nicht. Nun denn, hab Dank Mersu für diesen wichtigen Tipp.

➡ Tom rollt die Papyrusrolle wieder zusammen und legt sie in die Truhe zurück: 196

194

Schnell öffne ich das Steinfläschchen mit dem Heilpulver »Giftzersetzer« und schütte den gesamten Inhalt auf meine Zunge. Mit meinem Speichel mische ich es zu einem Brei. Gierig schlucke ich die heilende Medizin hinunter. Es dauert nicht lange, bis ich ein wohliges Kribbeln im Magen spüre, das sich über meine Beine, die Arme, bis hinauf in meinem Kopf ausbreitet.

❙ Tom hat das Heilpulver »Giftzersetzer« angewendet. Diese Me-

dizin gibt ihm nicht nur seine ganze Gesundheit, sondern auch seine ganze Stärke zurück.

»100«

»100«

Es ist unglaublich, was solch ein unscheinbares Pulver für Wunder vollbringen kann. Jetzt sollte ich mich auch noch um das verseuchte Trinkwasser in der Feldflasche kümmern.

➡ Tom denkt auch an das verseuchte Trinkwasser in der Feldflasche: 165

195

In welche der drei Kultkammern soll ich hineingehen? Besonders viel Zeit bleibt mir allerdings nicht.

➡ Tom geht in die Kultkammer der größten Pyramide hinein: 238

➡ Tom geht in die Kultkammer der mittelgroßen Pyramide hinein: 94

➡ Tom geht in die Kultkammer der kleinen Pyramide hinein: 75

196

Ich bin gespannt wie eine Saite meiner alten Wandergitarre. Mal sehen, welche wertvollen Informationen Mersu auf diesen Papy-

ri festgehalten hat. He, das kann ja kein normaler Mensch lesen. Alle Texte sind in Hieroglyphen verfasst. Aber ein wahrer Tom Traveller hat sich bereits eine Tabelle als Übersetzungshilfe angelegt.

➡ Tom schließt die Truhe wieder: 24

197

Von weitem beobachte ich die beiden Nubier. Sie sind zu sehr mit sich selbst beschäftigt, als dass sie mitbekommen würden, wie ich ihren Granatapfel im weichen Sand der Wüste verbuddele. Dann richte ich mich auf, klopfe den Sand von meinen Händen und setze meinen Weg fort.

➡ Tom geht in Richtung Grabanlage: 222
➡ Tom geht in Richtung Deir el-Medineh: 318

198

Jetzt habe ich meinen Rucksack bereits das dritte Mal durchforstet und darin ist nichts, was im Entferntesten wie ein geflügelter Skarabäus aussieht. Wenn ich nur wüsste, wie ich an einen geflügelten Skarabäus kommen könnte. Vielleicht auf dem Basar, vielleicht in Deir el-Medineh? Immerhin wohnen im Dorf die Leute, die für den Bau und die Erhaltung der alten Pyramiden und Grabanlagen zuständig sind.

> Tom schrumpft den Rucksack ein und hängt ihn sich wieder um den Hals.

Dann bleibt mir nichts anderes übrig, als den langen beschwerlichen Rückweg anzutreten. Dass mir aber auch nichts erspart bleibt.

➡ Tom macht sich auf den Weg in Richtung Oase: 42

199

Das Angebot der Nubier ist verlockend. Eine derart bequeme Möglichkeit, ins Dorf zu gelangen, werde ich so leicht nicht wieder bekommen. Ich habe mich wohl in diesen Leuten getäuscht. Sie sind alles andere als gefährlich. Deshalb beschließe ich mitzugehen und sage: »Ihr habt Recht, wenn ich mich euch anschließe, kann ich wieder zu Kräften kommen.«

»Gut, dann folge uns.« Während wir zur Palmengruppe zurückkehren, nehmen sie mich in die Mitte. Einer der beiden legt sogar seinen Arm freundschaftlich um meine Schulter.

Er ist es auch, der mir erzählt, von wo aus sie ihren langen Weg durch die Wüste zum Basar in der Nähe Deir el-Medinehs unternommen haben.

Nachdem wir die Palmengruppe erreicht haben, bieten sie mir reichlich Obst und gebratenes Fleisch an. Endlich eine Gelegenheit mir den Bauch voll zu schlagen. Ich glaube, den Nubiern macht es

großen Spaß, mir beim Essen zuzusehen. Sie erfüllen mir beinahe jeden Wunsch. Auch mit Trinkwasser knausern sie nicht.

Als wir aufbrechen, gehen wir nicht auf dem üblichen Pfad, sondern der Luftlinie folgend, direkt zum Basar.

Erst nachdem ich meinem Kamel meinen Granatapfel spendiert habe, darf ich aufsteigen. Ich döse den ganzen Weg über vor mich hin. Das wellenartige Schaukeln auf dem Rücken des Kamels schläfert mich ein.

Tom hat sich auf den Weg zum Basar ausgeruht. Er gewinnt seine ganze Stärke zurück und etwas an Gesundheit.

»100«

»+25«

Jemand zieht mich am Arm. Der junge Nubier, der mir zuvor den Granatapfel geschenkt hat, hilft mir vom Kamel zu steigen und sagt: »Wir haben den Basar erreicht. Du musst deinen Weg allein fortsetzen. Leb wohl.«

Ich bin froh das Angebot dieser freundlichen Händler angenommen zu haben. Nicht alle Nubier sind schlecht. Eine angenehme Erfahrung. Zum Dank reiche ich ihm meine Hand und sage: »Danke, für alles!«

»Die Wüste wartet mit vielen Gefahren auf diejenigen, die allein auf sich gestellt sind. Deshalb ist Zusammenhalt ein kostbares und lebenswichtiges Gut.«

Mit neuer Zuversicht verlasse ich die Nubier und setze meinen eigenen Weg fort.

➡ Tom sieht sich auf dem Basar um: 347

➡ Tom geht in Richtung Deir el-Medineh: 318

200

Ah, das tat gut. Und wie still es hier inmitten der Einöde ist. Kein Ägypter weit und breit. Ob ich kurz die Augen schließe und meinen geplagten Füßen etwas Ruhe gönne, bevor ich mich weiter auf den Weg begebe?

➡ Tom gönnt sich eine kurze Verschnaufpause: 107

➡ Tom geht zum Wüstenpfad zurück: 285

201

Tom entschrumpft den Rucksack, nimmt ein Streichholz aus der Streichholzschachtel und zündet es an.

»Streichholz, –1«

»Der Würfel entscheidet.«

➡ Augenzahl 1, 2, 3, 4, 5: 146

➡ Augenzahl 6: 188

202

Jetzt schnell den Rucksack rucksackeln – ich meine um den Hals hängen – und dann ab die Post. Ich sollte nicht noch mehr Zeit verplempern. Hoppla, hier kreuzen sich gleich mehrere Wüstenpfade. In welche Richtung soll ich gehen?

➡ Tom geht in Richtung Deir el-Medineh: 215

➡ Tom geht in Richtung Pyramide: 262

➡ Tom geht in Richtung Grabanlage: 286

203

Nach wenigen Sekunden beginne ich zu frieren. Am ganzen Körper zitternd, liege ich da und spüre, wie das tödliche Gift des Skorpions langsam von mir Besitz ergreift.

➡ Tom besitzt das Wedjat-Amulett: 34, danach 265, danach 270

➡ Tom besitzt das Wedjat-Amulett nicht: 353

204

Diese Verschnaufpause im kühlen Haus des Arztes tut mir gut.

| Tom hat sich im Haus des Arztes ausgeruht.

| »+10«

Nach einigen Minuten ist Kamose wieder zurückgekehrt. Jetzt allerdings bewegt er sich etwas schneller. Offensichtlich wirkt das kräftige Gebräu für diesen alten Mann nicht nur erfrischend, sondern auch auf sonderbare Weise verjüngend. Doch bevor Kamose

sich zu mir auf die Matte setzt, überlege ich, ob ich meinen Vorrat an Heilpulvern auffüllen sollte.

➡ Tom hat noch ausreichend Deben und möchte bei Kamose Heilpulver kaufen: 156

➡ Tom hat keine Deben mehr oder möchte sich kein Heilpulver kaufen und macht sich wieder auf den Weg: 363

205

 – Auf dem oberen Türbalken steht der Name des Bewohners. Ich bemühe mich leise, aber hörbar an die hölzerne Haustür zu klopfen. Doch niemand öffnet. Ich probiere es ein zweites Mal. Wieder nichts. Es scheint niemand im Haus zu sein.

➡ Tom klopft an die Haustür von : 310

➡ Tom klopft an die aufwändig gestaltete Haustür des Vorarbeiters : 258

➡ Tom kehrt wieder um: 150

206

Die Holzkiste steht einen Spalt offen. Gerade als ich sie ganz geöffnet habe, springe ich mit einem Satz zurück. Im Halbdunkel reckt mir eine Kobra zischend ihren Kopf entgegen. Die Giftschlange hat sich ausgerechnet in der Kiste einen Unterschlupf gesucht. Neben ihr liegt ein Steinfläschchen mit der Aufschrift:

Wenn ich die Hieroglyphen richtig übersetzt habe, ist es ein ziemlich seltenes und äußerst wertvolles Magiepulver. Nur, wie bekomme ich es aus dem Korb heraus, ohne von der giftigen Schlange gebissen zu werden.

➡ Tom ist lieber vorsichtig und lässt das Steinfläschchen im Korb: 171

➡ Tom will unbedingt das Steinfläschchen mit dem seltenen Magiepulver haben: 227

207

Schnell öffne ich das Steinfläschchen mit dem Heilpulver »Giftzersetzer« und leere den Inhalt auf meine mittlerweile fast ausgetrocknete Zunge. Es fällt mir nicht leicht, ausreichend Speichel zu sammeln, um das Pulver in eine wirksame Mixtur zu verwandeln. Mit etwas Mühe gelingt es mir schließlich doch. Gierig schlucke ich die heilende Medizin hinunter. Einen Augenblick bleibe ich sitzen. Nichts regt sich. Doch dann spüre ich ein Kribbeln im Magen, das sich über die Beine und Arme bis hinauf in den Kopf zieht.

Tom hat das Heilpulver »Giftzersetzer« angewendet. Diese Medizin gibt ihm nicht nur seine ganze Gesundheit, sondern auch seine ganze Stärke zurück.

| »100«

| »100«

Es ist beinahe unglaublich, was so ein Pulver für Wunder vollbringen kann. Ich fühle mich wie neugeboren und spüre keine Nachwirkung der Vergiftung. So in etwa dürfte Asterix sich fühlen, wenn er seinen Zaubertrank geschlürft hat. Ah, tut das gut. Jetzt sollte ich mich aber wieder auf meine Mission konzentrieren. Au-

ßerdem wäre es nicht schlecht, schleunigst aus diesem Haus zu verschwinden.

| Tom schrumpft den Rucksack.

Wie ein junger Gott springe ich voller Tatendrang auf und hänge mir den Rucksack wieder um den Hals. Zum Glück ist die Haustür nicht verschlossen. Langsam gehe ich zurück in die Gasse und sehe vorsichtig in beide Richtungen. Draußen ist es unerträglich heiß. Im Haus dagegen war es angenehm kühl.

➡ Tom steht wieder in der Gasse: 178

208

Hier endet der Schacht, der zur Vorkammer mit den Vorräten führt. Wieder stehe ich an der Kreuzung.

➡ Tom geht nach links: 184

➡ Tom geht nach rechts: 55

➡ Tom geht geradeaus: 334

209

➡ Tom hat Ramses leider nicht die Namen der wahren Entführer genannt: 19

210

 – Um niemanden zu erschrecken, klopfe ich leise an die Haustür. Es scheint keiner da zu sein. Ich versuche es gleich noch einmal, jetzt aber etwas kräftiger. Doch niemand macht auf.

➡ Tom steht wieder in der Gasse: 69

211

Ich weiß nicht, was ich ihm bei unserem Gerangel angetan habe, aber er liegt bewusstlos am Boden. Trotz meiner Angst, ihn schwer verletzt zu haben, muss ich meine Spuren verwischen. Sollte er mich zu einem späteren Zeitpunkt wieder erkennen, ist es Essig mit meiner Mission. Schlimmer noch wäre es, wenn die Wachen von diesem Vorfall erführen und die Kontrollen verstärkten, weil sich ein Einbrecher im Dorf herumtreibt. Wenn das Glück auf meiner Seite ist, habe ich noch ein Fläschchen mit dem Magiepulver »Gedankenverlust« in meinem Rucksack.

| Tom entschrumpft den Rucksack.

➡ Tom hat noch Magiepulver »Gedankenverlust« in seinem Rucksack und wendet es an: 237

➡ Tom hat kein Magiepulver »Gedankenverlust« mehr in seinem Rucksack: 331

212

Nun bin ich schon so vielen Ägyptern begegnet und niemand scheint zu bemerken, dass ich eigentlich nicht hierher gehöre. Vielleicht sollte ich in dieser Gasse Erkundigungen einziehen. Denn die Männer, mit denen Ameni hätte zurückkehren müssen, könnten etwas wissen. Wenn ich Glück habe, finde ich den einen oder anderen Kollegen von ihm. Ob ich einfach mal an einer der Haustüren klopfe?

➡ Tom will in dieser Gasse die Bewohner nach Ameni befragen: 287

➡ Tom geht weiter: 283

➡ Tom kehrt wieder um: 300

213

»Sei gegrüßt, Kamose!«

Nur sehr langsam hebt der Greis eine Hand, um seine Augen vor dem blendenden Sonnenlicht zu schützen. Es dauert, bis er mein Gesicht einordnen kann. Schließlich grinst er freudig überrascht und klopft mit der anderen Hand auf seine Brust.

»Tom, mein chwachech Herch hüpft vor Freude, dach meine Augen dich erblicken. Welchech Leid treibt dich chu mir?«

»Der Wunsch nach einer kleinen Verschnaufpause.«

Kamose sieht mich ernst an und fragt besorgt: »Cholltecht du meine Dienchte alch Heilkundiger nutchen wollen?«

»Nein danke, es geht mir gut. Zumindest fühle ich mich wohl.«

»Dann werde ich uncher Wiederchehen mit einem Becher kühlen Bierech feiern. Darf ich dir auch einen Becher reichen?«

Schnell winke ich ab. Bloß kein Bier. Ich kenne Kamose bereits und weiß, dass er außer Bier keine anderen Erfrischungsgetränke in seinem Haus bevorratet. Der alte Ägypter reicht mir seine knöcherne Hand. Ich stütze ihn, während er sich schwerfällig und mit großer Mühe erhebt. Mit langsamen Schritten schlurft er ins Haus hinein. Er gibt mir mit einem kurzen Wink zu verstehen, dass ich ihm folgen soll. Während Kamose im Nebenraum verschwindet, nehme ich auf seiner Matte in der Mitte des Vorraumes Platz.

➡ Tom nutzt die Gelegenheit und erfrischt sich mit Trinkwasser aus seiner Feldflasche: 307, danach 204

214

Nun, dann will ich mal mein Glück versuchen. Bei drei nehme ich Anlauf und springe. Eins! . . . Zwei! . . . Drei! . . . und los!

| Tom bleibt nichts anderes übrig als all seinen Mut zusammenzu-

nehmen und zu versuchen den Abgrund mit einem gewagten Sprung zu überwinden.

➡ Tom springt mit 5 bis 15 Stärkepunkten: 139

➡ Tom springt mit 20 bis 65 Stärkepunkten: 245

➡ Tom springt mit 70 bis 100 Stärkepunkten: 112

215

Vor mir liegt der lange, öde, schattenarme Wüstenpfad in das Grabarbeiterdorf Deir el-Medineh. Zum Glück führt der Weg am Basar und am Haus des Magiers Nefer vorbei. So kann ich mich bei Bedarf mit Magiepulvern oder anderen wichtigen Dingen eindecken. Und wenn ich amulettierte – das Wort stammt von mir – Skarabäen in meinem Rucksack habe, kann ich sie ebenfalls gleich in Bares umsetzen, oder?

Mittlerweile fühle ich mich recht heimisch in dieser Zeit, beinahe dreitausenddreihundert Jahre vor meiner Geburt. Abgesehen von der fast unerträglichen Hitze macht es großen Spaß, auf einem Wüstenpfad des alten Ägyptens entlangzuspazieren und die freundlichen Grüße der Leute zu erwidern. Ich erinnere mich an vieles, was ich über das Alltagsleben der alten Ägypter gelesen habe. Vor meiner Reise war ich in der Bücherei und habe mir mindestens dreißig Bücher über das alte Ägypten angesehen.

Auf dem langen Weg zwischen Oase und Dorf, der auf einer geschützten Anhöhe entlangführt, haben Handwerker und einfache Getreidebauern ihre schlichten Häuser und Werkstätten aus gepressten Lehmziegeln und Kalkstein errichtet. In einem Hinterhof hängt gefärbtes Leinen zum Trocknen aus. Muskulöse junge Ägypter schieben einen Handkarren, schwer beladen mit Steinkrügen, Leinentuch und Papyruspflanzen, vor sich her.

Die meisten Häuser sind nicht begrünt. Nur einige Häuser höher

gestellter Persönlichkeiten haben eine Schatten spendende Dachterrasse und einen farbenprächtigen Garten. Es sind Oasen der Ruhe, in denen voll belaubte heilige Sykomoren, Dumpalmen und Akazienbäume stehen und Blumen, die ich in meinem ganzen Leben noch nicht gesehen habe. In diesen Häusern wohnen Ägypter, die hohes Ansehen genießen – Zeremonienmeister, Priester, königliche Hofschreiber, eben solche, die sich den Luxus leisten können. Diese Leute haben natürlich auch Hausangestellte, wie zum Beispiel Hausverweser – das sind Hausverwalter, merkwürdiger Name, oder? –, Köche, Gärtner. Wie schon im Dorf sind auch hier die kleinen Kinder unbekleidet und haben einen kahl geschorenen Kopf. Die Jugendlichen meines Alters tragen einen Lendenschurz – zum Glück! –, der Oberkörper ist allerdings sowohl bei Jungen als auch bei Mädchen nackt. Jugendliche haben zwar auch eine Glatze, allerdings sind sie nicht komplett haarlos. Sie tragen Jugendlocken. Diese Seitenlocken sind entweder einfach herunterhängende Haarbüschel oder kunstvoll geflochtene Zöpfe. Mit zwölf Jahren sind Mädchen heiratsfähig, Jungen erst mit vierzehn. Irre, was ich alles aus den Büchern gelernt habe, oder? Hoffentlich bin ich bald da. Ich verbrenne noch in der glühenden Sonne. Die Luft ist zum Zerschneiden dick. Vielleicht hilft es, wenn ich etwas Wasser trinke.

➡ Tom macht eine Pause und trinkt frisches Trinkwasser aus seiner Feldflasche: 307, danach 259

216

Auf dem Opfertisch liegen wenige Opfergaben. Eine Steinvase, die nach unten hin schmal wird, steht auf einer Art metallenem Ständer, der sie vor dem Umkippen schützt. Eine kleine Schale mit Salböl und ein Gebinde aus Lotosblüten liegen dort. Eigentlich

nichts Besonderes. Für den Toten in diesem Grab sicher wichtige Utensilien auf seiner Reise in die Ewigkeit. Ich gehe einige Schritte weiter zur Stele. Sie steht direkt neben dem Opfertisch. Mein Blick fällt auf drei besonders hervorgehobene Schriftzeichen .

Vielleicht handelt es sich um einen geheimen Hinweis. Am besten ich pause mir die Symbole mit einem Bleistift und einem großen Blatt Papier ab.

> Tom entschrumpft den Rucksack und nimmt einen Bleistift und seinen Notizblock heraus. Er paust die Hieroglyphen mit den Zahlzeichen ab, legt alles zurück in den Rucksack und schrumpft ihn wieder ein.

Mag sein, dass ich mir die Mühe umsonst gemacht habe, aber man kann ja nie wissen.

> Tom steht wieder auf dem Ritualplatz der Grabanlage: 9

217

Wieder erklingt die mächtige Stimme Hathors: »Meine grenzenlose Macht über das ewige Leben endet mit der Erfüllung deines letzten Wunsches. So bist du von nun an auf dich allein gestellt.«

He, was passiert jetzt? Nein, bitte nicht! Ein gleißender weiß leuchtender Strahl steigt aus der Pupille des Wedjat-Amuletts. Er ist so hell, dass ich die Augen zusammenkneifen muss. Plötzlich spüre ich, wie das Amulett sich in meiner Hand aufzulösen beginnt. Ich bin wie gelähmt. Unfähig etwas zu sagen, geschweige denn zu denken. Mein Kopf ist leer und mein Herz brennt wie Feuer. Erst jetzt wird mir klar, was dieser Moment für mein weiteres Leben bedeutet. Wie soll ich ohne das Amulett die Gefahren bestehen, die in der mir immer noch sehr fremdartigen Welt auf mich lauern?

Toms Wedjat-Amulett löst sich auf.

~~»Wedjat-Amulett«~~

218

Plötzlich spüre ich heftige Seitenstiche. Ich muss mich hinsetzen, mich ausruhen, mich entspannen. Ah, da vorne unter den Dattelpalmen ist ein schattiges Plätzchen. Mühsam schleppe ich mich rüber. Immer wieder muss ich Speichel ausspucken, der sich in meinem Mund ansammelt. Bei den Bäumen angekommen, lasse ich mich in den weichen Sand plumpsen und lehne mich erschöpft gegen den Stamm einer Palme. Meine Gedanken kreisen nur um ein Thema – Wasser. Meine Kehle schreit regelrecht danach.

Tom entschrumpft den Rucksack und nimmt die Feldflasche heraus.

➡ Tom hat kein Trinkwasser mehr (0 Schlucke) in seiner Feldflasche: 82

➡ Tom hat noch ausreichend Trinkwasser in seiner Feldflasche: 179

219

Ich lege den Deckel wieder zurück auf den Korb mit den Zwiebeln.

➡ Tom sieht auch in die anderen Körbe: 254

➡ Tom sieht sich weiter in der Vorkammer um: 345

220

Gut, dass ich zum Frühstück das Sportlermüsli zusammen mit fettarmer Vollmilch gegessen habe. Sonst hätte ich ziemlich alt ausgesehen. Also gut, wenn's sein muss . . .
Kommt nur her, ich zeige euch gleich, wie es klingt, wenn Gruftiknochen knacken und Backenzähne aus dem Gebiss flutschen. Dank meiner schlanken Linie bin ich wendig und kann ziemlich schmerzhaft zubeißen, treten, stoßen, boxen, Schienbein massakrieren, kratzen und all das, was Winnie von seiner kleinen Schwester, dieser unausstehlichen Kratzbürste, gelernt hat. Nun, ich weiß das. Es gab Zeiten, da stand ich neben Winnie und habe förmlich mitgelitten. Gott sei Dank haben wir zu Hause nur einen Kaktus, der reicht mir.

Tom wehrt sich mit all seiner Kraft gegen die beiden angreifenden Ägypter.

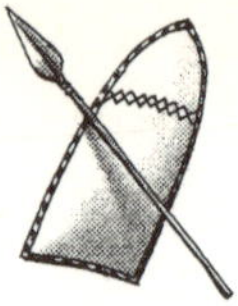

»Zwei ältere Ägypter, Stärke 6«

➡ Tom gewinnt tatsächlich den Kampf und es gelingt ihm, den beiden Ägyptern zu entkommen: 88

➡ Tom verliert den Kampf. Es gelingt ihm nicht, den beiden Ägyptern zu entkommen: 274

221

!

»Geheimschacht«

Cool, es hat geklappt. Als würden zwei schwere Mahlsteine aneinander gerieben, bewegt sich der schwere Granitblock wie von Geisterhand bewegt zunächst ein Stück zurück und anschließend zur Seite. Er gibt einen langen finsteren Schacht frei. Gerade will ich loslaufen, da hält Ameni mich zurück. Mit aller Kraft gelingt es ihm, eine der Fackeln aus ihrer Verankerung zu lösen: »Lass mich vorgehen. Ich leuchte uns den Weg.«
Wir laufen los. Amenis Fackel spendet gerade genug Licht, dass ich erkennen kann, wohin ich meinen Fuß setze. Plötzlich bleibt Ameni stehen, dreht sich zu mir um und sagt: »Vor uns liegt ein Schacht. Er führt in den Tempelgarten. Sein Ende ist mit einer schweren Holzplatte verschlossen. Wenn wir dort hinausgehen, sei wachsam! Jeder, der dir begegnet, könnte einer der Entführer sein.«
Na, dann wollen wir mal. Ameni gibt mir mit einem Handzeichen zu verstehen, dass ich zuerst den hohen Schacht hinaufklettern

muss. An den Wänden des Schachts sind schmale Einbuchtungen, an denen wir mit unseren Händen und Füßen Halt finden. Oben angekommen, schiebe ich mit allerletzter Kraft die Holzplatte zur Seite. Ameni und ich landen in einer dicht bewachsenen Ecke des Tempelgartens.

Tom hat Mühe den Schacht hinaufzuklettern und die Abdeckung aus Holz zur Seite zu schieben. Er verliert an Stärke.

»–10«

➡ Tom wartet, bis auch Ameni aus dem Schacht geklettert ist: 141

222

Ah, gleich habe ich mein Ziel erreicht. Da vorne befindet sich die Grabanlage. Wenn es nur nicht so heiß wäre. Schnell gönne ich mir noch eine Erfrischung.

➡ Tom gönnt sich einige Schlucke frisches Trinkwasser: 307, danach 70, wenn er zur Grabanlage, oder 318, wenn er nach Deir el-Medineh geht.

223

Mit den Händen schöpfe ich Wasser aus dem Korb. Gierig schlürfe ich das kühle Nass. Ah, tut das gut. Und bei dieser Hitze macht es auch nichts, dass es einen leicht fauligen Geschmack hat. Saft oder Orangenbrause wäre mir zwar viel lieber, aber das würde mir nur noch mehr Durst machen.

Tom trinkt durch Spulwürmer verunreinigtes Trinkwasser. Daher verliert er an Gesundheit.

»–50«

➡ Tom hat 0 Gesundheitspunkte: 33

➡ Tom hat mehr als 0 Gesundheitspunkte: 67

224

Ein junger Ägypter, ungefähr in meinem Alter, öffnet die Tür. Freundlich lächelt er mich an und fragt: »Du wünschst den Magier zu sprechen?«

➡ Tom wünscht den Magier zu sprechen: 158

➡ Tom wünscht den Magier nicht zu sprechen: 135

225

»Oh, verzeih mir. Ich habe nur den Sarkophag bewundert. Es war nicht meine Absicht zu stören.«

Einen Augenblick herrscht Schweigen. Begierig warte ich auf eine Regung, eine wohlwollende Geste, dass er meine Entschuldigung annimmt.

»Dein Handeln ist unverzeihlich«, hallt es von den Wänden wider. Ich hätte wohl doch lieber abhauen sollen, denn in diesem Moment spüre ich, dass ich meine Beine nicht mehr bewegen kann. Ich klebe förmlich am Kalksteinboden.

Seine Augen beginnen rot zu leuchten und eine Art Lichtwolke er-

füllt die Kammer. Ein stechender Schmerz schießt durch jede Faser meines Körpers. Als sich die rötlich glühende Lichtwolke auflöst, falle ich geschwächt zu Boden.

Tom wurde von Seth, dem Gott der Unterwelt, angegriffen. Er verliert an Stärke.

»–5«

Zu meiner Überraschung hat der Angriff Seths nicht nur mich Kraft gekostet, auch ihn selbst hat das Anwenden seiner Zauberkraft geschwächt.

➡ Tom besitzt Magiepulver und wehrt sich gegen die Angriffe Seths: 53

➡ Tom besitzt entweder kein Magiepulver oder er flüchtet trotz Magiepulver vor Seth: 157

226

»Es tut mir Leid, dass ich dir nicht weiterhelfen kann.«

Der Ägypter hebt eine Hand und sagt freundlich lächelnd: »Ich weiß deine Hilfsbereitschaft zu schätzen. Aber ich bin mir sicher meinen eigensinnigen Freund früher oder später dazu bewegen zu können, mir zu folgen. Das ist mir bis jetzt noch immer gelungen.«

Auch ich hebe zum Gruß die Hand, klettere über den steinigen Hügel zurück auf den Wüstenpfad und setze meinen Weg fort.

➡ Tom setzt seinen Weg in Richtung Pyramide fort: 325

227

Nun, Winnie würde mich glatt für verrückt halten, aber wenn ich mich richtig erinnere, sind Kobras allergisch gegen Zwiebelduft. Der einzige Haken an der ganzen Sache ist, dass ich anschließend höllisch nach Zwiebeln stinken würde.

➡ Tom hat mindestens eine Zwiebel dabei und wagt es, in die Holzkiste zu greifen: 56

➡ Tom hat mindestens eine Zwiebel dabei, wagt es aber nicht, in die Holzkiste zu greifen, oder er hat keine Zwiebeln dabei: 133

228

War das köstlich! So, auf geht's. Es ist nicht mehr weit bis zur Oase.

➡ Tom hat endlich die Oase erreicht: 355

229

Tom fehlt entweder ein nützlicher Gegenstand, ein wichtiger Hinweis, ein helfendes Magiepulver oder ein lebensrettendes Heilpulver. Damit ist sein trauriges Schicksal besiegelt und das Abenteuer an dieser Stelle leider schon zu Ende: 87

230

Hier im unterirdischen Vorratslager ist es angenehm kühl. So bleiben ihre Lebensmittel bestimmt länger frisch. Mersu bewahrt hier wirklich eine Menge köstlicher Dinge auf. Das lässt auf den Reichtum des Vorarbeiters schließen. Auch das Mobiliar und die reich

verzierten Wohnräume sind Indizien dafür. Dort hinten in der rechten Ecke stehen Steinvasen. Sie lassen sich leicht öffnen. Duftet würzig. Auch in den anderen Vasen ist Bier. Scheint hier das Lieblingsgetränk zu sein. Ich jedenfalls finde es ekelhaft. Wie man nur solch eine Brühe trinken kann. He, und was ist mit den Körben hier? Sie sind bis oben hin mit leckeren Datteln und Feigen gefüllt. Irre, da sind ja auch Granatäpfel.

Hm, ich könnte eine Menge Deben sparen, wenn ich mich hier mit Stärkeproviant eindecken würde. Und mit meinem Schrumpfrucksack habe ich nicht einmal eine schwere Last zu tragen. Ob ich mich bediene? Merken würden es eh keiner.

➡ Tom verlässt die Vorratskammer und verzichtet auf Datteln, Feigen und Granatäpfel: 79

➡ Tom deckt sich mit Datteln, Feigen und Granatäpfel ein: 10

231

Schrittweise rückwärts gehend, nähere ich mich der Mauer. Ich bemühe mich beiläufig hinunterzusehen, um die Höhe abzuschätzen. Ih, ist das hoch. Doch es hilft nichts, wenn ich diesem Schlamassel entkommen will, muss ich springen.

Ich mache einen Satz auf den Jungen zu und stoße ihn mit aller Kraft zu Boden. Im selben Moment hüpfe ich auf die Mauer. Dann baumle ich auch schon auf der anderen Seite. Hoffentlich kommt der junge Ägypter nicht auf die blöde Idee mir auf die Finger zu treten, so wie sie das in billigen Hollywoodstreifen machen.

Es hilft alles nichts, ich schließe die Augen und springe. Etwas unsanft lande ich auf dem harten Boden der Gasse. Im gleichen Augenblick zieht ein stechender Schmerz durch meine Wade. Ich muss mir meinen Fuß verstaucht haben. Während ich noch die

schmerzende Stelle mit der Hand reibe, kommt auch schon der Junge laut um Hilfe rufend aus dem Haus gelaufen.

➡ Tom besitzt das Wedjat-Amulett:
34, danach 265, danach 110

➡ Tom besitzt das Wedjat-Amulett nicht: 339

232

He, war nicht so schwierig, wie ich es vermutet habe. Schade, dass Winnie das nicht gesehen hat. Für so sportlich hätte er mich bestimmt nicht gehalten.

Der Sprung über den Abgrund kostet Tom Kraft. Er verliert an Stärke.

»–5«

➡ Tom will sich stärken: 149, danach 246

➡ Tom will sich nicht stärken: 246

233

Ich denke, ein goldener Ring mit blauem Edelstein dürfte als Erinnerungsstück ausreichen. So gierig nach Gold bin ich nun auch wieder nicht. Also, bevor ich es mir doch anders überlege, verschwinde ich lieber. Meine Hände zucken und jucken nur in dieser Schatzkammer, komisch, nicht? Also schnell wieder raus und zurück in den Schacht. Am Ende führt er nach links. An dieser Stelle lehnt eine Leiter an der Wand.

➡ Tom klettert die Leiter hoch: 118

➡ Tom geht links herum: 359

234

Anders als ich es erwartet habe, sehen mich die beiden dunkelhäutigen Nubier äußerst freundlich an. Einer von ihnen reicht mir sogar einen Granatapfel und sagt: »Hier, nimm diese Stärkung.«
Ich nehme das Obst an mich, beiße aber nicht hinein. Es könnte ja vergiftet sein. Ich sollte den beiden nicht so ohne weiteres trauen.
Mehr mitleidig als neugierig sehen sie mich an und fragen: »Weshalb kriechst du durch diese Einöde? Reichen deine Kräfte nicht aus, auf zwei Beinen zu gehen?«
»Ach, danke. Es geht mir gut.«
Der zweite Nubier scheint mir nicht zu glauben. Er mustert mich von Kopf bis Fuß. Langsam bekomme ich ein flaues Gefühl im Magen.
Doch da zeigt er auf meine Hände und fragt: »Sag, hast du ohne Wasser und Proviant die Wüste durchquert? Es hätte dich dein Leben kosten können.«
Hoppla, haben sie tatsächlich Mitleid mit mir? Nun ja, würden sie sonst so viele Fragen nach meinem Wohlbefinden stellen?
»Ich komme von der Oase und bin auf dem Weg ins Dorf.«
Einer der beiden Nubier flüstert seinem Begleiter etwas ins Ohr, was ich auf diese Entfernung leider nicht verstehen kann. Schließlich wendet er sich mir zu und sagt: »Wir sind Händler. Unser Ziel ist der Basar. Es steht dir frei, uns zu begleiten. Auf einem unserer Kamele ist noch Platz. Dort könntest du bei Obst und einer Ration Trinkwasser wieder zu Kräften kommen.«

➡ Tom nimmt das Angebot der Nubier an: 199

➡ Tom nimmt das Angebot der Nubier nicht an. Er will allein weitergehen: 350

235

Mist, was habe ich nur angestellt! Weshalb habe ich nicht den Mumm gehabt, Iset die Wahrheit zu sagen? Doch bevor ich überhaupt die Gelegenheit habe, meine feige Lüge zu entschuldigen, wendet sich die junge Ägypterin bereits mit einem unverkennbaren Ausdruck von Enttäuschung von mir ab.

Ich plappere irgendeine Art von Entschuldigung, aber es ist wohl zu spät. Ich hätte erst nachdenken, dann reden sollen.

Iset steht regungslos da, mit dem Rücken zu mir gewandt, ohne ein Wort zu sagen. Erst nach einer Weile sagt sie mit leiser brüchiger Stimme: »Mein Herz ist schwer. Du hast mich enttäuscht. Ich bin traurig, dass ich in dir einen Helfer in der Not gesehen habe, wo keiner ist.« Sie geht in den Vorraum und kehrt nach einem kurzen Moment mit meinem Cap, meinem T-Shirt, meiner kurzen Jeans, meinen Socken und Turnschuhen zurück.

»Bitte kleide dich um und verlasse mein Haus. Ich muss mich selbst auf die Suche nach meinem Mann begeben.«

Sie geht und lässt mich einfach stehen. Es hat keinen Sinn, noch ein Wort über diese Angelegenheit zu verlieren. Es würde alles nur noch verschlimmern. Ich sollte schleunigst verschwinden.

> Tom entschrumpft den Rucksack.

Ich krame im Rucksack nach Zeitmaschinenkompass und Sichtbarkeitspulver. Mit dem Kompass orte ich den Standort der Zeitmaschine. Lange suchen muss ich nicht, sie steht direkt vor meiner Nase. Ich verteile eine kleine Prise des Sichtbarkeitspulvers.

> Tom streut eine Prise Sichtbarkeitspulver in Richtung der Zeitmaschine.

Bereits nach wenigen Sekunden wird sie sichtbar. Ich öffne das Vorhängeschloss an der Eingangsluke und verstaue den Rucksack hinter dem alten Kinosessel. Beladen mit einem schlechten Gewissen steige ich ein. Mit einem lauten Zischen schließt sich die Luke. Während mein Blick flüchtig über das beleuchtete Kontrollpult

gleitet, schwöre ich mir bald zurückzukehren, um Ameni zu befreien und Ramses vor einer Entführung zu bewahren. Denn beim nächsten Mal werden Iset und ich uns erneut zum ersten Mal begegnen. Schließlich komme ich aus der Zukunft.

236

»Äh, du bist ein guter Freund, der mir all seine Deben schenken will.« Grins.
Der arme Kerl wirkt etwas überfordert. Verwirrt schüttelt er den Kopf. Doch wie es aussieht, glaubt er mir. Auch nicht schlecht. Verschämt flüstert er: »Oh, das tut mir Leid. Ich habe es vergessen. Zum Glück hast du mir auf die Sprünge geholfen.«
Na, wenn er wüsste!
»Und ich habe dir alle meine Deben versprochen?«
He, was ist los mit ihm? Glaubt er mir nicht? Nun, das wird sich gleich ändern.
»Ja, ein Freund wie du . . .« Schleim! ». . . lässt mich nicht im Stich, wenn meine armen hungrigen Kinder nicht einschlafen können . . .« Hundeblick! ». . . weil ihre kleinen Mägen so laut knurren!« Wimmer! Na, klingt das nicht überzeugend? Man kann ihm förmlich ansehen, wie es in seinem Gehirn rattert. Soll er nur. War ich nicht eben in einer ähnlichen, dafür aber gefährlicheren Lage? He, jetzt greift er nach einem Leinenfaden, den er sich um den Bauch gebunden hat. Er holt ein kleines Täschchen hervor, öffnet es und reicht mir den gesamten Inhalt. Das sind wohl alle seine gesparten oder geklauten Deben. Schlechtes Gewissen? Ich? Keineswegs. Immerhin wollte er mir ans Leder. Sagen wir, es ist eine Art Schmerzensgeld.

| Tom erhält vom Fremden alle seine Deben.

| »Lederner Geldbeutel, +20«

Der arme Verbrecher steht jetzt da, verunsichert um sich blickend, als hätte er sich in einem tiefen Wald verlaufen.
»Wo bin ich?« Was sage ich nur? Ah, ich habe eine gute Idee.
»Du bist in meinem Haus. Du solltest schnell wieder nach Hause gehen. Ich danke dir für dein großzügiges Geschenk.«
Um ihm die Entscheidung zu erleichtern, halte ich ihm die Haustür auf. Mit entgeistertem Blick tritt er hinaus in die Gasse und marschiert los, ohne sich noch einmal umzusehen. Auch mich hält hier nichts mehr. Ich gehe ebenfalls hinaus und schließe die Haustür hinter mir zu. Eines ist sicher, dieses Haus betrete ich kein zweites Mal.
➡ Tom steht wieder in der Gasse: 178

237

Den gesamten Inhalt des Fläschchens leere ich auf meine flache Hand. Einen kurzen Augenblick sehe ich in sein schlafendes Gesicht und schäme mich ihn verletzt zu haben. Immerhin bin ich unerlaubt in sein Haus eingedrungen. Leise flüstere ich: »Tut mir Leid, aber es muss sein«, und puste ihm das Magiepulver »Gedankenverlust« ins Gesicht. Jetzt wird er sich nicht mehr an mich erinnern.
| Tom schrumpft den Rucksack.
Ich springe auf, renne durch den Vorraum zur Haustür und schließe sie eilig wieder hinter mir ab. Erst einige Meter weiter bleibe ich stehen und drehe mich noch einmal um. Nichts rührt sich. Puh. Der alte Ägypter, der immer noch im Schatten der Häuserecke

sitzt, scheint von alledem nichts mitbekommen zu haben. Er döst friedlich vor sich hin und saugt ab und zu an seiner Wasserpfeife. Ob ich mich stärken sollte, bevor ich meinen Weg fortsetze?

➡ Tom will sich stärken: 149, danach 92

➡ Tom will sich nicht stärken: 92

238

Die Kultkammer der größeren Pyramide ist gerade mal so hoch, dass darin ein Mensch aufrecht stehen kann. Allerdings wäre es nicht möglich, die Arme auszustrecken, dazu ist die Kammer zu schmal.

Bereits nach sieben großen Schritten habe ich das Ende der Kammer erreicht. Hier drinnen gibt es nichts zu sehen. Deshalb mache ich auf der Stelle kehrt. Gerade als ich den ersten Schritt in Richtung Ausgang machen will, höre ich Stimmen!

Ich bin nicht mehr allein. So leise wie möglich nähere ich mich dem Ausgang. Nur eine alte Ägypterin ist zu sehen. Sie trägt eine schwere schwarz glänzende Perücke und ein Kleid aus feinem Leinen. Wahrscheinlich befindet sie sich in Trauer, denn sie steht auf der gegenüberliegenden Seite des Ritualplatzes am Opfertisch und stellt eine Steinvase mit Dattelwein und ein Gebinde aus Lotosblumen darauf. Sie führt Selbstgespräche. Vielleicht unterhält sie sich mit dem Verstorbenen. Hoffentlich bleibt sie nicht allzu lange hier. Seltsam, bei diesem Anblick muss ich sofort an Ameni denken. Nein, so weit darf es nicht kommen. Ich werde Ameni finden, lebendig.

Erneut blicke ich um die Ecke. Schnell ziehe ich meinen Kopf zurück und lehne mich gegen die kühle Wand der Kammer. Die trauernde Frau geht jetzt in die Mitte des Vorhofes. Zu meinem Erstaunen schafft sie es, die schwere Holzplatte zur Seite zu ziehen.

Die Platte gibt einen verborgenen Schacht frei. Er führt in die innere Grabanlage zum Sarkophag mit dem mumifizierten Toten. Trotz ihres hohen Alters klettert die Frau mühelos in den Schacht hinein. Und nun? Soll ich heimlich verschwinden oder doch lieber abwarten, bis die Ägypterin gegangen ist?

➡ Tom nutzt den günstigen Moment, um die Grabanlage heimlich zu verlassen: 43

➡ Tom wartet lieber, bis die Ägypterin gegangen ist: 130

239

Dieser recht kurze, vom Schein der Fackeln erhellte Schacht führt in eine etwas dunklere Vorkammer.

➡ Tom betritt die Vorkammer: 304

➡ Tom kehrt wieder um: 208

240

Ich kann nicht einschätzen, wie lange ich in der prallen Sonne gelegen habe. Aber nach meiner Haut zu urteilen, dürfte es viel zu lange gewesen sein. Dabei habe ich mir einen Sonnenbrand eingehandelt. He, die Nubier sind längst weitergezogen. Schnell springe ich hoch und setze ebenfalls meinen Weg fort.

| Tom verliert durch den Sonnenbrand an Gesundheit.

| »–10«

➡ Tom hat 0 Gesundheitspunkte: 33

➡ Tom geht in Richtung Grabanlage: 64

➡ Tom geht in Richtung Oase: 80

241

Hier im schattigen Vorraum seines Hauses brennt die Flamme einer Öllampe. Sie steht auf einem hohen Ständer neben der Matte. Im Schein der goldgelben Flamme sieht der alte Ägypter recht erhaben aus mit seiner schulterlangen tiefschwarzen Perücke, deren Glanz ganz und gar nicht zu seinem Alter passt. Er betrachtet mich einige Augenblicke neugierig, dann fragt er: »Wie icht dein Name, auch welchem Hauch chtammcht du?«

»Ich heiße Tom, Tom Traveller. Unser Haus steht in der Ilse-Schreckschraub-Straße.«

Er sieht mich verständnislos an. Da fällt mir siedend heiß ein, dass ich mich nicht verplappern darf. Um den gastfreundlichen Alten nicht weiter zu verwirren, sage ich schnell: »Ah, du meinst meine Familie. Nun, ich stamme aus dem Haus der Müllers.«

Er nickt verständig, obwohl ich seinen Augen ansehe, dass er meinen Nachnamen nicht so recht einordnen kann. Aber er hakt auch nicht weiter nach, sondern sagt nachdenklich: »Ah, cholch ein Name icht mir bichlang noch nicht begegnet. Ich heiche Kamoche. Ich bin Magier und Archt. Meine Heilkuncht bechrängt chich auf die Einheit wichtiger Organe deiner chterblichen Hülle, kurch gechagt auf Herch und Magen. Chag, bicht du chu mir gekommen, um dich von meinen Heilkünchten chu übercheugen? Bicht du gechwächt durch quälendech Leiden und benötigcht dringendcht Michturen, um deinen Leiden ein Ende chu chetchen? Haben böchartige Chlangen deinen jungen Körper heimgechucht? Nun denn, lach unch nicht lange warten. Ich heile dich. Nenne mir deine Bechwerden.«

Donnerwetter, das hätte ich nie erraten – Kamose ist Arzt. Was er wohl in seinen Gefäßen und in den Körben aufbewahren mag? Hier drinnen duftet es nach allem, nur nicht nach Heilkräutern. Vielleicht steht deshalb die Haustür sperrangelweit auf. Der arme Kamose würde glatt am Gestank seiner eigenen Mixturen ersticken, was immer es auch ist. Schon als ich ihm ins Haus folgte, nahm ich diesen stechenden Geruch wahr.

Schnell winke ich ab und antworte mit einem gequälten Lächeln: »Nein, danke. Es geht mir gut, wirklich. Die Hitze macht mir zu schaffen. Aber hier drinnen im Haus ist es angenehm kühl.«

Schon springt der Alte auf und murmelt: »Nein, wo bin ich nur mit meinen Gedanken. Möchtecht du dich erfrichen? Ich werde mir einige kühlende Chlucke meinech eigenhändig gebrauten Chüchbierch genehmigen. Darf ich dir auch einen Becher reichen?«

Ich schüttele den Kopf, denn wenn ich ihn richtig verstanden habe, hat er mir soeben Süßbier angeboten. Bloß nicht.

»Äh, ich habe keinen Durst. Danke.«

Kamose nickt nur kurz und geht weg, um sich eine kleine Erfrischung zu gönnen. Entweder stand bereits ein gefüllter Becher bereit oder er hat direkt aus einer Steinvase getrunken, denn es dauert nicht lange, da kehrt er bereits mit seinem typisch schlurfenden Gang zu mir in den Vorraum zurück. Ich sitze immer noch fassungslos auf der Matte und starre auf die vielen Gerätschaften, mit denen sich die Kranken dieses Dorfes behandeln lassen müssen. Allein bei diesem Anblick läuft mir ein kalter Schauer über den Rücken.

Die leicht geröteten Augen des Arztes verraten, dass er sich einen sehr großen Schluck seines Gebräus genehmigt haben muss. Leicht angesäuselt setzt er sich neben mich auf die Matte und fragt erheitert: »Chag mir, wechhalb hattecht du cholche Eile, mein Hauch chu betreten? Plagt dich ein Chmerch, von dem ich dich mit meiner Heilkuncht befreien darf?«

»Nein, ich bin gesund. Gott sei Dank. Ich brauche keine Medikamente.«
Kamose sieht mich prüfend an. »Bicht du denn auch auchreichend mit Heilpulvern eingedeckt? Du weicht, die giftigen Tiere der Wüchte lauern überall.« Er lacht: »Oder bicht du etwa unempfindlich gegen Chlangenbiche und Chkorpionchtiche?«
Oje, daran habe ich ja überhaupt noch nicht gedacht. Aber er hat Recht. Was mache ich nur, wenn ich von einer Kobra gebissen oder von einem Skorpion gestochen werde? Zaghaft schüttele ich den Kopf und frage erstaunt: »Willst du etwa behaupten, es gibt Heilmittel gegen Kobrabisse, Skorpionstiche und so weiter?«
Ohne meine Frage zu beantworten, springt er auf und verschwindet erneut im Nebenraum. Drüben ist es so dunkel, dass ich von meinem Platz aus nicht erkennen kann, was er darin aufbewahrt. Doch da kehrt Kamose bereits mit einigen Steinfläschchen zurück.
»Du kanncht chie bei mir erwerben. Kobrabichheiler, Chkorpionbichheiler, Chkarabäuchbichheiler, Giftcherchetcher. Allech Antworten auf die Gefahren der Wüchte. Von mir erchonnen, hihihi. Nur Chwiebeln, die dich vor Angriffen wütender Kobrach bewahren, bekommcht du auf dem Bachar.«
Ob seine Pulver tatsächlich gegen giftige Bisse und Stiche derart lebensgefährlicher Tiere helfen?

➡ Tom hat noch ausreichend Deben. Er möchte Kamose Heilpulver abkaufen: 14

➡ Tom hat entweder keine Deben mehr oder noch ausreichend Heilpulver: 363

242

Weshalb gibt es hier auf dem Basar nur so viele interessante Dinge zu entdecken? Ich muss mir einfach die Zeit nehmen und mich umsehen.

➡ Tom möchte Granatäpfel kaufen: 250

➡ Tom möchte Feigen oder Datteln kaufen: 132

➡ Tom möchte Zwiebeln kaufen: 249

➡ Tom möchte etwas Gebackenes kaufen: 16

➡ Tom möchte frisches Trinkwasser kaufen: 312

➡ Tom hat keine Deben mehr oder möchte sich nicht weiter umsehen. Deshalb verlässt er den Basar: 93

243

Diese freie Stelle dürfte ein guter Platz sein, um die Skarabäen-Glücksbringer zum Verkauf anzubieten.

> Tom entschrumpft heimlich den Rucksack, nimmt die Skarabäen-Glücksbringer heraus und schrumpft ihn wieder ein.

Neben dem Stand eines der vielen Händler setze ich mich auf einen Stein. Die Skarabäen breite ich zu meinem Füßen auf dem ockerfarbenen Wüstenboden aus. Jetzt heißt es nur noch abwarten, bis sich jemand für meine Glücksbringer interessiert.

Doch gerade habe ich einmal Luft geholt, nähert sich bereits eine junge Ägypterin. Sie hat einen Überwurf aus feinem weißem Leinen um ihren zierlichen Körper geschlungen. Auf ihrem Kopf trägt sie eine schwarze Perücke. Oben auf der Perücke ist ein zuckerhutförmiger und mit Duftölen vermengter Talgblock befestigt, der in der Hitze schmilzt. Auf diese trickreiche Weise wird nicht nur der Glanz der Perückenhaare erhalten, sie verströmt auch einen angenehm blumigen Duft.

Das Mädchen ist etwas älter als ich. Wortlos nickt sie zur Begrü-

ßung und lächelt mich freundlich an. Sie überlegt nicht lange und greift nach einem besonders schönen Exemplar. Während sie es mir reicht, fragt sie beinahe schüchtern: »Wie viel ist dir dieser Glücksbringer wert?«

Oje, was soll ich ihr sagen? »Sechs Deben.«

Das Mädchen lächelt. Wahrscheinlich ist sie mit meinem Angebot zufrieden. Doch ich habe mich zu früh gefreut. Plötzlich beginnt sie, genau wie alle anderen Käufer hier, wild plappernd mit mir zu feilschen. Gut, wenn sie es unbedingt will. Aber mit dem Preis werde ich nicht einen Pups nachgeben. Ich werde zäh sein wie ein aufgewärmter Hamburger aus der Mikrowelle. He, meine Sturheit macht sie nur noch entschlossener, den Preis herunterzuhandeln. Na, meinetwegen.

➡ Tom feilscht mit der jungen Ägypterin um den Preis für einen Skarabäus-Glücksbringer: 41

244

An der gegenüberliegenden Wand führt ein Durchgang zu einem weitaus größeren Wohnraum. Davor stehen drei Vasen aus Stein. Einer dieser Vasen nehme ich den steinernen Verschluss ab und rieche daran. Es duftet nach Wein. Nein, das ist bestimmt nichts für mich. Ich verschließe die Vase und gehe hinüber in den größeren Raum. Holzvergitterte Fenster sorgen für ausreichende Helligkeit und genügend frische Luft. Die Wände sind mit weißem Kalkstein verputzt, ockerfarben gestrichen und mit einem aufwändigen Blumenornament versehen. Auf dem Boden liegen geflochtene Matten. An den Wänden aufgestellte metallene Ständer tragen mit Fett gefüllte Schälchen, deren Dochte nur während der dunklen Abendstunden angezündet werden. Auf einer aus Lehmziegeln gemauerten Erhöhung liegt eine Matte aus ge-

flochtenem Papyrus. Die hölzerne Kopfstütze daneben verrät, dass es sich um den Schlafplatz des Vorarbeiters handeln muss. In der Mitte des Raums stehen Stühle aus Rohrgeflecht vor einem kniehohen Tisch. In dem großen türenlosen Schrank an der rechten Wand bewahrt Mersu eine Unmenge Papyrusrollen auf. Direkt daneben auf dem Boden steht eine mit Blattgold und farbigen Hieroglyphen verzierte Truhe aus Holz. Von hier aus führen zwei Türen in weitere Nebenräume.

➡ Tom sieht sich im Wohnraum um: 324

➡ Tom geht in den linken Nebenraum hinein: 357

➡ Tom geht in den rechten Nebenraum hinein: 167

➡ Tom geht zurück in den kleinen Vorraum: 169

245

Hilfe, ich stürze! Äh, nicht? Wie? Ich hab's geschafft? Ha, ich bin drüben. Ich glaub es nicht. Im letzten Moment habe ich mich noch an der gegenüberliegenden Seite festhalten können. Wahnsinn! Angstschweiß rinnt an meinem Gesicht herunter. Wäre doch gelacht, wenn ich es jetzt nicht auch noch schaffen würde, mich hinaufzuziehen. Meine Hände sind nur so verschwitzt. Egal, ich muss es schaffen. Und noch einmal. Gleich hab ich's.
Gerettet. Schwester Ingrid, wo sind Beatmungsgerät, Pulsmesser und Herztabletten? Himmel, da habe ich aber ein sattes Meerschwein gehabt.

Der Sprung über den Abgrund und das Hinaufziehen kosten Tom Kraft. Er verliert an Stärke.

»–10«

➡ Tom will sich stärken: 149, danach 65
➡ Tom will sich nicht stärken: 65

246

Na, das war ja mal etwas, womit ich meine Sportlehrerein hätte beeindrucken können. He, dieser Schacht endet dort hinten in einer Linksbiegung. Plötzlich spüre ich wieder die eiskalten leblosen Hände einer wandelnden Mumie, die wie aus dem Nichts gekommen ist. Mit festem Griff umklammert sie meinen Hals. Sosehr ich auch zerre, trete und boxe, ihr scheint es in keiner Weise etwas auszumachen. Also hier hilft hier nur eine gesunde Portion Muskelkraft, mit einem Schuss Glück.

Tom versucht sich aus den Klauen der wandelnden Mumie zu befreien.

»Wandelnde Mumie, Stärke 2«

➡ Tom gewinnt den Zweikampf und schafft es, die steifen Hände der wandelnden Mumie von seinem Hals zu lösen.

»–5«

➡ Tom verliert den Zweikampf und schafft es nicht, die steifen Hände der wandelnden Mumie von seinem Hals zu lösen. Bevor er erstickt, lässt sie von allein wieder los.

»–5«

»–5«

➡ Tom möchte sich stärken: 149, danach 160, wenn Tom weitergeht, oder 189, wenn Tom umkehrt.

247

An einer entlegenen Stelle und vor den Blicken der Leute geschützt, nehme ich den ledernen Geldbeutel aus dem Rucksack.

Tom entschrumpft den Rucksack nimmt den ledernen Geldbeutel mit den Deben heraus, schrumpft den Rucksack zusammen und hängt ihn sich wieder um den Hals.

Hier auf diesem Basar gibt es keine festgelegten Preise, denn viele der Kunden stehen wild gestikulierend vor den Händlern und feilschen. Wahnsinn, was hier alles angeboten wird. Dafür würde ich in meiner Zeit nicht einmal mit der Hand zucken, um mein Portmonee aus der Hosentasche zu ziehen. Aber früher hatten die Menschen eben andere Bedürfnisse. Die hier angebotenen Waren reichen von Steinkrügen und Amuletten über Kleidung bis hin zu Datteln, Feigen, Zwiebeln, Granatäpfeln, Dumpalmenobst, Getreide und Fladenbrot. Auch Bier und Wein und sogar frisches Trinkwasser wird hier in Krügen angeboten. Mmm, wenn ich die Leckereien sehe, bekomme ich einen mächtigen Appetit.

➡ Tom möchte Granatäpfel kaufen: 250

➡ Tom möchte Feigen oder Datteln kaufen: 132

➡ Tom möchte Zwiebeln kaufen: 249

➡ Tom möchte etwas Gebackenes kaufen: 16

➡ Tom möchte frisches Trinkwasser kaufen: 312

➡ Tom hat keine Deben mehr oder möchte nichts kaufen. Deshalb verlässt er den Basar: 93

248

 – Auch bei diesem Haus ist der Name des Bewohners in den oberen Türbalken geritzt. Ich atme noch einmal kräftig durch, dann klopfe ich an die Tür. Niemand öffnet. Doch dann

fragt plötzlich von drinnen eine weibliche Stimme: »Wer ist da? Ich gebe nichts.«

Was soll ich nur sagen, damit sie mir die Tür öffnet und ich ihr ein paar Fragen stellen kann? Ah, ich hab's.

»Ich habe nur eine Frage. Wohnt hier Ameni?«

»Nein, hier ist das Haus von Menelaos. Hast du denn seinen Namen nicht über der Tür gelesen? Mach doch die Augen auf! Jetzt verschwinde, ich habe viel zu tun!«

➡ Tom will in dieser Gasse die Bewohner nach Ameni befragen: 303

➡ Tom geht bis zum Ende der Gasse: 260

➡ Tom kehrt um: 261

249

Will mich der Zwiebelhändler etwa betrügen? Bietet mir für drei Deben eine läppische Zwiebel an. Na, dann wird eben gefeilscht.

| Tom hat sich mit dem Zwiebelhändler über einen Preis geeinigt.

| »Der Würfel entscheidet.«

➡ Augenzahl 1, 3 oder 5:
Tom bezahlt für 1 Zwiebel 3 Deben.

➡ Augenzahl 2 oder 4:
Tom bezahlt für 1 Zwiebel 2 Deben.

➡ Augenzahl 6:
Tom bezahlt für 1 Zwiebel 1 Deben.

| »Lederner Geldbeutel, -?«

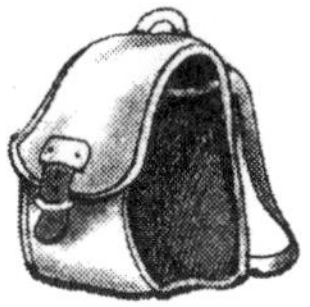

»Zwiebel, +1« (? = Anzahl der erwürfelten Deben)

➡ Tom sieht sich weiter auf dem Basar um: 242

➡ Tom möchte nichts mehr kaufen und verlässt den Basar: 93

250

Die Granatäpfel sehen zum Reinbeißen lecker aus. Trotz der Hitze läuft mir allein beim Anblick literweise Wasser im Mund zusammen. Der freundliche Granatapfelhändler hat also keine Mühe, mich als Kunden zu gewinnen. Kaum gedacht, startet er bereits einen Frontalangriff. Mit einer satten Portion Schmeichelschleim säuselt er breit grinsend: »Nun, Freund. Meine Augen erkennen deinen Heißhunger auf meine knackigen Äpfel. Sie sind die besten entlang des Nils.«

Wie eine halb verhungerte Hyäne stiere ich auf das saftige Obst. Deshalb ist es auch nicht verwunderlich, dass der freundliche Ägypter und ich uns ausgesprochen schnell über einen Preis einigen.

Tom hat sich mit dem Granatapfelhändler über einen Preis geeinigt.

»Der Würfel entscheidet.«

➡ Augenzahl 1, 3 oder 5:
Tom erhält für 2 Deben 2 Granatäpfel.

➡ Augenzahl 2 oder 4:
Tom erhält für 2 Deben 4 Granatäpfel.

➡ Augenzahl 6:
Tom erhält für 2 Deben 6 Granatäpfel.

| »Lederner Geldbeutel, –2«

| »Granatapfel, +?« (? = Anzahl der erwürfelten Granatäpfel)

| Tom überlegt, ob er sich gleich mit Granatäpfeln stärken oder sie lieber mitnehmen soll.

| »Granatapfel, –?«

| »+? mal 10« (? = Anzahl der Granatäpfel)

➡ Tom sieht sich weiter auf dem Basar um: 242
➡ Tom möchte nichts mehr kaufen und verlässt den Basar: 93

251

Die Bewohner dieses vornehmen Hauses scheinen hier ihren Unrat aufzubewahren. In den Ecken stehen große aufgestapelte Holzkisten. Auf der linken Seite liegt ein Haufen weißer Kalksteinscherben. Ob ich mir die Sachen genauer ansehen sollte? Die Leute sind allerdings sicher nicht erfreut, wenn sich ein Fremder auf ihrem Grundstück herumtreibt.

➡ Tom sieht sich die Kisten genauer an: 320

➡ Tom sieht sich die Kalksteinscherben genauer an: 364

➡ Tom verlässt den ummauerten Hinterhof und geht zur Gasse zurück: 115

252

He, das glaubt mir kein Mensch, dass ich im alten Ägypten, bei Schlangen, Skorpionen oder anderen gefährlichen Krabbel- und Schleichtieren, mit nacktem Oberkörper über den Wüstensand robbe. Nicht nur dass es höllisch anstrengend ist. Ich komme mir vor wie ein Grillhähnchen – von oben knusprig gebräunt und von unten sanft geschmort. Ich denke, am Bauch bin ich bereits gar. Autsch, ist das heiß. Nur blöd, dass der Sand auch noch an meinem verschwitzten Körper klebt. Ekelhaft! Ich werde nie wieder über den Sportunterricht von Frau Kletterbaum meckern. Sie heißt tatsächlich so.

Wenn ich nur nicht so langsam vorwärts käme. Igitt, jetzt weht mir der Wind auch noch feinen Wüstensand ins Gesicht. Da muss ich nur die Lippen gut zusammenpressen. Wenn ich doch ein Tuch dabeihätte. Das könnte ich mir umbinden und müsste nicht bei jedem Atemzug Sand schlucken.

➡ Tom hat ein Halstuch in seinem Rucksack: 348

➡ Tom hat kein Halstuch in seinem Rucksack: 293

253

Nein, schon wieder ein Schacht. Diesmal einer von der Sorte, die leicht ansteigen. Eine Qual für meine erschöpften Gelenke. Dazu ist dieser auch noch um einiges höher. Mindestens zehn Meter. Zum Glück brennen hier Fackeln an den Wänden. Er ist ungewöhnlich lang. Wie weit geht's denn noch bergauf? Ah, gleich bin ich am Ziel.

Wie? Hier ist Endstation? Ob dem Architekten der Pyramide an dieser Stelle die Ideen ausgegangen sind? Aber so nachlässig durften die Baumeister im alten Ägypten doch nicht sein? Da fällt mir ein, dass sie Blindschächte eingeplant haben, um Grabräuber in die Irre zu führen. Ich bin also drauf reingefallen. So'n Kack! Hab mich umsonst angestrengt. Also bleibt mir nichts anderes übrig, als diesen langen Schacht wieder zurückzulaufen.

Tom hat sich anstrengen müssen den ansteigenden Schacht entlangzugehen. Er verliert an Stärke.

»–5«

➡ Tom geht am Ende des Blindschachts geradeaus weiter: 316
➡ Tom geht am Ende des Blindschachts links herum: 340

254

➡ Tom sieht in den ersten Korb: 2
➡ Tom sieht in den zweiten Korb: 351
➡ Tom sieht in den dritten Korb: 17
➡ Tom sieht in den vierten Korb: 155

255

He, eines will ich hier gleich an Ort und Stelle klarstellen. Angst? Ich? Bin ich Winnies zickige Schwester? Niemals. Außerdem wüsste ich nicht, welche nennenswerten Chancen ich allein gegen drei Nubier hätte. Deshalb werde ich es mir ein wenig gemütlich machen und abwarten.

> Tom ist vor Erschöpfung eingeschlafen. Er hat sich ausgeruht und erhält einige Gesundheitspunkte und seine ganze Stärke zurück.

| »100«

| »+25«

➡ Tom trinkt frisches Trinkwasser aus seiner Feldflasche: 307, danach 240

256

Also, da ich schon etwas Übung habe, nehme ich einen großen Anlauf und springe.

> Tom versucht den Abgrund mit einem gewagten Sprung zu überqueren.

➡ Tom springt mit 5 bis 15 Stärkepunkten: 139

➡ Tom springt mit 20 bis 65 Stärkepunkten: 344

➡ Tom springt mit 70 bis 100 Stärkepunkten: 232

257

Leider habe ich nicht mehr genug Kraft, die Holzplatte zur Seite zu schieben. Deshalb sollte ich weitere Versuche unterlassen, um Kräfte zu sparen.

➡ Tom steht wieder auf dem Ritualplatz der Grabanlage: 9

258

 – Der Name des Vorarbeiters steht in großen Hieroglyphen auf dem Querbalken über der Tür. Leise klopfe ich an seine Haustür. Auf mein erstes Klopfzeichen reagiert er nicht. Wahrscheinlich ist er zur Beaufsichtigung der Arbeiten an der Grabbaustelle. Um sicherzugehen, klopfe ich ein zweites Mal. Auch jetzt öffnet er nicht. Als ich mich gerade umdrehen will, um wieder zu gehen, fällt mein Blick auf einen Spalt in der Tür. Die Haustür ist nicht verschlossen. Ob ich es wagen kann hineinzugehen, um mich ein wenig umzusehen? Die Gelegenheit wäre günstig.

➡ Tom schleicht sich in das Haus von Mersu: 104

➡ Tom traut sich nicht in das Haus von Mersu zu schleichen: 282

259

Das tut gut. Ich liebe frisches Trinkwasser. Jetzt aber weiter. Ich will mein Ziel heute noch erreichen. He, dahinten, das bunte Treiben, das müsste doch der Basar sein, oder?

Nur noch wenige Meter, dann habe ich es endlich geschafft. Wurde aber auch höchste Zeit. Ob ich zuvor den Inhalt des Rucksacks überprüfen sollte? Hier kann ich es noch unbeobachtet erledigen.

Tom entschrumpft den Rucksack, prüft den Inhalt und schrumpft ihn dann wieder ein.

So, jetzt weiß ich wenigstens, was ich dringend besorgen muss, um auf weitere unliebsame Überraschungen vorbereitet zu sein. Ob ich über den Basar schlendern oder doch lieber weiterziehen sollte?

➡ Tom geht über den Basar: 347

➡ Tom geht weiter in Richtung Deir el-Medineh: 120

➡ Tom kehrt um und geht zur Oase zurück: 298

260

Oh, hier teilt sich die Gasse wieder in zwei Richtungen. Soll ich nach links oder nach rechts gehen oder lieber wieder umkehren?

➡ Tom geht nach links: 48

➡ Tom geht nach rechts: 212

➡ Tom kehrt wieder um: 322

261

Da vorne macht der Weg einen Rechtsknick. In der schattigen Ecke sitzt ein alter Mann, der mit tiefen Zügen genüsslich an seiner Wasserpfeife saugt. Auf dem Holzbalken über seiner rotbraunen Haustür ist neben einigen Hieroglyphen und Lotosblüten auch das Abbild eines Gottes eingeritzt. Ob mir die heiligen Schriftzeichen seinen Namen verraten?

Wahrscheinlich ist er schon zu alt, um bei den schweren Arbeiten in den Grabanlagen zu helfen. Auch nicht schlecht, dann wird er eine Menge wissen. Und wenn er den ganzen Tag in der Gasse sitzt, sieht er, wer hier vorbeikommt. Ob ich ihn ansprechen soll?

| Tom spricht den alten Ägypter an.

➡ Die beiden kennen sich noch nicht: 28

➡ Die beiden kennen sich bereits: 213

| Tom spricht den alten Ägypter nicht an.

➡ Tom geht weiter: 311

➡ Tom kehrt wieder um: 152

262

Je weiter ich mich von der Oase entferne, desto einsamer wird die Gegend. Hier sind keine Häuser aus gepressten Nilschlammziegeln. Ein paar Palmen stehen wie verloren am Rand des Wüstenpfads. Es ist erstaunlich, wie die Natur es immer wieder schafft, solch trockener Einöde zu trotzen.

Puh, ich habe das Gefühl, dass die Luft mit jedem Schritt heißer und trockener wird. Außerdem schwitze ich wie ein Biber. Ich

kann mich kaum aufrecht halten. Aber in leicht gebückter Haltung zu marschieren hat auch Vorteile. Erstens sehe ich nicht ständig, wie weit ich noch laufen muss, und zweitens blendet mich die Sonne nicht. Um mich vor dem grellen Sonnenlicht zu schützen, hebe ich eine Hand an die Stirn. Wie ich die Lage einschätze, muss ich wohl noch eine Weile durch diese lebensfeindliche Einöde marschieren.

Doch was ist das? Eine gewaltige ockerbraune Staubwolke kommt mir entgegen. Sie wird in einem rasanten Tempo größer. Es ist ein Reiter auf einem galoppierenden Pferd. Ich springe an die Seite, um nicht überrannt zu werden. Dabei halte ich mir mit einer Hand Nase und Mund zu und schließe die Augen. Pferd und Reiter jagen an mir vorbei. Eingehüllt in eine Wolke aus feinem Wüstensand treibt der Reiter seinen Schimmel gnadenlos an. Armes Pferd. Weshalb er es nur so eilig hat?

Genauso schnell wie die Sandwolke aufgetaucht ist, ist sie bereits wieder verschwunden. Die Walze aus Pferd, Reiter und aufgewirbeltem Sand wird schnell kleiner. Mir sind von dieser kurzen und seltsamen Begegnung nur Sandkörnchen zwischen den Zähnen geblieben. Einige Male spucke ich die Mischung aus ockerbraunem Wüstensand und Speichel aus. Aber es hilft kaum. Der feine Sand klebt überall. Da hilft nur eins: den Mund mit Wasser ausspülen.

Tom entschrumpft den Rucksack und nimmt die Feldflasche heraus. Er spült seinen Mund mit Wasser aus.

»Feldflasche mit Trinkwasser, –5«

Tom steckt die Feldflasche wieder ein, schrumpft den Rucksack und hängt ihn sich wieder um den Hals.

So, nun ist es besser. Das war vielleicht ekelhaft. Ich mochte noch nie gern Sand essen.

Ich will nun den Rest des Weges möglichst schnell hinter mich bringen. Doch da höre ich hinter einem Steinhügel, der direkt auf der anderen Seite des Wüstenpfads liegt, das laute Iaah eines Esels.

➡ Tom geht weiter: 325

➡ Tom sieht hinter dem Steinhügel nach: 190

263

Hätte ich vorher gewusst, dass mich in der Pyramide solche Schocker erwarten, wäre ich gar nicht erst hineingegangen. Wie konnte ich nur so leichtsinnig sein? Aber jammern hilft jetzt auch nichts. Ich muss einfach durchhalten. He, da ist schon wieder diese Kreuzung.

➡ Tom geht nach links: 239

➡ Tom geht nach rechts: 334

➡ Tom geht geradeaus: 184

264

Toms Stärke ist so arg in Mitleidenschaft gezogen, dass er sich nicht mehr auf den Füßen halten kann und in einen tiefen Schlaf fällt. Damit ist sein trauriges Schicksal besiegelt und das Abenteuer an dieser Stelle leider schon zu Ende: 87

265

Obwohl ich mich jetzt gesünder und stärker als je zuvor fühle, sinke ich bewusstlos zu Boden. Bereits nach wenigen Sekunden erlange ich jedoch mein Bewusstsein wieder und stehe plötzlich an einer Stelle, an der ich mich zuvor schon einmal befunden habe. Cool! Das meint Hathor, wenn sie sagt, dass ich mein Schicksal erneut in die Hand nehmen soll. An dieser Stelle darf ich auf keinen Fall wieder die falsche Entscheidung treffen. Hab verstanden. Ist doch klar. Kein Problem.

266

Enttäuscht ziehe ich meine Hand aus dem Rucksack. Das Glück ist nicht auf meiner Seite. Ich habe nicht einmal den Hauch eines Fläschchens gefüllt mit dem Heilpulver »Giftzersetzer«. Trotzdem sollte ich mir gut überlegen, ob jetzt nicht ein geeigneter Moment wäre, eine Stärkung zu mir zu nehmen.

➡ Tom möchte sich stärken: 149, danach 299

➡ Tom möchte sich nicht stärken: 299

267

Jetzt ist die beste Gelegenheit, das bei Kamose erworbene Heilpulver »Giftzersetzer« anzuwenden. Ich öffne das Steinfläschchen, schütte das gesamte Heilpulver auf meine Zunge und vermische es mit Speichel zu einem fruchtig wohlschmeckenden Brei. Gierig schlucke ich die heilende Medizin hinunter. Plötzlich spüre ich ein Kribbeln im Magen, das sich über meine Beine, die Arme, bis hinauf zu meinem Kopf ausbreitet.

| Tom hat das Heilpulver »Giftzersetzer« angewendet. Diese Me-

dizin gibt ihm nicht nur seine ganze Gesundheit, sondern auch seine ganze Stärke zurück.

»100«

»100«

Es ist unglaublich, was dieses unscheinbare Pulver bewirken kann. Ich fühle mich wie neugeboren. Mit neuer Stärke und bei bester Gesundheit setze ich meinen Weg fort.

➡ Tom geht die Gasse rechts herum weiter: 311

➡ Tom geht wieder zurück: 152

268

 – Auch an diesem Haus ist der Name des Bewohners in Hieroglyphen auf den oberen Türbalken geschrieben. Zunächst versichere ich mich, dass mich niemand beobachtet. Dann klopfe ich einige Male leise gegen die hölzerne Haustür. Aber es öffnet niemand. Auch ein zweiter Versuch scheitert. Schade.

➡ Tom will in dieser Gasse die Bewohner nach Ameni befragen: 303

➡ Tom geht weiter bis zum Ende der Gasse: 260

➡ Tom kehrt wieder um: 261

269

Tom hat Ramses leider nicht die Namen der wahren Entführer genannt: 19

270

Tom erhält durch die Erfüllung eines weiteren Wunsches die Chance sein Schicksal erneut in die Hand zu nehmen. Deshalb sitzt er jetzt wieder an den Stamm einer Palme gelehnt neben dem Wüstenpfad, der die Grabanlage mit der Oase verbindet: 179

271

Tom wendet bei seinem Gegner Seth, dem Gott der Unterwelt, das Magiepulver »Körperzersetzer« an.

»Magiepulver Körperzersetzer, –1«

Tom fügt Seth damit »–25« Schaden an seiner Zauberkraft zu.

Leser, ziehe Seth »–25« Zauberkraft ab und notiere im Logbuch die übrige Stärke in der nächsten freien Spalte der Tabelle »Gott Seths Zauberkraft«.

➡ Gott Seth hat noch Zauberkraft und schlägt mit einem Zauberspruch zurück: 301

➡ Gott Seth hat keine Zauberkraft mehr: 281

272

»Ja, ich habe Ameni befreit. Er lebt noch. Dieses Amulett in Form eines Anch hat er mir als Beweis mitgegeben.«

➡ Tom hat leider nicht die Wahrheit gesagt: 235

273

Doch der Kleine lässt sich nicht so leicht abwimmeln. Deshalb hakt er noch einmal nach: «Bist du nicht auf der Suche nach Ameni?« He, was soll diese Fragerei? Während ich ihn zur Seite schiebe, sage ich mit Nachdruck: »Nein, du musst dich irren. Ich kenne keinen Ameni. Lass mich in Ruhe, ich muss weiter.«

Etwas verwirrt steht der kleine Junge noch einen Moment da und sieht mir nach. Dann erst läuft er zum Haus und verschwindet durch die Haustür.

➡ Tom steht wieder in der Gasse, die zum Dorfeingang führt: 48

274

Während ich mich immer wütender mit Händen und Füßen gegen die beiden Angreifer wehre, gelingt es mir nicht, mich loszureißen. Im Gegenteil. Sie sind zu stark, als dass ich etwas gegen sie ausrichten kann. Sie packen mich und schleppen mich auf die andere Seite der Mauer. Brutal stoßen sie mich in die dunkelste Ecke eines mit Unrat voll gestellten Hinterhofes und laufen davon. Obwohl ich meine Glieder kaum bewegen kann, richte ich mich mühsam wieder auf.

➡ Tom besitzt das Wedjat-Amulett:
34, danach 265, danach 51

➡ Tom besitzt kein Wedjat-Amulett: 185

275

Hier gibt es nichts Besonderes zu sehen. Nicht einmal einen Hauseingang. Ich bin von Wänden umzingelt. Gerade mache ich kehrt, da packt mich jemand an der Schulter. Ich drehe mich um. Es ist ein etwas älterer Ägypter. Seine Bekleidung beschränkt sich auf einen Lendenschurz aus grobem Leinen. Auf seinem nackten Oberkörper trägt er einen breiten, bunten Halsschmuck, der ihm bis zu den Schultern reicht. Er sagt kein Wort, starrt mich nur an. Sein Blick ist finster.

➡ Tom ergreift die Flucht: 3

➡ Tom ist neugierig, er flieht nicht: 121

276

So dieser letzte Korb dürfte reichen. Die Feldflasche ist jetzt bis zum Anschlag mit frischem Trinkwasser aufgefüllt.

> Tom entschrumpft den Rucksack und füllt seine Feldflasche mit frischem Trinkwasser.

> »Feldflasche mit Trinkwasser, 100«

Und damit ich die Feldflasche nicht gleich wieder nachfüllen muss, sollte ich vielleicht einige Schlucke direkt aus dem Korb trinken.

➡ Tom schöpft mit den Händen einige kühlende Schlucke Trinkwasser: 223

➡ Tom trinkt lieber einige kühlende Schlucke aus seiner Feldflasche: 165

277

Nein, Wasser kann ja so lecker sein. Ach, ein Päuschen nach dieser Tortur tut mir auch mal ganz gut.

➡ Tom geht in Richtung Oase: 355

➡ Tom geht in Richtung Grabanlage: 46

278

Mit dem linken Fuß scharre ich im weichen Wüstensand und finde einen großen Stein. In Gedanken zähle ich bis drei: Eins! . . . Zwei! . . . Drei! Und springe. Doch statt mich in Sicherheit gebracht zu haben, rutsche ich am vermeintlich festen Gestein aus. Mein Fuß knickt ab, der Stein flutscht der Kobra entgegen. Blitzartig schnellt sie hervor und rammt ihre spitzen Giftzähne in meine Wade. Im gleichen Augenblick spüre ich einen brennenden Schmerz. Instinktiv robbe ich einige Meter weiter. Erst dann schaue ich mir die schmerzende Stelle an. Zwei blutverschmierte Bissstellen sind zu sehen. Die Kobra hat mich tatsächlich mit ihrem tödlichen Gift erwischt.

Tom entschrumpft den Rucksack.

Schnell durchwühle ich den Rucksack und suche nach einem Fläschchen mit dem Heilpulver »Kobrabissheiler«.

➡ Tom hat ein Fläschchen mit dem Heilpulver »Kobrabissheiler« in seinem Rucksack: 5

➡ Tom hat kein Fläschchen mit dem Heilpulver »Kobrabissheiler« in seinem Rucksack: 151

279

Geschafft! Ich fasse es nicht. Die schwere Holzplatte ist endlich beiseite geschoben. Hat ganz schön viel Kraft gekostet. Zu schade, dass Winnie das nicht gesehen hat. Oder hat es einer zufällig gefilmt?

Es kostet Tom Kraft, die schwere Holzplatte zur Seite zu schieben.

»–5«

➡ Tom will sich stärken: 149, danach 15

➡ Tom will sich nicht stärken: 15

280

Anders als eben noch spricht sie jetzt leise, beinahe verschwörerisch. »Ameni, sagst du?«

Ich nicke eifrig und sage: »Ja, Ameni. Er ist ebenfalls Grabarbeiter und wohnt hier im Dorf. Wir hatten eine Verabredung, aber er ist nicht erschienen. Seine Frau Iset kann mir auch nichts über seinen Verbleib sagen. Sie sorgt sich um ihn.«

Plötzlich zucke ich zurück, denn die Frau greift nach meinem Arm. Während sie versucht mich ins Haus zu ziehen, sieht sie nervös die Gasse entlang und flüstert: »Komm herein, beeil dich!«

➡ Tom folgt der Aufforderung und geht mit ins Haus: 101

➡ Tom ist vorsichtig und bleibt vor der Haustür stehen: 315

281

Das letzte Magiepulver muss ihn dermaßen geschwächt haben, dass es ihm nicht mehr gelingt, seine Form zu halten. Nach und nach bröckeln erbsengroße Kügelchen aus der Gestalt und fallen zu Boden. Dort lösen sie sich auf wie Wassertropfen und verschmelzen mit dem Schwarz der Grabkammer. Starr vor Staunen beobachte ich das Schauspiel. Während Seth immer mehr seine Gestalt verliert, bricht er in lautes Wehklagen aus. Nach wenigen Sekunden bäumt sich der Gott der Unterwelt schmerzerfüllt auf, dreht sich immer schneller um sich selbst, wird zur goldgelben Lichtsäule und durchbricht mit unvorstellbarer Geschwindigkeit die Kalksteindecke der Kammer.

Nach einigen Sekunden hört man aus der Ferne ein ohrenbetäubendes Kreischen, das schließlich erstirbt. Die Gestalt Seths, des Gottes der Unterwelt, Bruder der Isis, der Gemahlin Osiris, gibt es nicht mehr. Eine eigenartige Stille herrscht in der Kammer. Der Schrecken sitzt mir noch in den Gliedern und erst nach einigen Minuten mache ich kehrt und steuere langsam auf den Ausgang der Grabkammer zu.

Plötzlich höre ich ein stilles, kaum hörbares Klopfzeichen. Zunächst kann ich das Geräusch nicht einordnen. Vielleicht hat mir meine Phantasie einen Streich gespielt. Aber da ist es wieder, das rhythmische Klopfen. Plötzlich schießt mir ein Gedanke durch den Kopf – Ameni. Aufgeregt versuche ich die Geräuschquelle zu orten. Doch es ist schwierig hier zwischen diesen widerhallenden Wänden. Ich antworte ebenfalls mit Klopfzeichen. Zunächst an jeder Seite der Kammer. Verdammt noch mal, ich kann ihn nicht finden.

Halt. Der Sarg. Die Antwort kam ganz deutlich aus dem Sarg. Mit klopfendem Herzen nähere ich mich langsam dem Sarkophag. Zaghaft klopfe ich dagegen. Ein Klopfen antwortet mir. Tatsächlich. Jemand wurde lebendig in diesem Sarg eingeschlossen.

Höchstwahrscheinlich Ameni. Hoffentlich Ameni. Eilig versuche ich den Deckel anzuheben. Aber es gelingt mir nicht. Wie kann ich ihn öffnen? Der arme Kerl da drinnen. Nicht einen Gedanken verschwende ich daran, dass es nicht Ameni sein könnte. Der Sargdeckel ist zu schwer für mich. Doch in diesem Moment spüre ich, dass mir die Person im Innern des Sargs beim Anheben des schweren, vergoldeten Deckels behilflich ist. Unsere gemeinsamen Kräfte reichen gerade dazu aus, den Sargdeckel zur Seite zu schieben. Jetzt erkenne ich das schemenhafte Gesicht eines jungen Mannes. Seine Augen sind weit geöffnet. Ich taste nach seinem Arm und spüre, wie seine Hand nach mir greift. Hilfe suchend klammert sich der junge Ägypter an mich.

»Ameni?«, frage ich vorsichtig.

Ein leichtes Husten folgt auf meine Frage. Der junge Mann ist zu schwach, um zu antworten. Nur mit großer Mühe gelingt es ihm, aus dem Sarkophag zu klettern. Wasser, schießt es mir durch den Kopf. Er muss höllischen Durst haben.

Tom entschrumpft den Rucksack, nimmt die Feldflasche heraus und gibt Ameni den Rest seines Trinkwassers.

»Feldflasche mit Trinkwasser, 0«

Gierig schüttet er das Wasser in sich hinein.

»Langsam«, flüstere ich. »Trink langsam.«

Erst als die Feldflasche bis auf den letzten Tropfen geleert ist, setzt er sie wieder ab. Ob Ameni auch Hunger hat? Dumme Frage, natürlich.

Tom gibt Ameni das ganze Obst, das er in seinem Rucksack findet.

| »Dattel, 0«

| »Feige, 0«

| »Granatapfel, 0«

Während Ameni das Obst in sich hineinstopft, sieht er mir tief in die Augen. Mit heiserer Stimme sagt er leise zu mir: »Ja, ich bin Ameni. Du hast mein Leben gerettet. Wer bist du?«
Erst in diesem Augenblick wird mir klar, dass ich meinen Auftrag erledigt habe. Ich habe Ameni tatsächlich gefunden . . . und er lebt.
»Mein Name ist Tom. Iset hat mich gebeten dich zu suchen. Sie ahnte, dass dir etwas Schreckliches zugestoßen ist.«
Ameni lächelt, hustet einige Male, dann flüstert er: »Meine Iset. Unsichtbare Bande der Liebe sind es, die uns miteinander verbinden. Mag die Entfernung noch so groß sein, sie fühlt, was ich spüre, sei es Freude oder Leid. Nur der Gedanke an Iset hat mich am Leben erhalten.« Während seiner Worte blickt er auf eine Kette, die er um den Hals trägt. Dann sieht er mich an und sagt mit schwacher Stimme: »Ich schulde dir großen Dank. Du bist gerade noch rechtzeitig gekommen. Die Entführer haben mich in den Sarg gesperrt und Seth, der Schwarze Gott der Unterwelt, sollte mich bewachen. Sie wussten, dass ich ein Papyrus besitze, auf dem alle Namen der Entführer niedergeschrieben sind. Sag mir, Tom, wer bist du und woher kommst du?«
»Oh, das ist eine lange Geschichte. Aber jetzt haben wir Wichtige-

res zu tun. Wir sitzen nämlich beide in dieser Pyramide fest. Der Eingang ist versperrt.«

Ameni nimmt meinen Arm und sagt: »Es gibt einen geheimen Schacht. Er führt direkt in den Tempel. Durch diesen Schacht haben mich auch die Entführer hierher gebracht.« Ameni schließt gequält die Augen und fügt hinzu: »Und bei lebendigem Leib in den Sarkophag eingeschlossen. Nach dem Tod Ramses sollte Seth, Bruder von Isis, Gott der Unterwelt, dem nachfolgenden Pharao mit seinen schwarzen Mächten der Unterwelt unbesiegbare Kräfte verleihen. Und dieser Nachfolger wäre niemand anderer als Chenar, der Bruder Ramses'. Aber du hast es zu verhindern gewusst, du hast unser blühendes Land, von Ramses, er lebe, sei heil und gesund, zu Wohlstand und Reichtum geführt, vor der Herrschaft eines bösen Pharaos bewahrt. Die Zeit drängt, wir sollten keine weitere Sekunde achtlos verstreichen lassen. Wir müssen Ramses warnen, bevor es zu spät ist. Folge mir, ich zeige dir den Weg.«

Wir verlassen die Grabkammer und landen zunächst in dem steil aufwärts steigenden Schacht, der mich schon einmal unnötig Kraft gekostet hat. Ich bin stolz Ameni gefunden zu haben. Doch jetzt bin ich auf ihn angewiesen.

Endlich erreichen wir die unscheinbare Wand am Ende des Schachts. Wurde aber auch Zeit, gleich fallen mir meine bleischweren Beine ab. Ameni zeigt auf einen Steinblock, der um einiges größer ist als die anderen und bis zum Boden reicht, was mir ehrlich gesagt vorher nicht aufgefallen ist.

»Dies ist ein Geheimgang. Auf diesem Weg haben mich die Entführer hierher gebracht.«

Puh, aber wie bekommen wir den Granitblock zur Seite? Einen Türgriff hat das Ding nicht. Ich werde den Stein genauer unter die Lupe nehmen. Vorsichtig taste ich mit den Fingerspitzen am Rand des Steinblocks entlang. Aber beim besten Willen, ich kann nichts

entdecken. Gerade als ich mich Ameni zuwenden will, spüre ich, dass eine der kleineren Bodenplatten unter meinen Füßen wackelt. Auch Ameni starrt in diesem Moment überrascht nach unten. Sollten wir den Schlüssel gefunden haben? Ameni schafft es, die schwere Platte anzuheben und an die Seite zu legen. Darunter verborgen sind sechs kleine Hebel. Der Zugang zum geheimen Schacht ist also mit einem besonderen Schließmechanismus versehen. Zunächst starren Ameni und ich mit großen Fragezeichen in den Gesichtern auf die Symbole und die Zahlen. Ah, ich glaube, einige dieser Symbole habe ich bereits gesehen. Wenn ich die Stellung der mit diesen Symbolen bezeichneten Hebel ändere, müsste es mir gelingen, den Zugang zum Geheimschacht zu öffnen.

? | »Geheimschacht«

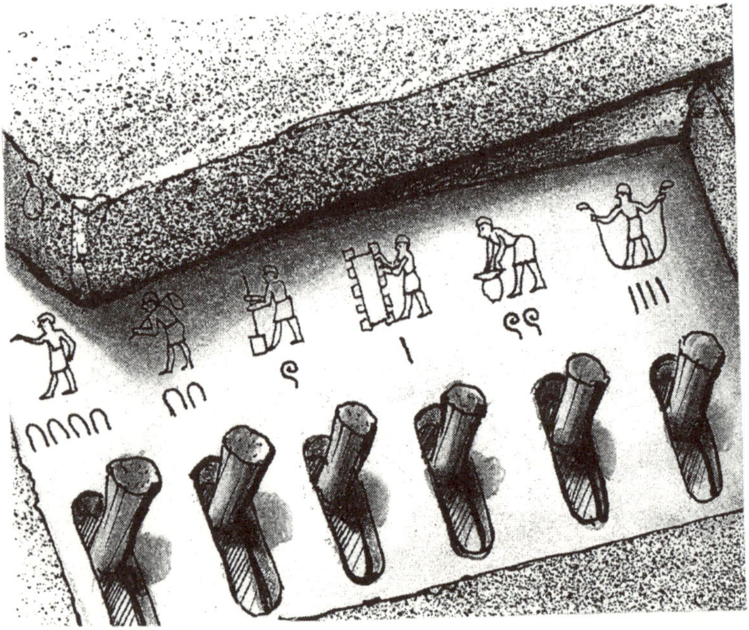

So ein Mist, ich weiß nicht, welche der sechs Hebel ich bewegen muss. Kalter Schweiß rinnt mir die Stirn hinunter. Auch Ameni kann sich keinen Reim auf dieses Rätsel machen. Das kann doch nicht wahr sein! Soll das bedeuten, dass wir jetzt beide hier festsitzen? Angst und Panik steigen in mir hoch.

➡ Tom kennt die Bedeutung der Symbole nicht, deshalb schafft er es nicht, die Tür zum Geheimschacht zu öffnen: 229

282

Wie meinte einst ein kluger Mensch: Vorsicht ist die Mutter der Porzellankiste. Übrigens könnte diese Weisheit auch von mir stammen. Nun ja, ich sollte mich lieber nicht in das Haus eines Vorarbeiters einschleichen. Wenn mich dann jemand erwischt, sähe es wirklich nicht gut für mich aus. Also werde ich mich anderweitig umsehen.

➡ Tom klopft an die Haustür von : 205

➡ Tom klopft an die Haustür von : 310

➡ Tom kehrt wieder um: 150

283

Hier macht die Gasse einen Rechtsknick. Erst am Ende der Gasse sehe ich weitere Hauseingänge.

➡ Tom will in dieser Gasse die Bewohner nach Ameni befragen: 170

➡ Tom geht weiter bis zum Ende der Gasse: 23

➡ Tom kehrt wieder um: 192

284

Ah, dieses Wasser hat mein Leben gerettet.

Mit dem geschäftigen Blick eines Archäologen widme ich mich dem unmittelbaren Problem in Form eines riesigen Granitblocks, der mir den Zugang zur Pyramide versperrt. Sosehr ich mich auch bemühe, ich finde keinen Hinweis darauf, wie ich ihn zur Seite bekomme. Vielleicht ist die Pyramide ja gar nicht begehbar? Sollte ich mich dermaßen geirrt haben? Aber dieser Gedanke verfliegt genauso schnell, wie er aufkommen ist. Denn in diesem Moment fällt mein Blick auf etwas, das in Bauchhöhe in den Granitblock gemeißelt ist. Es stellt einen geflügelten Skarabäus dar. Ob es sich um einen Schließmechanismus handelt? Das würde bedeuten, dass ich etwas in Form eines geflügelten Skarabäus bräuchte, um den Zugang zu öffnen.

> Tom entschrumpft den Rucksack und durchsucht ihn nach einem Amulett mit der Form eines geflügelten Skarabäus.

➡ Tom besitzt einen »Geflügelten Skarabäus«: 26

➡ Tom besitzt keinen »Geflügelten Skarabäus«: 198

285

Nein, so gern ich mich einen Augenblick ausgeruht hätte, ich darf keine Zeit vergeuden.

➡ Tom geht in Richtung Deir el-Medineh: 109

➡ Tom geht in Richtung Oase: 85

286

Wieder habe ich eine Etappe in dieser brütenden Hitze überstanden. Schnell in den Schatten der Palmen dort drüben.

Tom hat einen anstrengenden Marsch hinter sich. Er verliert an Stärke.

»–5«

➡ Tom trinkt frisches Trinkwasser: 307, danach 277

287

An welche der beiden Haustüren soll ich klopfen? Hoffentlich sind die Bewohner nicht allzu abweisend.

➡ Tom klopft an die Haustür von : 302

➡ Tom klopft an die Haustür von 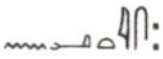: 323

288

Nun gut, ein kurzer Blick dürfte genügen. Kaum bin ich einige Schritte in der Kammer, wirkt sie nicht mehr so nachtschwarz. Trotz des offenen Kammereingangs kann ich aber das Licht der Fackeln im Schacht nicht sehen. Seltsam, diese Finsternis scheint jegliches Licht in sich aufzusaugen.

Langsam gewöhnen sich meine Augen an die Dunkelheit. Jetzt erkenne ich den schwarz glänzenden Sarkophag in der Mitte der Kammer.

Dies muss die Grabkammer der Pyramide sein. Wie unheimlich es

hier drinnen ist. Und sicher liegt im Sarkophag auch ein echter mausetoter mumifizierter Pharao.
Vorsichtig streiche ich mit einer Hand über die geheimnisvoll schimmernde Oberfläche. Sie fühlt sich an, als wäre sie elektrisiert. Es kribbelt an den Fingerspitzen. In diesem Augenblick beginnt der Sarkophag aus dem Innern heraus zu leuchten. Ein dunkelblaues, fast schwarzes Licht erhellt die Kammer. Ein merkwürdig tiefes Brummen ertönt aus dem Nichts. Der Sarkophagdeckel zerfällt in tausende erbsengroße tiefschwarze Kügelchen, die in einem Wirbel aufsteigen und sich um einen einzigen Punkt in der Luft sammeln. Sie verschmelzen miteinander und nehmen dabei die Form desjenigen an, dessen Abbilder überall in die Wände der Schächte geritzt sind. Trotz der absorbierenden Finsternis in dieser Kammer schimmert der Pharao in gelblichem Licht. Er sitzt auf einem goldgelben Herrscherstuhl, einige Zentimeter über dem kunstvoll gearbeiteten Mumiensarg schwebend. In der Hand hält er Was-Zepter und Anch, die Herrschaftssymbole des Königs der Unterwelt. Auf seiner schwarzen Perücke trägt er die weiß-rote Krone Ober- und Unterägyptens.

Mit einer Angst einflößenden durchdringenden, ja beinahe künstlichen Stimme fragt er: »Wer wagt es, die Totenstätte Seths, des Königs der Unterwelt, zu stören?«
Mit weit aufgerissenem Mund, weit aufgerissenen Augen und weit aufgerissenen Angstschweißporen stehe ich wie angewurzelt da, kaum in der Lage etwas zu sagen, geschweige denn auf der Stelle loszulaufen und die Flucht zu ergreifen. Dennoch wäre jetzt Gelegenheit, das Weite zu suchen.

➡ Tom bleibt stehen: 225

➡ Tom flüchtet ängstlich aus der Grabkammer: 157

289

Möglichst ohne dass der Wachtposten, der mich immer noch von weitem anvisiert, meine Absicht erkennt, sehe ich mich vorsichtig um. Ah, da vorne, der Weg ist menschenleer. Diese Richtung sollte ich einschlagen und rennen, was meine Beine hergeben. Bei drei geht's los. Eins! . . . Zwei! . . . Drei!

Ohne mich noch einmal umzublicken, laufe ich los. Ich überlege, ob ich während des Laufens Haken schlagen soll, damit sie mich mit ihren Pfeilen nicht treffen können. Doch diese Mühe kann ich mir sparen, denn plötzlich höre ich hinter mir den keuchenden Atem zweier Männer. Panisch versuche ich noch einen Zahn zuzulegen, doch das hilft nicht. Im gleichen Augenblick spüre ich eine Hand an meiner Schulter. Mein Verfolger packt mich und reißt mich brutal zur Seite. Dabei stürze ich zu Boden und schürfe mir meine Knie auf. Sie bluten. Es brennt fürchterlich. Während ich auf dem Boden liege und mir eine Hand schützend auf die Wunde halte, greift bereits der zweite Verfolger nach mir. Wortlos schleppen mich die beiden zum Wachtposten, der mit verschränkten Armen dasteht und zu seinen Leuten sagt: »Bringt ihn ins Haus und fesselt ihn. Ich sende eine Nachricht in den Tempel, dass wir einen Spion gefangen haben.«

Sosehr ich mich auch bemühe irgendwelche Entschuldigungen zu stammeln, die Wachen sind unerbittlich. Jetzt erst wird mir sonnenklar, dass ich einen dummen Fehler begangen habe. Meine Beine werden bleiern. Es fällt mir schwer zu atmen. Mir wird schwindelig und schwarz vor Augen . . .

➡ Tom ist ohnmächtig geworden: 134

290

»Hallo, Lotos. Ich habe kein frisches Trinkwasser mehr. Könntest du mir mit einigen Schlucken aushelfen?«

Lotos lächelt und nickt: »Das ist das Mindeste, was ich für dich tun kann. Komm herein!«

Während ich im Vorraum warte, holt sie frischen Feigensaft. Sie will mir den Trinkbecher reichen, doch ich bitte sie einen Augenblick zu warten.

| Tom entschrumpft den Rucksack.

Erstaunt beobachtet die junge Ägypterin, wie der Schrumpfrucksack, das wohl genialste Wunderwerk meines Opas, auf seine normale Größe anwächst. Während ich die Feldflasche herausfingere, sage ich kurz: »Ist eine von vielen tollen Erfindungen meines Opas.«

Dann reiche ich ihr die geöffnete Feldflasche. »Lotos, wäre es sehr unverschämt, wenn ich dich bitten würde mir die ganze Flasche mit Wasser zu füllen?«

Die hilfsbereite Ägypterin schüttelt lachend den Kopf und antwortet:

»Aber nein, ich freue mich, wenn ich dir mit meinem bescheidenen Trinkwasser aushelfen kann.«

| Lotos füllt Toms Feldflasche mit frischem Trinkwasser auf.

| »Feldflasche mit Trinkwasser, 100«

| Tom schrumpft den Rucksack.

Bevor ich gehe, leere ich noch meinen Becher mit dem frischen Feigensaft.

Tom hat frischen Feigensaft getrunken. Er gewinnt etwas an Stärke und Gesundheit.

»+5«

»+5«

»Danke Lotos. Ich muss mich auf die Socken machen.«
Die junge Ägypterin sieht mich fragend an. Da fällt bei mir der Groschen. Klar, sie kennt keine Socken. Also füge ich schnell hinzu: »Ach, diese Redewendung habe ich von einem wilden Nubier aufgeschnappt. Er hat wirres Zeug geredet.«
Mit dieser Erklärung scheint sie sich zufrieden zu geben. Ich verabschiede mich von ihr und gehe wieder hinaus in die heiße, beinahe schattenlose Gasse.

➡ Tom steht wieder in der Gasse: 69

291

Das ist gerade noch einmal gut gegangen. Eilig mache ich kehrt und laufe zurück. Hinter der Linksbiegung lande ich wieder an der Kreuzung, die mehrere Schächte miteinander verbindet.

➡ Tom geht nach links: 55

➡ Tom geht nach rechts: 184

➡ Tom geht geradeaus: 239

➡ Tom kehrt wieder um: 334

292

Ich muss die Ruhe bewahren. Wenn ich jetzt abhaue, kann es passieren, dass sie mich mit ihren Pfeilen erschießen. Und meine Zeitmaschine und die Hoffnung auf eine Heimkehr kann ich dann ja wohl vergessen.

Der Wachtposten kommt wieder zurück. Geradewegs steuert er auf mich zu. Ehrlich gesagt, stehen mir die Haare zu Berge, aber ich darf mir die Angst nicht anmerken lassen.

»Sag mir, wohin willst du gehen?«

»In das Haus von Ameni und Iset. Sie sind gute Freunde von mir. Sie geben mir Nahrung und einen Platz zum Schlafen.«

Mit einem strengen Blick reicht er mir mein Amulett mit der Passiererlaubnis und sagt: »Du kannst gehen.«

Das lasse ich mir natürlich kein zweites Mal sagen. Schnell flutsche ich am Wachtposten vorbei und gehe betont langsam die schmale Gasse entlang. Erleichtert atme ich einmal kräftig durch.

➡ Tom geht ins Dorf: 147

➡ Tom kehrt um und geht zum Ausgang des Dorfes: 128

293

Ob es schlimmere Momente im Leben gibt, als Wüstensand von vorn ins Gesicht gepustet zu bekommen und wilde Nubier im Rücken zu haben? Widerlich! Zu allem Übel kitzelt der Sand jetzt auch noch in meiner Nase. Mit Daumen und Zeigefinger presse ich die Nasenflügel zusammen. Doch das Unvermeidliche geschieht. Mit lautem »Pschi!« niese ich mindestens ein Kilo feinen Sand zurück in die Wüste.

Hoffentlich entdecken sie mich nicht. Zur Sicherheit drehe ich mich um. Da sehe ich bereits zwei dunkelhäutige Nubier auf mich zukommen. Ein lautes hämisches Lachen erklingt. Ich weiß zwar

nicht, weshalb ich so blöd bin, aber ich versuche immer noch auf allen vieren krabbelnd zu fliehen, als einer der beiden ruft: »Bleib stehen, du kriechender Wüstenwurm!«
Er hat Recht, weshalb springe ich nicht auf und laufe weg? Wieso haben sie mich überhaupt entdeckt? Ich bin so flach auf dem Wüstenboden entlanggekrochen, dass ich mir beinahe den ganzen Oberkörper aufgeschabt habe.

Tom hat sich beim Kriechen anstrengen müssen. Er verliert an Stärke.

»–5«

Dann will ich mich mal erheben. Immerhin könnten die Nubier bewaffnet sein. Doch ich habe Glück. Sie tragen keine Waffen bei sich. Und sie sind noch weit genug entfernt. Soll ich abhauen?

➡ Tom bleibt stehen: 234

➡ Tom läuft vor den Nubiern davon: 40

294

Nein, wie ist Wasser lecker. Wenn ich es mir leisten könnte, würde ich mir dieses herrliche Nass eimerweise hinunterkippen. Allerdings ist Wasser auf diesem Teil des Globus sehr kostbar und nicht für solche Verschwendungsaktionen geeignet. Ach, ein ausgedehnter Boxenstopp nach diesen Anstrengungen tut mir auch mal ganz gut, oder?

➡ Tom ruht sich einen Moment aus: 71

➡ Tom geht weiter in Richtung Grabanlage: 64

295

Ich traue mich einfach nicht Iset anzusehen, denn ich habe ihr weder etwas Angenehmes noch etwas Unangenehmes mitzuteilen. Deshalb schaue ich verstohlen auf den Boden und schüttle den Kopf.

»Es tut mir Leid, Iset. Ich habe keine Neuigkeiten für dich. Ich brauchte dringend eine Verschnaufpause. Ich habe Durst und bin erschöpft. Die Hitze quält mich.«

Iset kniet nieder, berührt sanft meine Schulter und sagt beinahe schuldbewusst: »Oh, verzeih. Wie unbedacht von mir. Ich nehme kaum Rücksicht auf dein Wohlbefinden. Die Angst um meinen Mann macht mich blind für alles andere. Sag, möchtest du dich mit Obst stärken oder frischen Saft trinken?«

Ich bin erleichtert, dass sie Verständnis für meinen Wunsch nach einer Ruhepause hat, und sage: »Vielleicht einige Datteln, Feigen oder Granatäpfel. Und bitte etwas Feigensaft. Dann wird es mir bald besser gehen.«

Kaum habe ich meine Wünsche vorgetragen, steht Iset auf und geht in die Vorratskammer. Dort bin ich bei meiner Ankunft mit der Zeitmaschine gelandet. Mit einer steinernen Schüssel, bis an den Rand mit saftigen Datteln, Feigen und Granatäpfeln gefüllt, kehrt sie zurück. Dann geht sie noch einmal los, um den Feigensaft zu holen.

Tom isst zur Stärkung Obst und trinkt fruchtigen Feigensaft. Anschließend ruht er sich einige Minuten im schattigen Haus aus.

? »Der Würfel entscheidet.«

➡ Augenzahl 1 oder 6:
Iset hat einen großen Vorrat an Obst und Obstsaft.

| »+25«

| »+25«

➡ Augenzahl 2 oder 5:
Iset hat einen geringeren Vorrat an Obst und Obstsaft.

| »+15«

| »+15«

➡ Augenzahl 3 oder 4:
Iset hat einen kleinen Vorrat an Obst und Obstsaft.

| »+5«

| »+5«

Nachdem ich mich ausreichend gestärkt habe, stehe ich sofort auf, um Iset die Gewissheit zu geben, dass ich die Suche nach Ameni mit der notwendigen Dringlichkeit durchführen werde.

Die junge Ägypterin begleitet mich zur Tür. Wie beim ersten Mal auch winkt sie mir zum Abschied nach.

➡ Tom will in dieser Gasse die Bewohner nach Ameni befragen: 303

➡ Tom geht nach rechts: 261

➡ Tom geht nach links: 260

296

Egal, was Ofir von mir hält. Es hilft nichts. Ich muss in das Haus des Magiers flüchten. Wer will sich schon freiwillig von verärgerten Mistkäfern auffressen lassen. Nun, eigentlich bin ich ja selbst schuld. Ich hätte sie in Ruhe lassen sollen.

Und wieder beginnt das gleiche Schauspiel. Diesmal habe ich Glück. Ofir sah mich wohl bereits von weitem auf das Haus zurennen. Bewaffnet mit einer Portion »Skarabäenglück« steht er bereit, die Tiere mit einer vollen Ladung zu überraschen. Anders als beim letzten Mal suche ich panisch hinter Ofir Schutz. Fest umklammere ich seinen Rücken wie ein Kind, dass sich vor Angst hinter seiner Mutter versteckt. Erstaunlicherweise ist mein junger ägyptischer Freund längst nicht so ängstlich wie ich. Mir schlottern die Knie, als befände ich mich bei Windstärke zwölf auf hoher See. Grinsend steht Ofir da und lässt die Skarabäen ganz nah herankommen. Erst dann begrüßt er sie mit einer gelben Wolke »Skarabäenglück«. Ich höre förmlich das Quietschen ihrer Reifen. Pech gehabt. Das kommt davon, wenn man einem Tom Traveller ans Leder will. So als wäre ich sein Retter und nicht umgekehrt, reibe ich meine Hände und sage erleichtert: »So, das hätten wir geschafft.«

Ofir scheint nicht gerade erfreut mich auf diese Weise wiederzusehen. Hups, das ist mir jetzt aber peinlich. Ich werde rot. Nun ja,

Recht hat er ja. Es sollte wirklich keine olympische Disziplin werden. Verlegen murmle ich schnell ein schüchternes »Tschulligung!«

Der junge Magierschüler schüttelt bedächtig den Kopf und sagt ernst: »Lieber Freund. Eine misstrauischere Seele als ich könnte den Verdacht hegen, dass du an diese Skarabäen-Glücksbringer kommen willst, um sie dann auf dem Markt in Deben umzusetzen.«

Schluck!

»Nein«, widerspreche ich sofort.

Ofir beugt sich zu den versteinerten Käfern herunter und lässt sie in ein großes Gefäß plumpsen. Darin befindet sich bereits eine stattliche Ansammlung versteinerter Skarabäen. Jetzt sieht Ofir zu mir hoch und sagt lächelnd: »Andererseits wäre es eine Freude, wenn du auf diese Weise eine Gelegenheit gesucht hättest mich wiederzusehen.«

»Ja, ja klar. Ich habe mich in Gefahr begeben, nur um einen Grund zu haben, einen alten Freund wiederzusehen.«

Ofir lacht. Logisch, dass er mir diese geschleimte Halbwahrheit nicht glaubt. Obwohl ich mich tatsächlich freue ihn wiederzusehen.

»Erlaubt dir deine knapp bemessene Zeit, eine Erfrischung zu dir zu nehmen? Oder benötigst du neues Magiepulver?«

Schnell winke ich ab: »Nein, bitte keine Erfrischung, aber du hast Recht. Ich könnte neues Magiepulver gebrauchen.«

➡ Tom hat noch Deben. Er möchte sich Magiepulver kaufen: 176

➡ Tom hat keine Deben mehr dabei. Er kann sich deshalb kein Magiepulver kaufen und verlässt Ofir: 297

297

»Danke für deine Hilfe, Ofir. Aber leider muss ich weiter. Vielleicht sehen wir uns bald wieder.«

»Selbstverständlich bist du jederzeit willkommen.« Ofir lächelt und begleitet mich zur Tür. Als ich das Haus verlasse, steht der junge Magierschüler noch einen Moment da und winkt mir nach. Dann schließt er die Tür. Jetzt stehe ich wieder hier auf dem ockerbraunen, sandigen Weg, der zur einen Seite in das Dorf Deir el-Medineh und zur anderen Seite am Basar vorbei zur Oase führt.

➡ Tom geht in Richtung Deir el-Medineh: 318

➡ Tom geht in Richtung Oase: 109

298

Wenn ich richtig sehe, liegt ein langer, trockener und sandiger Wüstenpfad vor mir. Obwohl ich von hier aus bereits den Dumpalmenhain der Oase erkennen kann, ist es ein ziemlich anstrengender Fußmarsch. Hin und wieder komme ich an kleinen Palmengrüppchen vorbei, an denen ich mich ausruhen und frisches Wasser trinken kann. An der Oase werde ich Gelegenheit haben meine Feldflasche wieder aufzufüllen.

Ah, geschafft. Ein schattiges Plätzchen. Die erste Hürde ist genommen. Wenn nur diese drückende Hitze nicht wäre. Aber der Schatten der dürren Palmen reicht für eine kurze Erholung aus.

| Tom hat einen anstrengenden Marsch hinter sich. Er verliert etwas an Stärke.

| »–5«

➡ Tom trinkt frisches Trinkwasser: 307, danach 200

299

Ich versuche mich aufzurichten, doch mir ist immer noch schwindelig. Mühsam rappele ich mich auf. Es wäre gut, dieses Haus schnellstens zu verlassen. Mir steht nicht der Sinn nach einem Wiedersehen mit diesem Fremden.

| Tom schrumpft den Rucksack.

Ich hänge mir den zusammengeschrumpften Rucksack um den Hals und schleiche langsam durch den Vorraum zur Haustür. Dabei blicke ich mich sicherheitshalber nach allen Seiten um, um nicht noch einmal hinterrücks überfallen zu werden. Die Haustür ist offen. Langsam stecke ich meinen Kopf durch den Spalt und sehe nach draußen. Die Gasse ist menschenleer. Nur der alte Mann dort hinten in der schattigen Ecke sitzt immer noch auf seinem Platz. Schnell verlasse ich das Haus. Die Tür schließe ich artig hinter mir ab.

➡ Tom steht wieder in der Gasse: 178

300

Hier teilt sich die Gasse in zwei Richtungen. Soll ich nach links oder geradeaus weitergehen oder doch lieber umkehren?

➡ Tom geht geradeaus: 48

➡ Tom geht nach links: 322

➡ Tom kehrt um: 212

301

Ich schleudere Seth das Magiepulver ins Gesicht. Er versucht diesem Angriff auszuweichen, hat jedoch keine Chance, da das Pulver, wie von Geisterhand bewegt, jedem seiner Ausweichmanöver folgt. Ein gepeinigter Ruf hallt durch die Stille. Meine Attacke scheint ihn empfindlich geschwächt zu haben.

| Gott Seth schlägt mit einem Zauberspruch zurück.

| »Der Würfel entscheidet.«

➡ Augenzahl 1, 2 oder 3:

| »–10«

| »–10«

➡ Augenzahl 4 oder 5:

| »–15«

| »–15«

➡ Augenzahl 6:

| »–20«

| »–20«

➡ Tom hat 0 Stärkepunkte: 27

➡ Tom hat 0 Gesundheitspunkte: 27

Er hebt den Was-Zepter und mit einem Angst einflößenden Raunen hält er ihn in meine Richtung. Eine rötlich glimmende Feuerkugel läuft zischend an dem Zepter entlang bis zur Spitze, wo sie sich zu einem Feuerstrahl entwickelt und direkt auf mich zuschnellt. Ein Brennen durchfährt meinen Körper. Mir wird schwindelig. Ich stolpere, stürze zu Boden, kann mich aber mit letzter Kraft wieder aufrichten. Nicht jedes meiner magischen Pulver scheint diesem Seth etwas anzuhaben. Ob ich ein anderes Magiepulver ausprobieren sollte? Vielleicht wäre es schlauer, wenn ich mich schleunigst aus dem Staub mache.

➡ Tom versucht Seth, den Gott der Unterwelt, mit einem weiteren Magiepulver außer Gefecht zu setzen: 182

➡ Tom macht sich lieber aus dem Staub: 127

302

Langsam trete ich auf die Haustür zu.  steht in großen Hieroglyphen über der Tür. Noch zögere ich einen Moment, bevor ich tief durchatme und einige Male zaghaft an die Tür klopfe. Doch nichts rührt sich. Deshalb versuche ich es gleich noch einmal. Diesmal klopfe ich aber etwas lauter. Auch jetzt meldet sich niemand. Schade, dann versuche ich vielleicht woanders mein Glück.

➡ Tom will weitere Bewohner des Dorfes sprechen: 287

➡ Tom geht weiter in das Dorf hinein: 283

➡ Tom geht in Richtung Dorfeingang: 300

303

Hoffentlich können mir die Leute in den Häusern einiges zum Verbleib von Ameni sagen. Hier ist auch die Gasse, in der sich das Haus von Ameni und Iset befindet.

➡ Tom klopft an die Haustür von . . .

➡ . . . : 248

➡ . . . : 341

➡ . . . : 268

➡ . . .  und : 74

➡ . . . : 21

304

Diese Vorkammer ist im Gegensatz zu den Schächten spärlich beleuchtet. Trotzdem reicht der Schein der Fackeln aus, um mich hier umsehen zu können. He, hab ich Glück, direkt neben der Tür steht eine Öllampe.

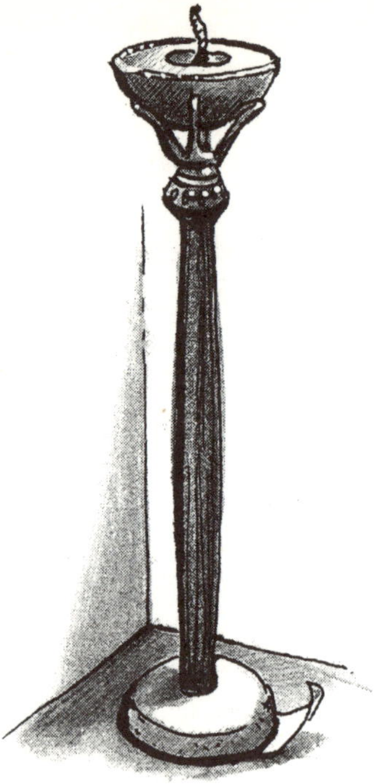

➡ Tom zündet die Öllampe nicht an, weil sie bereits brennt oder er keine Streichhölzer mehr hat: 345

➡ Tom hat noch Streichhölzer dabei und zündet die Öllampe an: 201

305

Also besonders scharf bin ich nicht darauf, meine Knochen zu brechen. Ich habe eine Idee, wie ich an ihm vorbeikommen könnte. Ich lenke ihn mit einer belanglosen Frage ab.
»Äh, sag mal, bevor du mich zu den Wachen bringst, habe ich eine wichtige Frage.«
Wieder guckt der Junge, als hätte ich tatsächlich nicht mehr alle Tassen im Schrank, aber er nickt geduldig und sagt: »Wenn es sein muss.«
»Wird der Skorpion, der jetzt angriffslustig hinter deinem Fuß steht, auch zustechen, wenn du dich nicht bewegst?«
Es dauert Bruchteile von Sekunden, bis der Junge kapiert, was ich ihn soeben gefragt habe. Panisch hüpft er zur Seite und starrt mit weit aufgerissenen Augen hinter sich auf den Boden. Jetzt ist der richtige Moment gekommen. Ich stürze auf ihn zu und stoße ihn zu Boden. Dann laufe ich die Treppe hinab. Doch leider bin ich zu langsam. Der Junge hat sich aufgerappelt und bereits die ersten Stufen erreicht. Schnell renne ich durch den Wohnraum, doch da hat er mich eingeholt, packt mich am Arm und reißt mich zu Bo-

den. Ich habe ihn unterschätzt. Mit aller Kraft versuche ich mich aus seiner Umklammerung zu befreien.

| Tom versucht sich freizukämpfen.

| »Junger Ägypter, Stärke 2«

| Tom verliert bei diesem Zweikampf an Stärke.

| »–5«

➡ Tom gewinnt den Zweikampf: 211

➡ Tom verliert den Zweikampf: 177

306

Weshalb öffnet Iset nicht? Hoffentlich ist ihr nichts zugestoßen. Doch in diesem Moment sehe ich aus dem Augenwinkel etwa einen Meter hinter mir ein Mädchen. Es ist wie alle anderen kleinen Kinder splitternackt und hat den hier üblichen kahl geschorenen Glatzkopf.

Das Kind weist auf die Haustür und sagt kichernd: »Iset ist nicht im Haus.«

Dann zeigt es zum Ausgang des Dorfes. »Sie ist auf dem Weg zum Basar. Meine Mutter begleitet sie.«

Ich beuge mich zu dem Mädchen hinunter und bedanke mich bei ihm. Immerhin hat es gerade dafür gesorgt, dass ich mir nicht auch noch Sorgen um Iset machen muss. Da entdeckt es einen sei-

ner Spielkameraden und flitzt laut lachend davon. Ich setze meinen Weg ebenfalls fort.

➡ Tom will in dieser Gasse die Bewohner nach Ameni befragen: 303

➡ Tom geht nach rechts: 261

➡ Tom geht nach links: 260

307

Tom entschrumpft den Rucksack und nimmt die Feldflasche heraus.

➡ Tom hat kein frisches Trinkwasser mehr (0 Schlucke) in seiner Feldflasche: 342

Tom trinkt einige kräftige Schlucke erfrischendes Trinkwasser.

»Feldflasche mit Trinkwasser, –5«

Tom legt die Feldflasche zurück in den Rucksack, schrumpft ihn ein und hängt ihn sich wieder um den Hals.

308

➡ Tom hat Ramses leider nicht die Namen der wahren Entführer genannt: 19

309

»Ja, ich habe Ameni befreit. Er lebt noch. Diese Taube aus Brekzienstein hat er mir als Beweis mitgegeben.«

➡ Tom hat leider nicht die Wahrheit gesagt: 235

310

 – Der Name dieses Bewohners steht auf dem oberen Türbalken. Auf mein mehrmaliges Klopfen hin rührt sich nichts. Doch dann ruft plötzlich eine Frau wütend: »Fahd ist nicht da. Lass mich in Ruhe!«

➡ Tom klopft an die Haustür von : 205

➡ Tom klopft an die aufwändig gestaltete Haustür des Vorarbeiters : 258

➡ Tom kehrt wieder um: 150

311

Ich gehe rechts herum in die nächste Gasse. Sie ist nicht besonders lang. Auf der linken Seite befinden sich die Häuser zweier Grabarbeiter. Der Eingang des Hauses am Ende dieser Gasse unterscheidet sich jedoch deutlich von den anderen. Das Holz der Haustür hat nicht die typischen Unebenheiten. Dort muss eine höher gestellte Persönlichkeit wohnen, denn der Türflügel ist mit einem aufwändigen Muster verziert.

➡ Tom klopft an die Haustür von 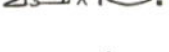 : 205

➡ Tom klopft an die Haustür von  : 310

➡ Tom klopft an die aufwändig gestaltete Haustür von : 258

➡ Tom kehrt wieder um: 150

312

Ah, was habe ich für ein Glück. Dort steht ein Händler, der frisches Trinkwasser zum Kauf anbietet. Ab und zu bleiben einige Besucher des Basars stehen und genehmigen sich unter dem schattigen Plätzchen einige Trinkbecher voll. Ein älterer, mit einem Umhang aus groben Leinen bekleideter Ägypter steht an dem Stand. Offensichtlich sucht auch er Schutz vor der sengenden Mittagshitze. Er mustert mich gelangweilt, während ich darauf warte, dass der Wasserverkäufer sich mir zuwendet und ich endlich meinen Durst löschen kann.
Der Wasserhändler sieht mich mit einem verschmitzten Lächeln an, sagt aber nichts. Im ersten Augenblick bin ich verdutzt und bringe nur ein klägliches Guten Tag zu Stande. Als hätte ich ihn aus seinem Dornröschenschlaf geweckt, erwidert er: »Sei heil und gesund, Handwerker des Königs. Mit deinem Aufenthalt an meinem bescheidenen Stand wird mir eine große Ehre zuteil. Möchtest du dir mit meiner Erfrischung die dürstende Kehle sänftigen?« Er zeigt auf seine Auslage, die gefüllt ist mit drei Reihen zu jeweils zehn nach unten spitz zulaufenden Steinvasen.
Ich nicke eifrig. Wenn ich nicht bald Wasser in meinem ausgedorrten Rachen spüre, krieg ich die Krise. Er jedoch hält eine Hand vor seinen Mund, reckt mir sein frisch rasiertes blumig duftendes Kinn entgegen und flüstert mit einem Augenzwinkern: »Bestes Quellwasser des Nils. Gesund und belebend. Man sagt, es seien die heilenden Freudentränen des Anubis. Sie verleihen dir ungeahnte Lebenskraft.«
Na das wüsste ich aber. Er gibt ja mehr an als ein kompletter Werbeblock im Fernsehen. Hm, nur hat er es wirklich nicht nötig, seine Ware an den Mann oder die Frau zu bringen. Bei dieser Bruthitze ist jedes Wasser lecker. Egal, welche Wunder es angeblich vollbringt.
Der Wasserhändler hält inne und wartet meine Reaktion ab. Deshalb antworte ich schnell: »Ja, gib mir von deinem Wasser.«

Sofort streckt er mir eine flache Hand entgegen und sagt breit grinsend: »Zwei Deben und ich fülle dir einen großen Becher bis zum Rand mit Trinkwasser.«
Mit der anderen Hand greift er schnell an die Seite und hält einen Trinkbecher aus Brekzienstein hoch.

| Tom hat sich mit dem Wasserhändler über einen Preis geeinigt.

| »Der Würfel entscheidet.«

➡ Augenzahl 1, 3 oder 5:
Tom erhält für 2 Deben 1 Becher mit frischem Trinkwasser.

➡ Augenzahl 2 oder 4:
Tom erhält für 2 Deben 2 Becher mit frischem Trinkwasser.

➡ Augenzahl 4, 5 oder 6:
Tom erhält für 2 Deben 3 Becher mit frischem Trinkwasser.

| Tom schluckt sofort das frische Trinkwasser gierig hinunter. Für jeden Becher gewinnt er an Stärke und Gesundheit.

| »Lederner Geldbeutel, –2«

| »+? mal 5«

| »+? mal 5« – (? = Anzahl der erwürfelten Trinkbecher)

➡ Tom sieht sich weiter auf dem Basar um: 242

➡ Tom möchte nichts mehr kaufen und verlässt den Basar: 93

313

Ich vermute, dass Grabräuber ihre Beute in dieser Pyramide deponieren. Keine mir aus Bildern bekannten Kammern enthielten Grabbeigaben, die so lieblos auf einen Haufen geworfen wurden. Eines muss man den Grabräubern allerdings lassen: Sie haben sich eine geschickte Tarnung ausgesucht und als Versteck ausgerechnet eine Pyramide gewählt.

Hier liegen so viele Schätze, dass ich mich kaum entscheiden mag, welche Kostbarkeit gleich in meinen Rucksack wandern wird. Die großen Gegenstände, wie Thronsessel oder Statue, kann ich sowieso nicht mitnehmen. Aber der Ring da vorne sieht äußerst interessant aus. Er ist mit einem tiefblauen glasklaren Stein besetzt. In seinem Innern funkeln eigenartige kleine Blitze. Der Ring scheint etwas Besonderes zu sein, denn er thront auf einer armlangen Säule, die aus purem Gold gefertigt ist.

Ich bin so fasziniert von diesem Ring, dass ich nicht länger zögere und danach greife. Mit dem kostbaren Schmuckstück in der Hand stehe ich einen Moment wie festgefroren da und lausche in die Stille hinein. Doch nichts rührt sich. Prima. Nicht dass jemand meint, ich würde an Flüche und solchen Quatsch glauben. Mit solchen Märchen kann man kleine Kinder erschrecken. Ich horche doch bloß, ob sich nicht einer der Grabräuber nähert, ehrlich.

| Tom schiebt sich den kostbaren Ring über seinen Ringfinger.

| »Blaustein-Ring, +1«

Was ist schon dabei, wenn ein einziges kleines Schmuckstück in dieser fast unüberschaubaren Sammlung fehlt. Ich stecke mir den Ring über den Ringfinger und siehe da, weder zu weit noch zu eng. Passt wie angegossen. Wenn ich wieder zu Hause bin, lasse ich diese Kostbarkeit schätzen oder tausche sie sofort in Bares um. Dann lade ich Jessica in die Disco ein und mit Winnie gehe ich ins Kino. Deshalb werde ich gut auf ihn aufpassen. Nun aber weiter, schließlich will ich hier keine Wurzeln schlagen. Hastig laufe ich

aus dieser Vorkammer hinaus zurück in den Schacht. Am Ende des Ganges, an der rechten Wand, steht eine Leiter.

➡ Tom klettert die Leiter hoch: 118

➡ Tom geht links herum weiter: 359

314

Als mein nächster Schlag ins Leere geht, greift der Nubier nach dem Rucksack und zerrt wie wild daran herum. Er will ihn mir mit aller Gewalt entreißen. Auch mein Stoß mit dem Fuß geht daneben. Der Nubier antwortet ebenfalls mit einem kräftigen Schienbeintritt. Leider verfehlt er sein Ziel nicht. Der Schmerz ist unbeschreiblich. Vor Schreck lasse ich den Trageriemen des Rucksacks los und stürze zu Boden. Während ich geschockt daliege, kann ich nur hilflos mit ansehen, wie der Nubier die Flucht ergreift. Da trifft es mich wie der Blitz: der Rucksack. Er darf ihn mir nicht stehlen! Ohne Zeitreisenkompass und Sichtbarkeitspulver stecke ich hier fast dreitausenddreihundert Jahre vor meiner Zeit im Reich der Pharaonen fest.
Panisch hechte ich hoch und nehme die Verfolgung auf. Blöde Sandalen. Der feine rutschige Sand erschwert mir das Laufen. Gerade als ich die Düne erklommen habe, sehe ich, wie der Dieb auf einem Pferd davonreitet und langsam von der endlosen Weite der ägyptischen Wüste verschluckt wird.

➡ Tom strandet im alten Ägypten: 134

315

Erschrocken ziehe ich meinen Arm zurück und stammle: »Äh, es tut mir Leid. Ich habe es eilig und möchte deine kostbare Zeit nicht stehlen.«
Die eben noch selbstsicher wirkende junge Frau sieht mich entgeistert an. Weshalb hat sie meine Zurückhaltung nur so verunsichert? Sie sagt kopfschüttelnd: »Nein, mir tut es Leid. Ich kenne Ameni, sicher. Er ist der Gruppe zugeteilt, in der auch mein Mann Ammon arbeitet. Näheres weiß ich nicht. Mag Amun mit dir sein, auf dass du deinen Freund heil und gesund wieder findest. Leb wohl.«
Genauso überraschend wie Ammons Frau in der Tür erschienen ist, ist sie bereits wieder verschwunden. Leise fällt die Haustür ins Schloss. Ob es richtig war, Ammons Frau nicht blindlings ins Haus zu folgen? Sie benahm sich nicht wie jemand, der plant seinen Pharao zu verraten. Nein, es kam mir so vor, als wüsste sie etwas und wäre deshalb so verängstigt.

➡ Tom klopft noch einmal an die Haustür von : 161
➡ Tom steht wieder in der Gasse: 69

316

Nein, da vorne wartet schon wieder der tiefe Abgrund auf mich. Mir bleibt aber auch nichts erspart. Vielleicht wäre es angebracht, dass ich mich vor dem Sprung noch einmal stärke.

➡ Tom will sich stärken: 149, danach 256
➡ Tom will sich nicht stärken: 256

317

Mist, der Typ ist einfach zu stark. Ich schaffe es nicht, ihn zu überwältigen. Laut brülle ich: »Lass mich los! Was willst du von mir? Ich habe nichts verbrochen.«
Beinahe ruhig flüstert mir der Mann ins Ohr: »Jammere nur. Uns sind deine Absichten wohl bekannt. Aber lass es dir gesagt sein, jeder Versuch, uns an unserem Vorhaben zu hindern, ist von Anfang an zum Scheitern verurteilt. Aber was rede ich? Du wirst gar keine Gelegenheit mehr haben diese Warnung zu beherzigen.«
Habe ich richtig gehört? Er will mich aus dem Weg schaffen? Nein, ich will doch wieder zurück in meine Zeit, nach Hause zu meiner Oma, zu meinen Eltern, zu Winnie, zu Jessica. Genauso brutal, wie der Fremde mich gepackt hat, boxe, trete, beiße und kneife ich, bis der Halunke mich endlich loslässt. Doch obwohl er Schmerzen hat, stürzt er sich gleich wieder auf mich. Je mehr ich mich wehre, desto fester packt der gemeine Kerl zu. Er ist so kräftig, dass es ihm sogar gelingt, mich in einen Nebenraum zu schleppen. Dort fesselt er mich mit einem Leinenband. Dann greift er sich ein kleines bauchiges Gefäß in Form einer Taube und öffnet den Verschluss an der Oberseite. Er reißt meinen Kopf an den Haaren nach hinten und schüttet mir ein abscheulich stinkendes Gebräu über das Gesicht. Mir wird schwindelig. Es wird alles schwarz um mich herum. Ich schlafe ein.

Tom wird von dem Fremden vergiftet. Dadurch verliert er Stärke- und Gesundheitspunkte.

»–5«

»–25«

➡ Tom hat 0 Gesundheitspunkte: 33

➡ Tom hat mehr als 0 Gesundheitspunkte: 338

318

Langsam nähere ich mich dem Zugang des Dorfes. Ich kann es nicht genau beschreiben, aber ehrlich gesagt habe ich immer dann ein mulmiges Gefühl in der Magengegend, wenn ich am Wachtposten vorbeigehen muss. Besonders freundlich ist er nicht gerade. Vielleicht sollte ich ihm einen Kaugummi spendieren, das beruhigt, sagt meine Mutter immer. Und es ist besser, als an Fingernägeln zu kauen, sagt Winnies Mutter.

Langsam steuere ich auf den Eingang zu. Der Wachtposten ist mit einem Leinenschurz bekleidet. Er trägt keine Perücke, sondern nur einen aus Federn gefertigten Kranz auf dem Kopf. Er streckt die Hand aus und zwingt mich stehen zu bleiben. Streng fragt er: »Wer bist du?« Bevor ich antworten kann, tauchen wie aus dem Nichts zwei mit Pfeil und Bogen bewaffnete Soldaten auf und postieren sich rechts und links von mir.

»Äh, mein Name ist Tom. Ich bin Grabarbeiter.«

»Kannst du dich ausweisen?«

Mit leicht zittrigen Händen nehme ich Isets Amulett mit der Passiererlaubnis vom Hals und reiche es dem Wachtmann. Er liest den Papyrus, der als Echtheitszertifikat ein Siegel des königlichen Handwerksamts trägt und eine Kartusche mit dem Symbol Ramses' II. Dann mustert er mich von oben bis unten und sagt: »Warte einen Moment.«

Mir wird heiß und kalt zugleich. Er verschwindet in einem türlosen Raum. Jetzt unterhält er sich aufgeregt mit einem zweiten Wachtmann. Weshalb sieht er dabei immer wieder zu mir herüber und schüttelt den Kopf? Ob ich abhauen sollte?

➡ Tom bekommt Angst und versucht wegzulaufen: 289

➡ Tom bekommt Angst, will aber trotzdem versuchen Ruhe zu bewahren: 292

319

Während ich mit geschlossenen Augen dasitze und fühle, wie angenehm es ist, wenn die Seitenstiche nachlassen, lausche ich dem Zirpen und Summen wahrscheinlich tausender Insekten.

| Tom sammelt im Schatten der Dattelpalmen neue Kräfte.

| »+20«

Ich wundere mich, wie die Tiere und Pflanzen es immer wieder schaffen, sich lebensfeindlichen Regionen auf dieser Erde anzupassen. So wie diese Fliege, die gerade an meinem Bein entlangkrabbelt. Für einen Augenblick lasse ich sie die Haut an meinem Schienbein erkunden. Dann überkommt mich der Ekel. Doch gerade als ich die Augen öffne, um sie mit der Hand wegzuscheuchen, schrecke ich zurück. Es ist keine harmlose Fliege, die es sich auf meinem Bein gemütlich gemacht hat. Ich wage es kaum auszusprechen – Es ist ein Skorpion.

➡ Tom versucht den Skorpion von seinem Bein zu schütteln: 137

➡ Tom wartet ab, bis der Skorpion wieder von seinem Bein herunterkrabbelt: 116

320

Alle Kisten sind offen. Außer Krümel von Kalkstein sind sie leer.

➡ Tom sieht sich die Kalksteinscherben genauer an: 364

➡ Tom verlässt den ummauerten Hinterhof und geht zur Gasse zurück: 115

321

»Ja, eine Erfrischung nach diesem Schrecken wäre nicht schlecht. Bitte, gib mir Feigensaft.«

Bevor der Junge den Saft holt, sagt er: »Mein Name ist Ofir. Ich bin Schüler des Magiers Nefer. Ihm gehört dieses Haus. Du hattest Glück ausgerechnet hier im Heim eines Magiers Schutz zu suchen. So war dir Hilfe gewiss. Wer sonst hätte ›Skarabäenglück‹ parat gehabt.«

»Was ist das?«

Ofir greift nach einer Steinvase und zwei blau schimmernden Bechern aus Brekzienstein.

»›Skarabäenglück‹ ist ein sehr wirksames Gift, allerdings nur bei Käfern. Bei Menschen ist es nicht von Nutzen. Eine Prise dieses Pulvers auf die Käfer gestreut, lähmt ihre Gliedmaßen. Sie fallen wie Steine zu Boden. Was nicht verwunderlich ist, denn sie erstarren tatsächlich zu Stein. Nimm dieses kleine Steinfläschchen. Es ist noch genug für eine Anwendung darin. Mit ihm kannst du dich bei weiteren Angriffen dieser Käfer in Sicherheit wiegen.«

| Tom nimmt das magische Pulver an sich, mit dem er Skarabäen zu Glücksbringern verwandeln kann.

| »Magiepulver Skarabäenglück, +1«

Ofir setzt sich neben mich auf eine Matte aus geflochtenem Papyrus und gießt uns frischen Feigensaft ein. Dann hebt er seinen Becher und prostet mir zu.

Tom ruht sich im Haus des Magiers Nefer aus und trinkt frischen Feigensaft. Er gewinnt an Stärke und Gesundheit.

»+10«

»+10«

Nachdenklich blickt er mich an und sagt: »Du bist im Haus meines Meisters, des Magiers Nefer. Er wandert zurzeit am Ufer des Nils entlang, um Ingredienzien für seine Magiepulver zu sammeln wie Bleioxyd, Tonerde, Kupferfeilicht oder sogar Pflanzen wie Steinklee, Zaunrübe und Rizinus. Sein Ziel ist die Hauptstadt Memphis. Von dort wird er mit einem Boot auf dem Nil zurückkehren. Ich erwarte Nefer erst in einigen Tagen zurück. Er ist der einzige Magier hier im Tal der Könige. Es gibt viele Menschen, die seiner Magie vertrauen. Du konntest dich bereits von der Wirksamkeit eines seiner Magiepulver überzeugen.«
He, das klingt interessant, Magiepulver. Das alte Ägypten ist nicht so idyllisch, wie in den vielen Sachbüchern meiner Zeit dargestellt, das habe ich soeben am eigenen Leib erfahren. Deshalb sollte ich mich vielleicht besser mit dem aktuellen Angebot an Magiepulvern vertraut machen.
»Sag mir, Ofir, welche Magiepulver verkauft ihr denn? Meinst du, es wäre etwas für mich dabei?«
Ofir lacht und antwortet: »Keine Frage. Auch Ramses, unser Kö-

nig, Sohn des Lichts, schwört auf die Magiepulver Nefers. Komm, ich zeig sie dir.«

Ofir steht auf und fasst mich am Arm. Ich soll ihm folgen. Er geht zu einem hölzernen Schrank, in dem unzählige Fläschchen stehen. Stolz nimmt er eines heraus und zeigt auf die Hieroglyphen, mit denen das Fläschchen beschriftet ist.

»Jedes dieser Fläschchen habe ich selbst beschriftet. Nefer lobte mich für diese zeitaufwändige, aber nützliche Arbeit. Jedes Pulver muss in das Gesicht des Opfers gepustet werden, damit es seine Wirkung entfalten kann.«

Staunend betrachte ich die kunstvoll aufgemalten Symbole. Plötzlich schießt mir ein Gedanke durch den Kopf. Ich wage kaum Ofir darum zu bitten, aber wenn ich mich jetzt nicht überwinde, werde ich es später vielleicht bereuen.

»Sag mir Ofir, könntest du mir die Hieroglyphen vorlesen? Ich interessiere mich sehr für die heiligen Schriftzeichen. Leider konnten mir meine Eltern keine Schreiberlehre bezahlen.«

Ofir scheint sich zu freuen, dass sich jemand für seine Fertigkeit im Hieroglyphenschreiben interessiert.

»Sieh, diese Hieroglyphe liest man A . . .«

Eilig und ohne dass es Ofir auffällt, entschrumpfe ich meinen Rucksack und krame meinen Notizzettel mit dem Hieroglyphenalphabet heraus. Mit dem Bleistift notiere ich die von Ofir übersetzten Buchstaben. Der junge Magierschüler lässt sich zunächst nicht von meinen fremdartigen Utensilien beirren. Er sieht mich fragend an, fährt dann jedoch mit der Übersetzung fort.

». . . diese ein B, diese ist ein C, D, E, F, G, H, I, J, K, L, M, N, O, P, Q, R, S, T, U, V, W, X, Y, Z.«

Cool, Ofir hat mir eine Menge Arbeit erspart. Jetzt wird es einfach sein, die Namen der Entführer zu entziffern.

»Vielen Dank, Ofir. Das ist mir eine große Hilfe.«
Ich merke, wie mein neuer Freund neugierig auf das Papier und den Bleistift starrt. Er fragt: »Weshalb schreibst du dir solch fremdartige Zeichen neben die Hieroglyphen?«
Schnell versuche ich das Thema zu wechseln und sage: »Das ist eine lange Geschichte. Wenn ich mehr Zeit habe und wir uns wiedersehen, werde ich es dir erklären. Außerdem könnte ich dir dann meine Schreibsymbole beibringen.«
Ofir lächelt und zu meinem Glück hakt er nicht weiter nach. Er sagt nur: »Ich freue mich, dir mit meinem Wissen helfen zu können.« Er zeigt auf das Regal. »Benötigst du Magiepulver?«

➡ Tom hat noch Deben und kauft Magiepulver: 176

➡ Tom hat keine Deben mehr oder möchte kein Magiepulver kaufen und verlässt das Haus des Magiers Nefer: 8

322

Ah, diese Gasse erkenne ich wieder. Hier befindet sich das Haus von Ameni und Iset.

➡ Tom klopft an die Haustür von Ameni und Iset: 74

➡ Tom will in dieser Gasse die Bewohner nach Ameni befragen: 303

➡ Tom geht bis zum Ende der Gasse: 261

➡ Tom kehrt um: 260

323

Auch über dieser Tür steht der Name des Bewohners. Dieser heißt 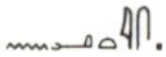. Vorsichtig klopfe ich an. Von drinnen ruft eine nicht mehr ganz so junge Stimme: »Wer ist da?«
Ich atme einmal kräftig durch und erwidere: »Hallo, hier ist Tom.

Ich habe eine Frage. Kannst du die Tür öffnen? Dann brauche ich nicht das ganze Dorf zusammenzubrüllen.«

Es dauert eine Weile, bis die Frau auf meine Antwort reagiert und ihre Haustür öffnet. Aufgebracht sieht sie mich an und fragt: »Weshalb belästigst du mich? Hast du nichts zu tun?«

Schnell stammle ich: »Entschuldige, ich habe mich in der Tür geirrt. Das wird nicht wieder vorkommen.«

Sie macht eine abwehrende Handbewegung und sagt böse: »Hier ist das Haus von Natis. Merke dir besser, wo deine Freunde wohnen. Ich werde mich beim Wachtposten beschweren. Einfach jeden ein- und ausgehen zu lassen.«

Mit lautem Knall wirft sie die Haustür vor meiner Nase zu. Ehrlich gesagt, bin ich froh, dass sie die Wache nicht gleich gerufen hat.

➡ Tom will weitere Bewohner des Dorfes sprechen: 287

➡ Tom geht weiter in das Dorf hinein: 283

➡ Tom geht in Richtung Dorfeingang: 300

324

Wenn Mersu tatsächlich etwas mit der Entführung Ramses' zu schaffen hat, sollte ich mich hier gründlich umsehen.

➡ Tom öffnet die Truhe und durchsucht sie nach wichtigen Hinweisen: 105

➡ Tom sieht sich den offenen, mit Papyrusrollen gefüllten Schrank genauer an: 129

➡ Tom sieht sich auf dem Tisch um: 144

➡ Tom will sich nicht weiter im Wohnraum umsehen und geht zurück in den Vorraum: 169

325

Jetzt sollte ich aber einen Zahn zulegen.

Irre, nur noch wenige Meter, dann habe ich endlich die Pyramide erreicht. Das wurde aber auch Zeit, oder? Pah, geschafft.

Meine Güte, ist das heiß. Wenn diese vier Schatten spendenden Palmen hier nicht ständen, würde ich glatt umkommen. Die Sonne wird mich noch verbrennen. Bin ich schon gar? Einen höllischen Durst habe ich auch.

| Tom macht eine Pause und trinkt frisches Trinkwasser aus seiner Feldflasche: 307, danach 140

326

Ich renne, was meine bleischweren Beine hergeben. Sicher, einen kleinen Nachholbedarf an Trainingseinheiten habe ich, aber das wollte ich eigentlich erst nach den Sommerferien im Sportunterricht aufholen.

Erst nach vielen Metern drehe ich mich nach meinem Verfolger um. Er ist wie vom Erdboden verschluckt. Nicht eine Haarspitze ist mehr von ihm zu sehen. Wahrscheinlich ist ihm die Puste ausgegangen. Keuchend wie ein altes Walross bleibe ich stehen.

| Tom verliert durch diesen Spurt an Stärke.

| »–5«

➡ Tom will sich stärken: 149, danach 218

➡ Tom will sich nicht stärken: 218

327

So ein Pech. Ich habe kein Heilpulver »Giftzersetzer« mehr dabei. Bei der nächstbesten Gelegenheit sollte ich einen Abstecher bei einem Arzt machen, um mich mit einigen Steinfläschchen einzudecken. Vorausgesetzt ich habe noch ausreichend Deben in meinem Geldbeutel. Allein beim Gedanken, dass ich mich mit diesem Trinkwasser vergiftet haben könnte, wird mir speiübel. Spätestens nach diesem Schrecken wäre es angebracht, mich auch um das verseuchte Trinkwasser in der Feldflasche zu kümmern.

| Tom denkt auch an das verseuchte Trinkwasser in der Feldflasche: 165

328

Je mehr ich über den Ring nachdenke, desto mehr komme ich zu dem Ergebnis, dass es Diebstahl ist, was ich hier mache. Egal, ob ich es den Grabräubern oder einem Pharao direkt aus dem Grab stehle. Schweren Herzens lege ich den Ring wieder an seine alte Stelle zurück.

| Tom legt den Ring zurück auf die goldene Säule.

| »Blaustein-Ring, –1«

Jetzt habe ich wenigstens kein schlechtes Gewissen mehr. Bloß schnell raus hier, bevor ich auch diesen Entschluss wieder bereue.

➡ Tom verlässt die Vorkammer: 7

329

| Tom legt die Feldflasche zurück in den Rucksack und schrumpft ihn wieder ein.

Während ich mit geschlossenen Augen dasitze und fühle, wie angenehm es ist, wenn die Seitenstiche nachlassen, höre ich das Zirpen und Summen unendlich vieler Insekten. Ich wundere mich, wie die Natur es immer wieder schafft, dass sich Tiere und Pflanzen an lebensfeindliche Regionen anpassen.

| Tom hat neue Kräfte gesammelt.

| »+20«

Mit Ausnahme des Durstes fühle ich mich fit genug, um den Weg fortzusetzen. Obwohl es mir schwer fällt, in dieser drückend heißen Luft auf die Beine zu kommen, erhebe ich mich und mach mich wieder auf den Weg.

➡ Tom geht in Richtung zur Oase: 80

➡ Tom geht in Richtung Grabanlage: 222

330

➡ Tom hat Ramses leider nicht die Namen der wahren Entführer genannt: 19

331

Ich springe auf, renne durch den Vorraum zur Haustür und schließe sie schnell hinter mir ab. Erst als ich einige Meter in die Gasse hineingelaufen bin, bleibe ich stehen und drehe mich noch einmal um. Ein unangenehmes Gefühl beschleicht mich. Ich bin nicht nur in ein Haus eingebrochen, sondern habe auch noch einen seiner Bewohner schwer verletzt. Obwohl ich es nicht mit Absicht getan habe. Ängstlich starre ich auf die Haustür. Hoffentlich lebt der Junge noch. In diesem Moment höre ich eilige Schritte hinter mir.

➡ Tom besitzt das Wedjat-Amulett:
34, danach 265, danach 110

➡ Tom besitzt das Wedjat-Amulett nicht: 339

332

Mit jedem Tritt gegen sein Schienbein spüre ich, wie der Druck seiner Arme nachlässt. Dann, als ich ihm noch einen heftigen Tritt auf seine nackten Zehen verpasse, lässt er mich endlich los. Ich zögere nicht lange und renne davon. Zielsicher steuere ich die vielen Häuser an, zwischen denen ich mich verstecken kann.

| Tom verliert bei diesem Zweikampf an Stärke.

| »–10«

➡ Tom geht in Richtung Deir el-Medineh: 318

➡ Tom geht in Richtung Oase: 120

333

Einen Augenblick lang gibt er sich wirklich große Mühe, sich an den Namen seines Vorarbeiters zu erinnern. Immerhin löscht das magische Pulver »Gedankenverlust« nur die Erinnerungen der letzten sechs Monate aus. Zu der Zeit könnten bereits die ersten Vorbereitungen für die Entführung geplant worden sein. Schließlich fällt es ihm ein.

»Er heißt Mersu. Mersu ist mein Vorarbeiter. Ich bin seiner Arbeitsgruppe zugeteilt.«

Das ist ja interessant. »Wo wohnt Mersu?«

Wieder strengt sich der arme Kerl an. Doch dann lächelt er. »Hier in dieser Gasse. Du kannst es nicht verfehlen. Es ist die reich verzierte Haustür.« Der Fremde stockt einen Moment. Dann fragt er neugierig: »Was willst du von ihm?«

»Äh, man hat mich ebenfalls seiner Arbeitsgruppe zugeteilt. Er muss mir sagen, an welchem Grab seine Gruppe arbeitet.«

Er scheint mir meine faustdicke Lüge abzukaufen. Sein Misstrauen, das eben noch in großen Buchstaben in seinem Gesicht geschrieben stand, ist verschwunden. Ich reiche ihm die Hand. Er ist irritiert über diese Geste. Wahrscheinlich hat man sich im alten Ägypten nicht per Handschlag verabschiedet. Also nicke ich zum Dank und steuere auf die Haustür zu. Mit einem zufriedenen Lächeln auf den Lippen verlasse ich das Haus.

➡ Tom steht wieder in der Gasse: 178

334

Nach wenigen Metern macht dieser mit Fackeln beleuchtete Schacht einen Rechtsknick. Plötzlich vernehme ich eigenartige Geräusche. Ein Jammern wie von leidenden Menschen. Eine Gänsehaut macht sich auf meinem Körper breit.

➡ Tom geht rechts herum weiter: 358
➡ Tom kehrt um: 160

335

 – Zaghaft klopfe ich an die hölzerne Haustür. Von drinnen ruft eine aufgebrachte Stimme: »Seqenenre ist nicht da. Komm ein anderes Mal wieder!«
»Wie freundlich«, murmle ich in mich hinein. Doch um Stress zu vermeiden, mache ich sofort wieder kehrt.

➡ Tom steht wieder in der Gasse, in der er die Bewohner nach Ameni befragen will: 170

336

Sicher hat der mit zwei prall gefüllten Säcken schwer beladene Maulesel einfach nur Durst. Ich könnte ihn mit einigen Schlucken Trinkwasser umstimmen. Während der alte Mann sich den Mund fusselig redet, fische ich meine Feldflasche aus dem Rucksack.

> Tom entschrumpft den Rucksack, nimmt die Feldflasche heraus und schrumpft ihn wieder ein.

»Hier«, sage ich laut.
Der Mann guckt verdutzt zu mir herüber.
»Halte mal beide Hände zusammen, damit ich etwas Trinkwasser hineingeben kann. Dein Esel hat Durst. Ich sehe es ihm an den Augen an.«
Der alte Ägypter zögert nicht lange und macht, was ich gesagt habe. Vorsichtig gieße ich Wasser in seine Handflächen. Gierig schlabbert es der scheinbar halb verdurstete Esel auf.
Der alte Mann schüttelt den Kopf und sagt schmunzelnd: »Dabei

wären es nur noch wenige Schritte bis zur Oase gewesen. Du hast Recht. Er hatte Durst. Wie hätte ich es dem Tier begreiflich machen sollen?«

Tom gibt dem durstigen Esel von seinem Trinkwasser ab.

»Feldflasche mit Trinkwasser, –20«

Kaum habe ich den Verschluss wieder auf die Flasche geschraubt, marschiert der Esel ohne Zutun des alten Ägypters von allein los. Sichtlich erleichtert und mit einem breiten, zahnlosen Grinsen strahlt der Alte mich an und sagt: »Du hast es wahrlich verstanden, in die Seele dieses Tieres zu sehen. Dabei hätte ich es sein müssen, der ihm die Wünsche von den Augen abliest. Ich war blind, denn ich bin in Eile. Man erwartet mich bereits im Tempel. Der Pharao, er lebe, sei heil und gesund, gibt ein Fest zu Ehren Osiris. Die Köchinnen des Tempels haben mich von weither bestellt. Der König weiß die Qualität meiner Kräuter zu schätzen. Nimm diese Deben als Dank.«
Ich gebe dem Ägypter zu verstehen, dass ich für meine Hilfe keine Deben haben möchte, und sage: »Behalte sie. Ich habe dir gern geholfen. Der Erfolg ist mir Dank genug.«
Doch der Gewürzhändler lässt sich nicht von seiner Belohnung abbringen. Er lacht und sagt: »Nicht so bescheiden, junger Freund. Deben sind so wichtig wie Trinkwasser in der Wüste. Deshalb ziere dich nicht. Nimm meinen Dank und die Deben an. Dann schulde ich dir nichts.« Nun, gebrauchen könnte ich die Deben schon. Also zögere ich nicht länger und greife danach, bevor er es sich anders überlegt.

Tom erhält von dem alten Ägypter als Dank für seine Hilfe Deben.

?

»Der Würfel entscheidet.«

➡ Augenzahl 1, 2 oder 3:
Tom erhält 10 Deben.

➡ Augenzahl 4, 5 oder 6:
Tom erhält 20 Deben.

»Lederner Geldbeutel, +?«
(? = Anzahl der erwürfelten Deben)

Während der alte Mann seinen Weg in Richtung Tempel fortsetzt, winke ich ihm zum Abschied nach. Im Schutz des Steinhügels verstaue ich Feldflasche und Deben in meinem Rucksack.

Tom entschrumpft den Rucksack, verstaut darin Feldflasche und Deben und schrumpft ihn wieder ein.

Mit dem schönen Gedanken, soeben eine gute Tat vollbracht zu haben, klettere ich gut gelaunt über den Hügel zurück auf den Wüstenpfad.

➡ Tom geht in Richtung Oase: 186

➡ Tom geht in Richtung Pyramide: 325

337

Ich schließe die knarrende Tür und verlasse den Nebenraum. Jetzt stehe ich wieder im hellen Wohnraum des Hauses.

➡ Tom sieht sich im Wohnraum um: 324

➡ Tom geht in den rechten Nebenraum hinein: 357

➡ Tom geht in den linken Nebenraum hinein: 167

➡ Tom geht zurück in den kleinen Vorraum: 169

338

Es dauert einen Augenblick, bis ich wieder zur Besinnung komme. Das Einzige, woran ich mich noch erinnern kann, ist dieser Typ, der mir irgendein Gebräu ins Gesicht gegossen hat. Ja, jetzt rieche ich es wieder, ein ekelhafter Gestank. Er muss mir ein Gift verabreicht haben. Wahrscheinlich hat es nicht so gewirkt, wie er es sich vorgestellt hat. Ich zerre wild an dem Seil, mit dem mich der Fremde gefesselt hat. Doch zu meinem Glück muss ich feststellen, dass er seinen Auftrag nicht gründlich ausgeführt hat, denn es gelingt mir auf Anhieb, den Knoten zu lösen und mich zu befreien. Noch etwas benommen von dem unbekannten Gift will ich mich vergewissern, ob ich das Heilpulver »Giftzersetzer« bei mir habe.

| Tom lässt den Rucksack entschrumpfen.

➡ Tom findet das Heilpulver »Giftzersetzer« in seinem Rucksack: 207

➡ Tom findet das Heilpulver »Giftzersetzer« nicht in seinem Rucksack: 266

339

Ich drehe mich um, und bevor ich überhaupt entsprechend reagieren kann, haben mich bereits zwei mit Speeren bewaffnete Wachtposten gepackt. Ich kann mir absolut keinen Reim darauf machen, woher sie so schnell von alledem erfahren konnten.

➡ Tom wird gefangen genommen und für den Einbruch in einem Haus eines Grabarbeiters schwer bestraft: 134

340

Dieser Schacht scheint wieder in einer Vorkammer zu enden. Nur brennt in dieser nicht eine einzige Fackel. Ob ich es trotzdem wagen sollte, dort hineinzugehen? Schließlich will ich den todesmutigen Sprung über den Abgrund ja nicht umsonst riskiert haben.

➡ Tom wagt sich in die unbeleuchtete Kammer hinein: 288

➡ Tom kehrt wieder um: 360

341

 – Auch hier steht der Name des Bewohners auf dem Querbalken über der Tür. Vielleicht habe ich Glück und es öffnet jemand. Leise klopfe ich an die Haustür. Doch es scheint niemand da zu sein. Gerade will ich mich abwenden, da höre ich ein knarrendes Geräusch. Im gleichen Augenblick werde ich brutal gepackt und ins Haus gezerrt. Ich erhasche gerade noch einen Blick in Richtung des alten Ägypters, der im Schatten seines Hauses sitzt. Natürlich hat er hiervon nichts mitbekommen. Jemand hält meine Arme hinter meinem Rücken fest. Mit lautem Knall schmeißt er die Tür zu. Ich kann sein Gesicht nicht erkennen. Er presst eine Hand auf meinen Mund. Es gelingt mir nicht, um Hilfe zu rufen.

Mit tiefer Stimme flüstert er: »Glaube nicht, dass es dir gelingen wird, unseren Plan zu durchkreuzen. Niemand steht uns im Weg, auch du nicht.«

Wenn ich nicht solche Angst hätte, würde ich vielleicht in diesem Moment die richtige Entscheidung treffen. Aber was soll ich machen? Er kann mich doch nicht einfach so aus dem Weg räumen. Mit aller Kraft ramme ich dem Fremden meine spitzen Ellenbogen in den Bauch. Er zuckt kurz zurück. Volltreffer. Diesen Vorteil nutze ich, um ihm gleich einen weiteren Hieb zu verpassen. Obwohl

der Fremde nach diesem zweiten Treffer noch fester zupackt, gelingt es mir, ihm ein drittes Mal meinen spitzen Ellenbogen in den Bauch zu rammen. Als er mit einem kurzen Aufschrei seinen Griff lockert, nehme ich mit einem schnellen Handgriff etwas Sand vom Boden des dunklen Vorraums auf und werfe ihm diesen direkt in die Augen.

➡ Tom hat 50 oder mehr Stärkepunkte. Deshalb gelingt es ihm sich loszureißen: 106

➡ Tom hat weniger als 50 Stärkepunkte. Es gelingt ihm nicht sich loszureißen: 317

342

| Tom hat kein frisches Trinkwasser mehr. Er leidet unter Durst.

| »–5«

| »–5«

| Tom schrumpft seinen Rucksack ein und hängt ihn sich wieder um den Hals.

➡ Tom hat 0 Gesundheitspunkte: 33

343

Cool, diese fünf versteinerten Skarabäen werde ich auf dem Basar verkaufen.

Tom entschrumpft den Rucksack und steckt die fünf versteinerten Skarabäen ein.

»Skarabäus-Glücksbringer, +5«

Tom schrumpft den Rucksack wieder ein und hängt ihn sich um den Hals.

Wenn ich ein Fläschchen mit »Skarabäusbissheiler« dabeihätte, würde es mir bald besser gehen und dieser unerträgliche Schmerz wäre im Nu verflogen.

➡ Tom hat noch ein Fläschchen mit dem Heilpulver »Skarabäusbissheiler« dabei: 32

➡ Tom hat kein Fläschchen mit dem Heilpulver »Skarabäusbissheiler« dabei: 9

344

Hilfe, ich stürze! Ah, nein. Ich habe mich gerade noch mit den Händen auf der gegenüberliegenden Seite festhalten können. War das knapp. Der Schweiß rinnt literweise an meinem Gesicht herunter. Jetzt muss es mir nur noch gelingen, mich hinaufzuziehen. Aber meine Hände sind verschwitzt. Egal, koste es, was es wolle, ich muss es schaffen. Bloß nicht nach unten gucken. Ah, gleich bin ich oben. Das war Rettung in letzter Sekunde.

Das Springen über den Abgrund und das Hinaufziehen kostet Tom Kraft. Er verliert an Stärke.

 | »–10«

➡ Tom will sich stärken: 149, danach 246

➡ Tom will sich nicht stärken: 246

345

Soweit ich es erkennen kann, stehen in den Ecken und an der Wand dieser Vorkammer etliche Vorratsbehälter – Sechs oder sieben nach unten hin spitz zulaufende Steinkrüge und vier aus Papyrus geflochtene Körbe. Wahrscheinlich dienen diese Vorräte als Verpflegung. Aber wer nutzt schon die Vorkammer einer Pyramide als Unterschlupf? Vielleicht Entführer? Die hätten sicher einen Grund.

➡ Tom sieht sich die Inhalte der drei Körbe genauer an: 254

➡ Tom verlässt die Vorkammer wieder: 208

346

Jetzt aber weiter in Richtung Oase. Oder sollte ich nach diesem unangenehmen Vorfall vielleicht doch wieder umkehren?

➡ Tom geht weiter in Richtung Oase: 80

➡ Tom kehrt wieder um: 222

347

Nicht einmal in meinen kühnsten Träumen habe ich mir vorstellen können, wie viele Ägypter sich hier auf dem Basar zusammenfinden. Überall haben sich Händler einen Platz gesucht und ihre Wa-

ren entweder auf Matten aus Ried oder Papyrus ausgebreitet. Der eine oder andere hat sich sogar einen schattigen Verkaufsstand aus Holz zusammengezimmert. Auf diese Weise ist das Warten auf Kundschaft um die heißen Mittagsstunden herum etwas angenehmer.

Der Basar ist nicht nur ein Ort, um einzukaufen. Er ist vielmehr ein Treffpunkt, um Neuigkeiten auszutauschen. Mancher vergnügt sich im Schatten der Dattelpalmen mit Spielen, die während der Mittagszeit die Gluthitze überstehen helfen und für etwas Abwechslung sorgen. Überall verstreut sitzen Spieler vor dem hölzernen Brett eines Senet-Spiels oder den runden aus Nilschlamm gefertigten Brettern des Schlangenspiels Mechen. Andere sehen jungen Ägypterinnen zu, die sich zum Rhythmus der Musik bewegen. Die Musikerinnen begleiten die nackten, nur mit einer Art Lendenschurz bekleideten Tänzerinnen mit Harfe, Flöten, Trommeln und Tamburinen. Es ist zwar nicht die Musik, zu der ich mit Jessica in einer Disco tanzen würde, aber hierher passt sie gut. So gut wie die vielen Farbkleckse in der sonst eher ockerbraun gefärbten Landschaft, der Farbe des getrockneten Nilschlamms ihrer Häuser. Überall sieht man Leute in Gewändern oder einem Lendenschurz aus weißem Leinen. Ihr Haar verbergen sie unter schweren tiefschwarz glänzenden Perücken. Diese haben sie zudem mit Kopfbändern aus Federn in vielen leuchtenden Farben geschmückt. Einige wenige tragen sogar eines dieser typischen breiten Bänder um den Hals. Ein cooler Anblick.

➡ Tom sieht sich auf dem Basar um: 247

➡ Tom hat Skarabäen-Glücksbringer dabei und möchte sie auf dem Basar verkaufen: 243

➡ Tom ignoriert den Basar und geht weiter: 93

348

Irgendwo in meinem Rucksack habe ich doch ein Halstuch gesehen. Ich könnte damit Nase und Mund vor dem feinkörnigen Sand schützen.

Tom entschrumpft seinen Rucksack und nimmt das Halstuch heraus. Er bindet es sich um den Kopf, damit er keinen Wüstensand in Nase, Mund und Ohren bekommt. Er schrumpft den Rucksack wieder ein und kriecht weiter.

He, pass doch auf, ich hatte Vorfahrt. Rüpel. Diese Eidechse hat es doch tatsächlich gewagt, mir die Vorfahrt zu nehmen. Ein paar Straßenschilder zwecks Verkehrssicherheit wären doch das Mindeste, was man hier verlangen kann, oder? Hoppla, ich alte Sabbeltasche. Beinahe hätte ich mich verfahren, äh verkrochen. Zu sehr bin ich auf den Beinaheunfall konzentriert gewesen. Hätte fast die Palmengruppe verfehlt. Schnell hoch und rein in den Schatten. Geschafft. Geschützt zwischen den dicken Stämmen der Dumpalmen stelle ich mich aufrecht hin, nehme das Tuch ab und versuche den rauen Sand von meinem verschwitzten Körper zu streichen.

Tom entschrumpft seinen Rucksack, legt das Halstuch hinein und schrumpft den Rucksack wieder.

Diese Leistung werde ich mir mit einem kräftigen Schluck Wasser belohnen.

Wie ein abgehetzter Hund sitze ich hechelnd an die Palme gelehnt und genehmige mir eine Sonderration erfrischendes Trinkwasser.

Tom hat sich beim Kriechen anstrengen müssen. Er verliert an Stärke.

»–5«

➡ Tom macht eine Pause, entschrumpft den Rucksack und trinkt frisches Trinkwasser aus seiner Feldflasche: 307, danach 154

349

Mit einem Satz springe ich über den Hügel und nähere mich mit großen Schritten dem alten Mann. Obwohl er mit dem Rücken zu mir steht, sagt er genervt: »Es ist immer wieder das Gleiche mit diesem Tier. Ausgerechnet hier zwischen Sand, Sand und noch mehr Sand, wenige Schritte vor der Oase, weigert sich mein eigensinniger Freund weiterzugehen.«
Ohne weiter nachzufragen, fasse ich die ledernen Zügel und helfe dem Ägypter das Tier vorwärts zu ziehen. Selbst unsere vereinten Kräfte nützen nichts. Der Esel ist stärker. Wahrscheinlich hat er die Handbremse angezogen. Nur, wie bekommt man bei solch einem sturen Huftier den ersten Gang rein? Während ich dastehe und überlege, versucht der alte Mann es jetzt mit einer anderen Taktik, nach dem Motto:»Sprichst du freundlich mit dem Esel, kommst du heute noch nach Wesel«. Doch das Tier bleibt unbeeindruckt von dem lieblichen Gesäusel, das der alte Ägypter in die langen haarigen Ohren seines Esels zirpt. Er lässt nur ein Schneuben hören. Sicher ein Protest. Aber weshalb? Ah, vielleicht quält ihn das, was jeden hier in dieser erbarmungslosen Hitze zu schaffen macht – Durst. Ob ich ihm etwas von meinem Trinkwasser abgebe?

➡ Tom hat 50 oder mehr Schlucke Trinkwasser in seiner Feldflasche. Er bietet dem alten Ägypter einige Schlucke Wasser für den Esel an: 336

➡ Tom bietet dem alten Ägypter kein Wasser für den Esel an. Er verabschiedet sich und geht weiter: 226

350

»Oh, das ist wirklich sehr freundlich von euch, aber mir geht es gut, danke.«

Beide sehen sich an und zucken mit den Schultern. Mit einem flüchtigen Gruß belassen sie es dabei und machen auf der Stelle kehrt. Sie gehen zur Palmengruppe zurück, wo der dritte Nubier im Schatten der Palmen auf seine Landsmänner wartet. Einen Augenblick stehe ich noch da und starre auf den Granatapfel. Er sieht lecker aus. Eine Stärkung könnte ich tatsächlich gebrauchen.

➡ Tom isst den Granatapfel: 175

➡ Tom traut sich nicht den Granatapfel zu essen. Er wirft ihn weg: 197

351

Der zweite Korb ist bis zum oberen Rand mit Feigen gefüllt. Sie sehen wirklich appetitlich aus.

➡ Tom will sich nicht mit Feigen stärken: 119

| Tom stärkt sich mit Feigen aus dem zweiten Korb.

| »Der Würfel entscheidet.«

| »? x 5« – (? = Augenzahl des Würfels)

Ich lege den Deckel zurück auf den Korb.

➡ Tom sieht auch in die anderen Körbe: 254

➡ Tom sieht sich weiter in der Vorkammer um: 345

352

Tuja sieht mich streng an. Dann erblickt sie den Ring an meiner Hand und fragt: »Woher hast du diesen Ring?«
Ich schrecke zusammen. Was soll diese Frage? Verwirrt antworte ich: »Äh, ich habe ihn gefunden, in der Pyramide . . .«
In diesem Augenblick ruft Tuja laut nach ihren Wachtposten. Nicht nur ich bin erstaunt. Auch Ameni sieht mich erschrocken an.
»Nehmt die beiden mit. Es sind Grabräuber, die unter einem Vorwand in den Tempel eingedrungen sind. Schafft sie fort. Und schickt mir den Oberaufseher.«
»Nein, das ist ein Irrtum«, rufe ich, um das schreckliche Missverständnis aufzuklären, aber ich habe keine Chance. Tuja ignoriert mich, als wäre ich Luft. Sie hat sich bereits abgewendet und verlässt den Tempelgarten. Ameni sieht traurig und enttäuscht zu Boden. Am liebsten möchte ich mich in Luft auflösen.

Tom hat einen wertvollen Ring bei sich gehabt, der aus einem der ausgeraubten Gräber stammt: 134

353

Mir wird schwindelig und schwarz vor Augen. Dann wird alles still um mich herum.

➡ Tom fällt in einen langen tiefen Schlaf: 229

354

Tom erhält durch die Erfüllung eines weiteren Wunsches die Chance, sein Schicksal erneut in die Hand zu nehmen. Deshalb steht er jetzt wieder an den Stamm einer Palme gelehnt neben

dem Wüstenpfad, der das Dorf Deir el-Medineh mit der Oase verbindet: 200

355

Diese Oase ist ein angenehmes Fleckchen Grün in der Ödnis. Das viele Ocker des Wüstensandes macht ja auf Dauer blind. Außerdem tut mir der kühlende Schatten gut.

Hier wäre ein geeigneter Ort, um eine Verschnaufpause einzulegen. Soll ich dieses schattige Plätzchen nutzen, um mich zu stärken, oder lieber gleich weiterziehen?

➡ Tom hat 20 oder weniger Schlucke Trinkwasser in seiner Feldflasche. Er füllt sie erst an dieser Oase wieder auf: 97

➡ Tom stärkt sich: 149, danach 355

➡ Tom trinkt frisches Trinkwasser: 307, danach 355

➡ Tom zieht weiter: 202

356

Zu meiner Überraschung hat der Angriff Seths nicht nur mich Kraft gekostet, auch ihn selbst hat das Anwenden seiner eigenen Zauberkraft geschwächt.

➡ Tom besitzt Magiepulver und wehrt sich gegen die Angriffe Seths: 53

➡ Tom besitzt entweder keine Magiepulver oder er flüchtet trotz Magiepulver vor Seth: 157

357

Langsam öffne ich die knarrende Tür. Dann warte ich einige Sekunden, ob jemand auf das unüberhörbare Geräusch reagiert. Aber nichts regt sich. Ich gelange in einen offenen Zwischenraum ohne Decke. An der Wand führt eine Treppe aus Kalksandstein auf die Dachterrasse des Hauses.

➡ Tom steigt die Treppe hinauf, um auf die Dachterrasse des Hauses zu gelangen: 62

➡ Tom traut sich nicht auf die Dachterrasse zu gehen: 337

358

Und wieder sind sie da, diese seltsamen Wimmergeräusche. Ängstlich blicke ich mich um. Gerade will ich einen Zahn zulegen, da packt mich bereits eines dieser leinenverwursteten Wesen. Doch es fällt ihm schwer, das Gleichgewicht zu halten. Wie betrunken torkelt es herum, während es versucht, mich zu würgen. Ein ekelhaftes Gefühl, diese eiskalten leblosen Hände, die meinen Hals umklammern. Mit Widerwillen versuche ich mich mit aller Kraft aus dem Würgegriff zu befreien. Die Mumie ist außergewöhnlich stark – seltsam, wo sie doch längst mausetot ist.

Tom versucht sich aus den Klauen der wandelnden Mumie zu befreien.

»Wandelnde Mumie,
Stärke 2«

Tom gewinnt den Zweikampf und schafft es, die steifen Hände der wandelnden Mumie von seinem Hals zu lösen.

| »–5«

Tom verliert den Zweikampf und schafft es nicht, die steifen Hände der wandelnden Mumie von seinem Hals zu lösen. Bevor er erstickt, lässt sie von allein wieder los.

| »–5«

| »–5«

Ganz gleich, wie dieser Zweikampf ausgegangen ist, die wandelnde Mumie verschwindet genauso plötzlich, wie sie erschienen ist. Gierig schnappe ich nach Luft. Das war knapp. Beinahe wäre ich erstickt.

➡ Tom möchte sich stärken: 149, danach 189, wenn er weitergeht, oder 291, wenn er umkehrt.

359

Nein, nicht schon wieder. Langsam werden diese falsch aufgerollten Klorollen lästig. Ihr grauenvolles Wimmern geht mir durch Mark und Bein. Leider habe ich nichts, womit ich sie mir vom Hals halten könnte. Schockiert starre ich auf die widerliche Kreatur, die sich in rasantem Tempo auf mich zubewegt. Doch plötzlich nähert sich eine weitere Mumie. Während sich beide wild auf mich stürzen, geht ihr Gewimmer in ein seltsam fieses Lachen über. Mein Blut gefriert zu Eis.

Tom versucht sich aus den Klauen der beiden wandelnden Mumien zu befreien.

»Wandelnde Mumien, Stärke 4«

➡ Tom gewinnt den Zweikampf und schafft es, die steifen Hände der wandelnden Mumien von seinem Hals zu lösen.

»–10«

➡ Tom verliert den Zweikampf und schafft es nicht, die steifen Hände der wandelnden Mumien von seinem Hals zu lösen. Bevor er erstickt, lassen sie von allein wieder los.

»–15«

»–15«

Wie ein Walross schnappe ich gierig nach Luft. Ich habe den Verdacht, dass sie mich gar nicht erwürgen, sondern mir etwas von meiner Lebensenergie entziehen wollen. Denn jeder ihrer Angriffe schwächt mich. Deshalb sollte ich aufpassen, welche Richtung ich einschlage.

Und ich sollte mir die Schächte merken, in denen ich mit diesen Gestalten rechnen muss.

➡ Tom möchte sich stärken: 149, danach 263, wenn Tom weitergeht, oder 72, wenn er umkehrt.

360

Hoffentlich habe ich keinen Fehler begangen . . . einfach umzukehren, ohne auch nur einen Blick in die Kammer hineingeworfen zu haben.

➡ Tom hat es sich anders überlegt. Er geht doch in die unbeleuchtete Kammer hinein: 288

➡ Tom geht weiter zurück: 81

361

➡ Tom hat Ramses leider nicht die Namen der wahren Entführer genannt: 19

362

Dieser Schacht führt mich geradewegs in eine weitere Vorkammer. Ih, wie das blendet. Es ist kaum zu glauben, aber das viele glänzende Gold reflektiert sogar das schwache Licht der Fackeln an den Wänden so stark, dass es mir beinahe schwer fällt zu gucken.

Es ist unglaublich, welche Schätze hier gelagert sind. Nicht nur Schmuck, sondern auch Möbelstücke, teilweise mit purem Gold

verziert. Wenn ich nicht so ein anständiger Junge wäre, würde ich mich glatt benehmen wie die gierigen Grabräuber in schlechten Filmen. Aber ich sollte mich zusammenreißen und das Ansehen meiner Familie nicht in den Schmutz ziehen. Schließlich ist das alles hier Eigentum des bestatteten Pharaos, dem zu Ehren es in sein königliches Grab gelegt wurde, damit er auch im jenseitigen Leben gut ausgestattet ist.

Andererseits kann es sich auch um Diebesgut von Grabräubern handeln. Dann gehörten diese Schätze irgendeinem x-Beliebigen, dem es nicht weh tut, wenn ich mir eine kleine unbedeutende Kostbarkeit schnappe. Überwachungskameras sind hier garantiert nicht installiert. Außerdem, wer an den Fluch des Pharaos glaubt, der sollte sich besser um das rechtzeitige Wechseln seiner Babywindeln kümmern. Alles Hirngespinste, wenn ihr mich fragt.

➡ Tom kann dem Reiz des Goldes nicht widerstehen und sieht sich nach einer kleinen unbedeutenden Kostbarkeit um: 313

➡ Tom ist zu anständig, um etwas einzustecken, und verlässt die Vorkammer: 7

➡ Tom hat bereits ein Schmuckstück eingesteckt. Deshalb verlässt er die Vorkammer wieder: 233

➡ Tom hat bereits ein Schmuckstück eingesteckt und deshalb ein schlechtes Gewissen. Er legt es wieder an seinen alten Platz zurück: 328

363

»Leider muss ich mich wieder auf den Weg machen.«

Wir erheben uns von der Matte. Kamose begleitet mich zur Tür. »Leb wohl, Tom. Wenn dach Chickchal dich wieder an meinem Hauch vorbeiführt, bicht zu chedercheit herchlich willkommen.«

Kamose hebt zum Abschied die Hand. Er greift nach seiner Pfeife,

aus der immer noch weißlicher Dampf quillt, und sieht mir noch einen Moment nach, bevor er sich wieder im Schatten der Gasse niederlässt, um dort weiter vor sich hin zu dösen. Ich setze meinen Weg fort.

➡ Tom geht die Gasse rechts herum weiter: 311

➡ Tom geht wieder zurück: 152

364

Bevor ich mich aber dem Scherbenhaufen nähere, schaue ich mich vorsichtig um. Prima, ich bin allein.

Ich hocke mich hin, um mir die Scherben genauer anzusehen. Für einen kurzen Moment erinnert mich das an unsere Urlaube am Strand. So sitze ich, wenn ich nach Muscheln oder schönen Steinen suche. Merkwürdig, auf allen Bruchstücken sind Hieroglyphen eingeritzt. Je mehr ich von diesen Fragmenten betrachte, desto mehr habe ich den Verdacht, jemand habe seine Schreibübungen auf diesem Haufen entsorgt. Richtig. Hier ist ein Haus abgebildet und daneben steht ein Wort in Hieroglyphen  und hier ist das Abbild eines Nilboots. Auch daneben steht ein Wort in Hieroglyphen . Und sogar einzelne Buchstaben, wie das V , das W , das X  und das Z .

»He, was suchst du da?«

Hoppla, also habe ich mich doch nicht getäuscht. Es ist jemand im Haus. Verlegen sehe ich mich um. Ein mit einem faltigen Leinenüberwurf bekleideter, vornehm aussehender Ägypter schreitet hoch erhobenen Hauptes auf mich zu. Sonderlich verärgert über mein Erscheinen ist er jedoch nicht. Verlegen antworte ich auf seine Frage: »Ich hatte an die Tür geklopft, nur öffnete niemand, obwohl ich drinnen im Haus Stimmen hörte.«

Der Mann lacht und sagt: »Aber du wirst doch noch eine Schrei-

berschule von der gewöhnlichen Behausung eines Grabarbeiters unterscheiden können.« Jetzt sieht er mich von oben bis unten an und bemerkt spitzzüngig: »Nun, ein gewöhnlicher Grabarbeiter vermag nicht einzuschätzen, welch hohe Konzentration eine kunstvolle Handschrift bedarf. Da haben die Ohren den Augen untertan zu sein. Wir sind es der göttlichen Schrift, wir sind es Thot schuldig, der uns die Hieroglyphen zum Geschenk machte.«
Nee, dieses eingebildete Gehabe des Schreibers macht mich nur wütend. Ich werde freiwillig das Feld räumen, denn ich habe keine Lust, mich noch weiter beleidigen zu lassen. Deshalb lächle ich, dass mir der Schmalz aus den Mundwinkeln rinnt, und zirpe: »Ich muss jetzt gehen. Mein ganzes Leben lang werde ich nicht vergessen mit einem so klugen und gebildeten Mann wie dir gesprochen zu haben. Leb lange, leb gesund, großer Schreibermeister.«
Während der eingebildete Typ mir hochnäsig hinterhersieht, sehe ich zu, dass ich den Hinterhof verlasse. Nach wenigen Metern bin ich wieder an der Stelle gelandet, wo sich mitten im Weg die Gasse in zwei Hälften teilt.

➡ Tom geht die linke Seite der Mauer entlang: 275

➡ Tom geht an der rechten Seite der Mauer entlang: 52

➡ Tom kehrt wieder um: 192

Begriffserklärungen

Anch: »Symbol des Lebens«. Ägyptische Götter, die dieses Symbol bei sich tragen, deuten damit an, dass sie die Macht besitzen, Leben zu geben und zu nehmen.

Deben: Deben waren das allgemeine Zahlungsmittel der alten Ägypter. Sie bestanden zum Teil aus glatt geschliffenem Granit und hatten etwa die Größe eines Karamellbonbons. Ihre Ecken und Kanten waren abgerundet. Auf der Oberseite waren sie mit der »Kartusche« eines Pharaos verziert.

Deir el-Medineh: Deir el-Medineh war das Dorf der Grabarbeiter im Tal der Könige. Darin lebten beinahe fünfhundert Jahre lang achtzig bis einhundert Grabarbeiter mit ihren Familien. Das Dorf hatte einen bewachten Zugang und wurde von einer sieben Meter hohen Mauer umgeben.

Fayence-Trinkbecher: Ein mit Zinnglasur bemalter Becher aus Ton. Meist verziert. Zum Beispiel mit Lotosblüten.

Kartusche: Namen von Pharaonen wurden in der Hieroglyphenschrift von Kartuschen umrahmt dargestellt (siehe Deben-Abbildung).

Pylon: Göttliches Tor, das zu den Ritualplätzen von Grabstätten oder zu Tempeln führt.

Pyramidion: Die aus weißem Kalkstein gefertigte und mit Texten in Hieroglyphen verzierte Spitze einer Pyramide, auf deren vier Seiten in verschiedenen Darstellungen Variationen über die Wiederauferstehung gezeigt werden.

Skarabäus: Der Skarabäus gehört zur Familie der Mistkäfer. Da der Mistkäfer eine Dungkugel vor sich herrollt, wurde der Skarabäus ebenfalls zur Darstellung des Sonnengottes Re verwendet, der die Sonne über den Himmel bewegt. Für Glücksbringer und Amulette, auf Stelen oder in Grabkammern war der Skarabäus ein beliebtes Motiv als Symbol für die Wiedergeburt.

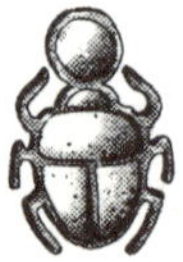

Stele: Eine Art Grabstein in Form einer Tür, die die Verbindung der Toten mit der Welt der Lebenden symbolisierte. Stelen enthielten kunstvoll eingeritzte Hieroglyphen, die den Namen des Verstorbenen sowie Beschreibungen seiner besonderen Fähigkeiten und Leistungen nannten.

Sykomore: Im alten Ägypten gab es eine große Anzahl Bäume. Besondere Bedeutung hatte die heilige Sykomore, ein Feigenbaum. Es ist der Baum, der das Reich des Todes, aber auch den Himmel der Götter darstellt.

Tal der Könige: Nach der großen Zeit der Pyramiden (ca. 1539 v. Chr.) zu Beginn des Neuen Reiches wurden die ägyptischen Herrscher im Tal der Könige bestattet. Es war ein gut bewachtes Tal, das mit aller Macht vor Grabräubern und Plünderern geschützt werden musste. Ramses' Vater Sethos I. gab den Befehl, jeden Unbekannten, der sich unerlaubt diesem Tal näherte, unverzüglich mit Pfeil und Bogen niederzustrecken. Nicht nur die Pharaonen wurden im Tal bestattet, sondern auch ihre Gemahlinnen, hoch gestellte Persönlichkeiten und auch Tiere. Sogar die Grabarbeiter konnten sich in der Nähe ihres Dorfes Deir el-Medineh in aufwändig gestalteten Gräbern bestatten lassen.

Ramses II. (der Große): Ramses II., geboren 1304 v. Chr. (Vater: Sethos I., Mutter: Tuja), wurde im Jahre 1279 v. Chr. mit 25 Jahren Pharao. Die schöne Nefertari, in die er sich in jungen Jahren bei einem Besuch in einem Harim Mer-Our (einer Ausbildungsstätte für junge Tänzerinnen, Musikerinnen und Handwerkerinnen) verliebte, machte er vor seiner Amtszeit bereits zu seiner Frau. Nach seinem Amtsantritt als Pharao wurde Nefertari zu seiner Lieblings-Königsgemahlin. Ihr widmete er eine Kultstätte neben seinem eigenen Tempel in Abu Simbel. Ramses II. hatte mit seinen zehn Königsgemahlinnen und weiteren Nebenfrauen ca. 90 Kinder. Das Land regierte er mehr als 67 Jahre lang (bis ca. 1213 v. Chr.) und war somit der längste amtierende Pharao. Tom Traveller ist der einzige Lebende aus unserer Zeit, der den Pharao während einer Zeitreise im Jahre 1261 v. Chr. persönlich kennen lernte. Im Alter von 93 Jahren verstarb Ramses II. an den Folgen einer vereiterten Zahnwurzel. Mit Ramses II. starb auch die letzte Glanzzeit Ägyptens.

Wedjat – Auge des Horus:

Fragen und Antworten zum Zeitreisen-Logbuch

Na, habe ich dir nicht versprochen im Notfall zu helfen? Schließlich sind wir Partner. Am besten du fragst mich und ich antworte dir. So einfach geht das. Du wirst sehen, wenn wir damit durch sind, hast du den totalen Durchblick.

Für die Beispiele solltest du die erste Logbuchseite mit der Überschrift »Beispiel« aufschlagen. Sie befindet sich weiter hinten im Buch bei den Logbuchseiten zum Herausreißen.

Meinetwegen können wir anfangen. Wir beginnen mit meinem Rucksack. Konzentriere dich jetzt nur auf die Tabelle mit der Überschrift »Toms Rucksack«. Also, frag mich etwas!

Toms Rucksack

Was ist, wenn Tom einen Gegenstand dazubekommt, der sich schon im Rucksack befindet?

Kein Problem. Schreibe den Gegenstand nicht in eine neue Zeile, sondern trage die neue Anzahl in die jeweils nächste freie Spalte des bereits in der Tabelle befindlichen Gegenstands ein. Eine Ausnahme gibt es allerdings. Nämlich dann, wenn ich einen Gegenstand bekomme, der sich schon einmal in meinem Rucksack befand und dessen Zeile du durchgestrichen hast, weil er mir vielleicht verloren gegangen ist. Logischerweise musst du dann eine neue Zeile beginnen.

Was ist, wenn Tom einen Gegenstand verliert?

Das ist zwar bitter, aber manchmal unvermeidlich, leider. In diesem Fall streiche wegen der besseren Übersicht die ganze Zeile komplett durch. Sieh dir dazu mein Beispiel an:

> Tom klettert in letzter Sekunde über die hohe Mauer und verliert dabei seine Feldflasche mit dem kostbaren Trinkwasser.

»~~Feldflasche mit Trinkwasser~~«

Siehst du? In diesem Beispiel geht die Feldflasche samt Inhalt verloren. Streiche in der Tabelle »Toms Rucksack« die gesamte Zeile mit dem Namen »Feldflasche« von der ersten bis zur letzten Spalte durch. Das Gleiche gilt natürlich auch, wenn du einen Gegenstand ohne Inhalt verlierst wie hier:

Tom verliert sein Amulett.

»~~Amulett~~«

Am besten du probierst das gleich mal auf der Beispiel-Logbuchseite aus. Entferne das Amulett aus meinem Rucksack, indem du die Zeile mit dem Namen »Amulett« durchstreichst.
Habe ich schon erwähnt, dass sich durchgestrichene Gegenstände nicht mehr in meinem Rucksack befinden und ich sie natürlich auch nicht mehr benutzen kann?

Was ist, wenn Tom den Inhalt eines Gegenstands verbraucht?
Eine »0« als Anzahl bedeutet, dass ein Gegenstand leer ist (z. B. die Feldflasche mit dem Trinkwasser oder mein lederner Geldbeutel). Da ich während des Abenteuers immer wieder Gelegenheiten bekomme diese Gegenstände aufzufüllen, streiche den Namen des Gegenstands auf keinen Fall durch.

Tom bezahlt 1 Deben.

»Lederner Geldbeutel, –1«

Du siehst, hier wird nicht der lederne Geldbeutel, sondern sein Inhalt weniger. Ziehe deshalb vom Eintrag der letzten Spalte (z. B. »10«) einen Deben ab und trage in die nächste freie Spalte das Ergebnis (jetzt z. B. »9«) ein.
Nicht vergessen! Immer wenn sich der Inhalt in meinem Rucksack ändert, erscheint das Symbol »Toms Rucksack«. Das bedeutet, dass du Eintragungen in der Tabelle »Toms Rucksack« vornehmen musst.

Toms Magie- und Heilpulver

Kommen wir nun zu meinen Magie- und Heilpulvern. Konzentriere dich nur auf die Tabelle mit der Überschrift »Toms Magie- und Heilpulver«. Bist du bereit? Gut, dann frag mich etwas!

Was ist, wenn Tom Magie- oder Heilpulver erhält?

Mit Magiepulvern wie z. B. »Gedankenverlust« kann ich mich gegen total durchgeknallte Typen wehren, die mir mit aller Gewalt ans Leder wollen. Solche Magiepulver erhalte ich beim Magier Nefer im Land der Pharaonen. Gesundheit erlange ich durch die Heilpulver (z. B. »Skorpionbissheiler«), die ich beim Arzt kaufen kann. Wenn ich Magie- oder Heilpulver erhalte oder anwende, erscheint das Symbol »Toms Magie- und Heilpulver«. Sieh dir dieses Beispiel an:

| Tom erhält vom Magier das Magiepulver »Gedankenverlust«.

| »Magiepulver, Gedankenverlust, +1«

Schreibe in die erste Spalte die Art des Pulvers (z. B. »Magiepulver«), in die zweite Spalte seine Magie (z. B. »Gedankenverlust«)

und ab der dritten Spalte für jedes Steinfläschchen pro Spalte eine 1. Hier ein Beispiel:

Tom kauft beim Arzt 3 Steinfläschchen mit dem Heilpulver »Skorpionstichheiler«. Dieses Pulver heilt die sonst unheilbaren Stiche lebensgefährlicher Skorpione.

»Heilpulver, Skorpionstich-heiler, +3«

Tom bezahlt 6 Deben für 3 Steinfläschchen des Heilpulvers »Skorpionstichheiler«.

»Lederner Geldbeutel, –6«

In diesem Beispiel habe ich dem Arzt für sechs Deben drei Fläschchen des Heilpulvers »Skorpionstichheiler« abgekauft. Deshalb musst du es in der Tabelle »Toms Magie- und Heilpulver«, wie im obigen Beispiel beschrieben eintragen. Und nicht vergessen, in diesem Beispiel bekommen drei Spalten jeweils eine 1 als Eintrag für dreimal ein Steinfläschchen. In der Tabelle »Toms Rucksack« ziehst du dann natürlich noch die 6 Deben vom ledernen Geldbeutel ab. Schließlich willst du nicht des Diebstahls bezichtigt werden, was im Übrigen eine hohe Strafe im alten Ägypten nach sich ziehen würde.

Was ist, wenn Tom Magie oder Heilung angewendet hat?

Du glaubst gar nicht, wie gerne ich zaubere. Das macht höllischen Spaß. Leider funktioniert es nur während meiner Zeitreisen. Ich habe tausend Ideen, was ich alles in der Schule damit anfangen würde. Auch die zickige Schwester meines besten Freundes Winnie würde nicht zu kurz kommen. Oh, du hast Recht, ich schweife ab. Also, nach jeder angewendeten Magie oder Heilung streiche eine von dir eingetragene 1 (1 Steinfläschchen) in den Spalten der Tabelle wieder durch. Wenn du alle Fläschchen eines Magie- oder Heilpulvers verbraucht hast, streiche die gesamte Zeile aber nicht durch, schließlich kannst du deinen Vorrat an Pulvern beim Arzt oder beim Magier wieder auffüllen. Vorausgesetzt natürlich, du hast in deinem ledernen Geldbeutel ausreichend Deben.

Toms Stärke und Gesundheit

Kommen wir zu den letzten beiden Tabellen, zu meiner Stärke und zu meiner Gesundheit. Konzentriere dich nur auf die Tabellen mit den Überschriften »Toms Stärke« und »Toms Gesundheit«. Kann es losgehen?

Was ist, wenn Tom an Stärke oder Gesundheit verliert oder wiedergewinnt?

Eines sage ich dir, schwänze bloß nie den Sportunterricht! Wenn du wüsstest, wie viel Kraft man im Leben braucht. Du wirst feststellen, dass regelmäßiges Training genauso lebenswichtig ist wie die volle Cola im Zimmer oder eine ausreichende Menge an Kleingeld für Eis oder Pommes bei sich zu haben.

Wenn ich während des Abenteuers in der prallen Mittagshitze laufe oder gegen durchgedrehte Typen kämpfen muss, geht mir ziemlich schnell die Puste aus. Obwohl niemand behaupten kann, dass ich nicht kräftig wäre. Trotzdem kann mich solch ein unvorhergesehener Kraftakt wahnsinnig schlapp machen.

Wenn du also Stärke oder Gesundheit aus dem Logbuch zuzählen oder abziehen musst, erscheint das Symbol »Toms Stärke« bzw.

»Toms Gesundheit« und daneben auch die Anzahl der zuzuzählenden oder abzuziehenden Punkte. Sieh mal hier, ein Beispiel:

| Das Laufen in der Hitze kostet Tom Kraft.

| »–5«

| Tom hat sich beim Zweikampf verletzt.

| »–15«

Du siehst, ich verliere an Stärke und Gesundheit. Deshalb ziehe vom Eintrag der letzten Spalte in Stärke (z. B. »100«) 5 Stärkepunkte bzw. 15 Gesundheitspunkte in der letzten Spalte in Gesundheit ab und trage in die jeweils nächsten freien Spalten die neuen Punktezahlen (bei Stärke z. B. »95« und bei Gesundheit z. B. »85«) ein.

Und nicht vergessen, die Mindestgrenze für Stärke und Gesundheit ist 0, die Höchstgrenze 100. Wenn die Gesundheitspunkte allerdings bis auf 0 geschrumpft sind, ist das Abenteuer leider beendet. Dann müssen wir einen neuen Versuch starten. Also, pass gut auf mich auf!

Was ist, wenn Tom seine ganze Stärke wiederbekommt?

Natürlich gerate ich auch in die ein oder andere Situation, bei der ich wieder zu Kräften kommen kann oder von einer Krankheit geheilt werde. Dann nämlich erhalte ich meine anfänglichen 100 Stärke- bzw. Gesundheitspunkte wieder und wir können uns erneut ins Abenteuer stürzen. Erscheinen die Symbole »Toms Stärke« oder »Toms Gesundheit« und dahinter eine Zahl ohne Vorzeichen wie Plus oder Minus, dann bezeichnet sie die neue Punktzahl für Stärke- bzw. Gesundheit, die du in die nächste freie Spalte deiner Stärke- bzw. Gesundheit-Tabelle übernehmen musst.

| Tom hat sich ausgeschlafen und erhält seine ganze Stärke zurück.

| »100«

| Tom wurde geheilt und erhält seine ganze Gesundheit zurück.

| »100«